U0528054

鬼吹灯 ② 龙岭迷窟

CANDLE IN THE TOMB

天下霸唱 著

湖南文艺出版社

第一章　香鞋 / 1

第二章　渡河 / 16

第三章　传说 / 25

第四章　筹划 / 30

第五章　盘蛇坡 / 35

第六章　鱼骨庙 / 39

第七章　盗洞 / 47

第八章　冥殿 / 56

第九章　内藏窨 / 61

第十章　脸 / 69

第十一章　月牙缺口 / 78

第十二章　冢魄 / 85

第十三章　悬魂梯 / 92

第十四章　失踪 / 105

第十五章　人面黑睡玺 / 110

第十六章　地下神宫 / 116

第十七章　闻香玉 / 122

第十八章　龙骨 / 127

第十九章　密文之谜 / 136

第二十章　追忆 / 141

第二十一章　搬山道人 / 146

第二十二章　野猫 / 154

第二十三章　黑水城 / 161

第二十四章　神父 / 168

第二十五章　通天大佛寺 / 175

第二十六章　白骨 / 182

第二十七章　黑佛 / 188

第二十八章　虫玉 / 193

第二十九章　黑雾 / 198

第三十章　决意 / 207

第三十一章　石碑店 / 214

第三十二章　瞎子算命 / 219

第三十三章　水潭 / 227

第三十四章　缸怪 / 233

第三十五章　线索 / 242

第三十六章　献王墓 / 249

第一章
香鞋

回到北京之后，我有一段时间没见到 Shirley 杨，她也许是忙着找医生为陈教授治病，也许是在料理那些遇难者的后事。这次考古队又死了不少人，有关部门当然是要调查的，我怕被人查出来是摸金校尉，就尽量避重就轻，说得不尽不实。进入沙漠去考古，本身就有很大的危险，但是一下子死了四个人，一个老师三个学生，还疯了一个教授，在当时也算是一次重大事件了。

话休絮烦。且说有一天胖子找了俩甜妞去跳舞，让我也一起去。我前些天整晚整晚地做噩梦，头很疼，就没跟他们一起去，独自躺在床上。忽然一阵敲门声，我答应一声从床上起来，心中暗骂，姥姥的，大概又有人来调查情况。

开门一看，却是多日不见的 Shirley 杨，我赶紧把她请进屋里，问她怎么找来这儿的，Shirley 杨说是大金牙给的地址。

我奇道："你认识大金牙？"

Shirley 杨说："就算是认识吧，不是很熟。以前我父亲很喜欢收藏古董，和他做过一些生意，陈教授和他也是熟人。今天来找你是为了把你和胖子

1

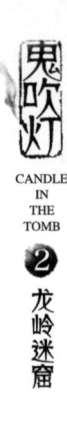

的钱给你们，过两天我准备接陈教授出国治病，这期间我还要查一些事，咱们暂时不会再见面了。"

我原本都不指望了，现在一听她说要给钱，实是意外之喜，表面上还得假装客气："要回国了？陈老爷子病好些了吗？我正想去瞧瞧他。您看您还提钱的事，这多不合适。我们也没帮上什么忙，净给您添乱来着，你们美国人也不富裕啊，真是的。是给现金吗？"

Shirley 杨把钱放在桌上："钱是要付的，事先已经说好了，不过……我希望你能答应我一件事。"

我心想不好，这妮子怕是要报复我吧，也许又要掏我的老底，心中寻思对策，顺口敷衍："您能有什么事求我？看来有钱人也有烦恼啊，总不会是想让我帮着你花钱吧？"

Shirley 杨说："你我家中的长辈，算得上是同行了。当初我外公金盆洗手，不再做倒斗的营生，是因为摸金校尉这一行极损阴德，命再硬的人也难免会出意外。我希望你今后也就此停手，不要再做倒斗的事了，将来有机会你们可以来美国，我安排你们……"

我听到此处，就觉得心气不太顺，美国妞想让我投到她门下，以后跟她混。好歹俺老胡也是当过连长的，寄人篱下能有什么出息，更何况是求着女人，那往后岂不更是要处处顺着她，那做人还有什么意思，于是打断了她的话："好意心领了。但是你只知其一，不知其二。摸金校尉这行当是不太好，但是毛主席教导我们说，任何事物都有它的两面性，好事可以变坏事，坏事也可以变好事，这就叫辩证唯物主义。既然你知道了我是做倒斗的，有些事我也就不瞒你了。我是有原则有立场的，被保护起来以及被发现了的古墓，我绝不碰。深山老林中有的是无人发现的大墓和遗迹，里面埋着数不尽的珍宝，这些东西只有懂风水秘术的人才能找到，倘若不去倒这些斗，它们可能就会一直沉睡在地下，永远也不会有重见天日的机会了。另外自然环境的变化侵蚀，也对那些无人问津的古墓构成了极大威胁，我看在眼里，疼在心里……"

Shirley 杨见我振振有词，无奈地说："好了，我一番好意劝你回头是岸，想不到你还挺有理。倒斗倒得理直气壮，天下恐怕再没第二个像你这么能狡辩的人了。你既然如此有骨气，我倒真不免对你刮目相看，刚才的话算我没说，这笔钱想必你是不肯要了……"

我连忙把手按到装钱的纸袋上："且慢，这笔钱算是你借给我的……就按中国人民银行的利率计算利息。"

晚上，胖子在灯下一张张地数钱，数了一遍又一遍，可就是数不清楚，这也怪不得他，我第一次见这么多钱也发蒙。

胖子干脆不数了，点上根烟边抽边对我说："老胡你让我说你什么好呢？你聪明一世，糊涂一时啊，你怎么能说这钱是借的？可倒好，还得还那美国妮子利息。我看不如咱俩撤吧，撤回南方老家，让她永远找不着，急死她。"

我说："你太没出息，这点小钱算什么，将来我带你倒出几件行货，随便换换，也够还她的钱了。咱们现在缺的就是这点本钱，有了钱咱们才能不担心明天吃什么，有了经费，才可以买一些好的装备。现在开始咱就重打补丁另开张，好好准备准备，我一定要倒个大斗。"

我们俩一合计，深山老林里隐藏着的古墓也不是那么好找的，还不定什么时候能找着呢，这些钱虽然多，但也怕坐吃山空。

胖子是个比较现实的人，他觉得大金牙那买卖不错，倒腾古玩绝对是一个暴利行业，尤其是卖给老外。不过现在常来中国的老外们也学精了，不太好骗，但是只要真有好东西，也不愁他们舍不得花钱。

胖子说："老胡你说咱俩投点资开个店铺怎么样？收点古玩明器去卖，说不定干好了就省得倒斗了。倒斗虽然来钱快，但是真他妈不容易做。"

我点头道："这主意真不错。胖子你这个脑袋还是很灵光的嘛。现在咱们资金也有了，可以从小处做起，顺便学些古董鉴定的知识。"

于是我们就到处找铺面，始终没有合适的地方，后来一想也甭找铺子了，先弄点东西在潘家园摆地摊吧。

潘家园的特点就是杂，古今中外大大小小，什么玩意都有，但是非常贵重的明器比较少见，那都是私下里交易，很少摆在市面上卖的。

我们一开始经大金牙指点，就在郊区收点清朝的盆碗坛罐、老钱、鼻

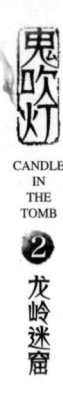

烟壶、老怀表之类的小件，拿回来在古玩市场上卖。

可能我这辈子不是做买卖的命，眼光不准，收的时候把不值钱的东西当宝贝收来了，收来了值钱点的东西又当普通的物件给卖了，一直也没怎么赚着钱，反而赔了不少。

不过我们这些小玩意收来的时候，都没花太多的钱，亏了些钱也不算什么，主要是练练眼力，长些学问。在潘家园混的时间长了，才知道这行当里的东西实在太多太深了，甚至比风水还要复杂，不是一朝一夕就能学会的。

话说这一日，快到晌午了，古玩市场显得有点冷清，没有太多的人，我跟胖子、大金牙围在一起打"跑得快"。

正打得来劲，忽然前边来了个人，站在我们摊位前边转悠来转悠去就不走，胖子以为是要看玩意的，就问："怎么着，这位爷，您瞧点什么？"

那人吞吞吐吐地说道："甚也不瞧，你这儿收不收古董？"

我举头打量了一番，见那人三十六七岁的样子，紫红色的皮肤，一看就是经常在太阳底下干农活；穿得土里土气，拎着一个破皮包，一嘴的黄土高坡口音。

我心想这人能有什么古董，跟大金牙对望了一眼。大金牙是行家，虽然这个老乡其貌不扬，土得掉渣，却没敢小瞧他，于是对我使了个眼色，示意我稳住他，问明白了再说。

我掏出烟来递给这位老乡一支，给他点上烟，请他坐下说话。

老乡显然没见过什么世面，也不太懂应酬，坐在我递给他的马扎上，紧紧捂着破皮包，什么也不说。

我看了看他的破皮包，心想这哥们儿不会是倒斗的吧，跟做了什么亏心事似的，或者他这包里有什么值钱的东西？我尽量把语气放平缓，问道："老哥，来来，别客气，抽烟啊，这可是云烟。您怎么称呼？"

老乡说："叫个李春来。"他可能是坐不习惯马扎，把马扎推开，蹲在地上，他一蹲着就显得放松多了，抽烟的动作也利索了不少。

大金牙和胖子俩人假装继续打牌。这行就是这样，谈的时候不能人多，一来这是规矩,二来怕把主顾吓走,一般想出手古董的人,都比较紧张,怕被人盯上抢了。

我一边抽烟一边微笑着问道:"原来您贵姓李啊,看您年纪比我大,我称您一声哥。春来哥,您刚问我们收不收古董,怎么着,您有明器想出手?"

李春来不解:"甚明器?"

我一看原来是一菜头啊,于是直接问他:"是不是有古董之类的东西想出手?能不能让我瞧瞧?"

李春来左右看了看,小声说:"饿(我)有只鞋,你们能给多少钱?"

我一听气得够呛,你那破鞋还想卖钱,他娘的倒贴钱恐怕都没人愿意要吧。不过随即一想,这里边可能不是这么简单,便捺着性子问:"什么鞋?谁的鞋?"

李春来见我为人比较和善,胆子也大了一点,便把皮包拉开一条细缝,让我往里边看。我抻着脖子一瞧,李春来的破皮包里有只古代三寸金莲穿的绣花鞋。

李春来没等我细看,就赶紧把破皮包拉上了,好像我多看一眼,那只鞋就飞了似的。

我说:"您至于吗,您拿出来让我看看,我还没看清楚呢。这鞋您从哪儿弄来的?"

李春来说:"老板,你想要就说个价钱,别的就甚也别管嘞。"

"春来哥,您得让我拿到手里瞧瞧啊,不瞧清楚了怎么开价?"我又压低声音说,"您是不是怕这儿人多眼杂?要不我请您去前边馆子里,吃整个肉丸的羊肉馅饺子。我经常去那个饺子馆里谈生意,清静得很,到时候我看要真是个好玩意,价钱咱们好商量,您看行不行?"

李春来一听说吃羊肉馅的饺子,馋得咽了口唾沫:"好得很,咱们就不要在这日头底下晒暖暖了,有甚事,等吃过了酸汤水饺再谈。"

我对大金牙和胖子使个眼色,便带着李春来去了邻街的一家饺子馆。这家羊肉饺子馆在附近小有名气,店主夫妇都是忠厚本分的生意人,包的饺子馅大而饱满,风味别具一格,不仅实惠,环境也非常整洁。

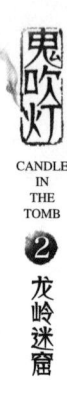

此时将近晌午，马上就快到饭口了，吃饭的人越来越多。我常来这儿吃饭，跟店主两口子很熟，打个招呼，饺子馆的老板娘把我们带进了厨房后的库房，给我们支了张桌子，摆上椅子和碗筷，就去外边忙活生意。

这地方是我专门谈生意的单间，仓库里除了一包包的面粉就没别的东西了，每次吃完饭，我都不让店主找零钱，算是单间费了。

我对李春来说："春来老哥，您瞧这地方够不够清静，该给我看看那只小花鞋了吧？"

李春来的魂早被外边飘进来的水饺香味给勾走了，对我的话充耳不闻，迫不及待地等着开吃。

我见状也无可奈何，唯有苦笑，我推了推他的胳膊说："别着急，一会儿煮熟了老板娘就给咱们端进来。您这只鞋要是能卖个好价钱，天天吃整个肉丸的羊肉水饺也没问题了。"

李春来被我一推才回过神来，听了我的话，连连摇头："不行不行，等换了钱，还要娶个婆姨生娃。"

我笑道："您还没娶媳妇呢，我也没娶。娶媳妇着什么急啊，等你有钱了可以娶个米脂的婆姨。你们那边不是说'米脂的婆姨绥德的汉'吗？您跟我说说这米脂的婆姨好在哪儿呢？"

李春来对我已经不像先前那么拘束，听我问起，便回答说："哎，那米脂的婆姨，就似那红格盈盈的窗花花，要是能娶上个米脂的婆姨，就甚个都妥嘞。"

说话间，老板娘就把热气腾腾的水饺端了上来，又拿进来两瓶啤酒，李春来顾不上再说话，把水饺一个接一个流水似的送进口中。

我一看就冲他这架势，这二斤水饺不见得够，赶紧又让老板娘再煮二斤，随后往李春来面前的小碟里倒了些醋，对他说："春来老哥，这附近没有你们那边人喜欢吃的酸汤水饺，你就凑合吃点这个，这儿有醋，再喝点啤酒。"

李春来嘴里塞了好几个饺子，只顾着埋头吃喝，不再说话了，我等他吃得差不多了，这才和他谈那只绣鞋的事。李春来这时候对我已经非常信任了，从破皮包里取出那只绣鞋让我看。

这一段时间，我没少接触古董明器，已经算是半个行家了。我把绣鞋拿在手中观看，这只鞋前边不足一握，前端尖得像是笋尖，绿缎子打底，上边用蓝金红三色丝线绣着牡丹花，檀香木的鞋底，中间有夹层，里边可以装香料。

从外观及绣花图案上看是明代的东西。陕西女人裹小脚的不多，如果有，也多半是大户人家，所以这鞋的工艺相当讲究。

要是大金牙在这儿，他用鼻子一闻，就可以知道这鞋的来历，我却没有那么高明的手段，吃不太准。看这成色和做工倒不像是仿造的。这种三寸金莲的绣花香底鞋是热门货，很有收藏价值。

我问李春来这鞋从何而来，李春来也不隐瞒，一五一十地说了一遍。

他们那个地方，十年九旱，而且今年赶上了大旱，天上一个雨星子也没有，村民们逼得没招了就想了点歪歪道。

村里为了求雨，什么招都用遍了。有个会算卦的瞎子说这就是旱魃闹的，必须打了旱魃才会下雨。

"打旱骨桩"民间又称为打旱魃，解放前中原地区多有人用，河南、山东、陕西几省的偏远地区都有这种旧俗。

大伙就问他哪儿有旱魃，瞎子算了半天，也没算出来。这时，有个放羊的娃子说他放羊的时候，在村东头早就荒废的坟地里，看见一个全身绿色的小孩，跑进了一口无主的棺材。那棺材也不知道是哪家的，村里早就没人往那片坟地葬人了，而且这口破棺材不知为什么至今还没入土。

会算卦的瞎子一听，就一口咬定旱魃就躲在这口棺材里，村民们一商议，就准备动手把棺材打开，看看究竟有没有什么旱魃。

村长一听不同意，说这瞎子是胡说八道。瞎子也来脾气了，跟村长打了赌，要是在那口无主破棺中找不到旱魃，就让瞎子的儿子给村长家放一年的羊。

结果村民们就一齐到了东边的荒坟，大伙说干就干，动手把棺材盖子给揭开了。

棺材盖一打开，只闻见一股腥臭，如同大堆的臭鱼在太阳底下暴晒之后产生的气味，要多难闻就有多难闻。

有几个胆大不怕死的，捏着鼻子，凑到跟前，再一看里边都吓了一跳。棺中躺着一具女尸，身上的衣服首饰保存得非常完好，都跟新的一样，但是看那穿戴，绝非近代所有——这是具古尸。

服饰虽然完好如新，但是尸体已经干瘪，肌肉皮肤像枯树皮一样。

在女尸的头顶，蹲着一只全身长满绿毛的猴样小怪物，只有七寸多长，而且这绿毛小猴还活着，正蜷缩成一团睡觉。

瞎子听了村民们说的情形之后，一口咬定，这绿毛的小怪物就是旱魃，必须马上打死它，然后拿鞭子抽，而且一定要快，否则一到晚上它就跑得没影了，再想找可就难了。

有几个胆子大的村民，把那只遍体绿毛的小怪物捉到棺外，用锤子砸死，然后再用鞭子抽打。奇怪的是，这只怪物也不流血，一挨鞭子身上冒出许多黑气，最后抽打得烂了，再也没有黑气冒出，这才一把火烧成了灰烬。

这时天色已暮，村民们问瞎子那棺中的女尸如何处置。瞎子说要是留着早晚必以为祸患，趁早让人一起烧了才好，棺材里面的东西谁都不要拿。

开始众人还有些犹豫，毕竟这棺中的尸体不是近代的，又有许多金银饰品，烧了岂不可惜？

正在村民们犹豫不决之时，天上乌云渐浓，隐隐有雷声传出，看来很快就要下大雨了，大伙欢呼雀跃，对瞎子说的话也从将信将疑，变成了奉若神明。

瞎子既然说了必须把棺材烧掉，那就必须烧掉。最后村长决定让李春来留下点火烧棺。李春来是个窝囊人，平时村长让干什么就干什么，这时候虽然害怕，但只好硬着头皮留下来。

为了赶在下雨之前把棺材烧掉，他匆匆忙忙地抱来几捆干柴，胡乱堆在棺材下边，点上一把火，烧了起来。

李春来蹲在旁边盯着，他是条穷光棍，都快四十了还没钱娶婆姨，这时候想着棺木里的金银，忍不住有些心动。可惜刚才没敢拿，现在火已经烧起来了，想拿也拿不到了，烧煳了不知道还值不值钱。

李春来正感到无比惋惜，忽然白光闪动，天空中接连打了三四个炸雷，大雨倾盆而下，立时把火焰浇灭了。

李春来全身上下被雨水淋了个透，他盯着那口烧了一半的破棺材，心里七上八下，这是老天爷给的机会啊，这火还没烧坏的棺材里的东西，要想拿出来就得趁现在了。

村里其余的人都已经走了，好不容易盼来场大雨，有很多事要准备。现在这荒郊野地，就剩下李春来一个人，一想起棺中那具古怪的女尸，还真有几分发怵。

但是又想到拿金银首饰换了钱，就可以娶个大屁股的婆姨，光棍汉李春来就不再犹豫不决了，双手举起锄头，用锄头去顶破棺材的盖子。那破棺材本已被火烧过，此时推开棺板并不费力，没顶几下，就把破棺板推在一旁。

刚才村民们开棺的时候，李春来只是挤在人堆里往里瞧了两眼，没敢细看，这时候为了把女尸身上值钱的首饰撸下来几件，不得不壮着胆子去看。

棺里的恶臭已经散得差不多了，但是被火烧过，再加上雨淋，尸臭、潮湿、焦煳等气味混合在一起，说不出地怪异难闻，即便天上下着雨，也压不住这棺中的怪味。

李春来被熏得脑仁发疼，捏着鼻子强忍着，往那已经被烧煳了的棺材中看了一眼，这不看还好，一看再也忍不住了，张开嘴哇哇哇地吐了一通。

眼瞅着雨越下越大，天色已晚，再不动手就来不及了，李春来抹了抹嘴上的秽物，看准了女尸手腕上的一只金丝镯子，刚要伸手去摘，忽然背后让人拍了一巴掌。

这一巴掌把李春来吓得好悬没尿了裤子，以为是打雷打得附近坟地的死人诈了尸。他们这一带经常有传闻闹僵尸，没想到这回真碰上了。

结果回头一看，来者并非僵尸，原来是村里的邻居马顺。这马顺是全村出了名的马大胆，膀大腰圆，长了一副好架子，天底下没有他不敢干的事，再加上他脾气不好，打起人来手上没轻没重，所以平时村里很少有人敢惹他。

马大胆先前看到棺中女尸有几件首饰，便动了贼心，想据为己有，当时人多，未得其便，又见村长命李春来把棺材烧了，也就断了这个念头。回家之后没多久，就下起了大雨，马大胆一看，这真乃天助我也，说不定那棺材还没烧完，当下趁着没人注意，便溜了回来。

马大胆不愿意跟李春来这窝囊废多说，自行把女尸身上的首饰衣服一件件地剥下，打了个小包，哼着酸曲正准备离开，却见李春来蹲在旁边眼巴巴地盯着他。

马大胆警告李春来，不要对任何人说，否则把他扔进沟里喂狼。然后在包里翻了翻，拿出一只从女尸脚上扒下来的鞋，算是给李春来的封口费。

李春来拿着这一只鞋，心里别提多窝火了，可是又不敢得罪马大胆，只好忍气吞声地应了。这时棺材已经被雨淋湿了，想烧也烧不掉，两个人就一起动手，在附近挖了个坑，把棺材埋了进去。

回到村里，李春来告诉村长和瞎子，已经按他们的吩咐，把棺材连同尸体一并烧了。瞎子点点头，满意地说："那就好啊，我以前听师父说起过打旱骨桩的事情，新入土下葬的尸体，若是埋的位置不善，就会变成僵尸，僵尸又容易变作旱魃，这旱灾都是旱魃闹的。我瞎子虽然看不见，心里却明白得很，听你们一说那棺材和里面的尸首，便知不同寻常。说不定这古尸死的时候怀着孩子，埋到地下才生出来，那孩子被活埋了，如何能活，自然也是死了。小孩子变的旱魃更是猛恶，这一对母子都变作了僵尸，便叫作子母凶，极是厉害。现在烧成了灰，他们就不能害人了。"

李春来越听心里越是嘀咕，但是又担心说出实情被村长责罚，只好支吾应付了几句，便自行回家睡觉。

李春来晚上躺在自家炕上，翻来覆去也睡不好，一闭眼就梦见那女尸和她的儿子来掐自己脖子，吓得出了一身冷汗。

雨一夜未停，快到早上的时候，就听外边乱成了一团，李春来急忙披上衣服出去看是怎么回事。

原来马大胆的家被雷劈了，连同他的婆姨和两个娃，一家四口都没了性命。

李春来心道不妙，这可如何是好，他本就胆小，越想越怕，后背发凉，再也兜不住，一泡尿全尿在了自己的裤裆里。

村里人在马家发现了古尸上的财宝，村长见状逼问李春来，李春来只好招出了实情。

村长私下里骂过几次李春来，让他切记不要声张，就把这事烂到肚子里头。李春来别看平时挺蔫，心里还是比较有主意的，他没把自己藏了只绣鞋的事告诉任何人，马大胆也死了，就把责任都推给马大胆，说是他强迫自己做的。他平时就窝窝囊囊，村里人就都信了他的话，没再追究，反正马家四口的死，都是马大胆贪财自找的。

李春来不敢把那只绣花鞋拿出来给别人看，他虽然没文化，却知道这只鞋是前朝的东西，娶婆姨的钱全指望这只鞋了。陕西盗墓成风，文物交易极为火爆，村里经常来一些外地人收老东西，李春来胆子小，为了掩人耳目，一直没敢出手。

直到有一天，李春来在邻县的一个远房亲戚到北京跑运输，他说了一筐好话，搭了顺风车跟着到了北京，打听到潘家园一带有收古董的，就问着道路找来。说起来也算是有缘，头一次开口就找到了我。

李春来外表朴实懦弱，身上却隐藏着一丝极难察觉的狡狯。他喝了不少啤酒，喝得脸红脖子粗，借着酒劲，才把这只绣鞋的来历说了一遍，有些地方一带而过，言语匮乏，有些地方说得词不达意，我倒是听明白了八九成。

我对李春来说："您这鞋的来历还真可以说是曲折，刚才我瞧了瞧，这只檀木底香绣鞋还算不错，要说几百年前的绣鞋保存到现在这么完好，很不多见。我以前经手过几双，那缎子面都成树皮了，不过……"

李春来担心我说这只鞋不值钱，显得非常紧张，忙问："老板，这鞋究竟值几个钱？"

我做无奈状，嘬着牙花子说："老哥呀，这只鞋要是有一双，倒也值些钱，

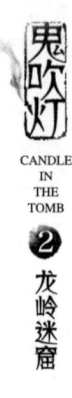

可这只有一只……"

以当时的行市来看，这种明代包括清代早期的小脚绣花鞋，在很多民俗爱好者以及搞收藏的玩家眼中是件不错的玩意；市面上保存完好的小脚绣花鞋虽然不少，但几乎都是民国晚清时期的。

我问李春来能不能把另一只也搞来，就一只显得有点单。古玩行讲的就是个全，东西越是成套的、完整的越值钱，有时一件两件的不起眼，要是能凑齐全套，价钱就能折着跟头往上涨。

李春来面露难色，另一只绣鞋早不知道哪儿去了，就这一只还掖着藏着才拿到北京来的。

我说："这么着吧，我呢，跟您交个实底，我对农民兄弟特别有好感，当年我爹就是为了中国农民翻身得解放，才毅然放弃学业投入革命事业的，他老人家干了一辈子革命工作。咳咳，咱就不提他了，就连中国革命都是走农村包围城市的路线，才取得了最后的胜利，所以我可以拍着胸口说，绝不会看你是农村来的就蒙你。这只鞋在市面上卖好了，最多也就能卖六七百，再多就不容易了。老哥您要是愿意，这只鞋六百我收了，就算咱交个朋友，以后您还有什么好玩意，就直接拿我这儿来，怎么样？"

李春来吃惊地说："啥？六百？没听错吧！"

我说："怎么？嫌少？再给你加五十。"

李春来连连摇手："不少，不少，当初我以为最多也就值三百。"

我当时就付给了他六百五，李春来把钱数了十多遍，严严实实地藏在身上，我让他小心点，喝了这么多酒，别不小心把钱丢了。

随后我又跟李春来聊了不少他们老家的事，李春来的老家在陕西省黄河边的甘源沟，是那一带最穷的一个县。他们那个县附近有个龙翔县，多山多岭，据说在以前是一片国葬区，那古墓多得数都数不清。

龙翔县的古墓多到什么程度呢，一亩地大的地方，就有六七座墓，这还都是明面上的，深处还有更多。

从里边挖出来的唐代粉彩制品，一件就能卖到上万元，当地好多农民家里都有几件，他们就是靠从田里挖出来的东西发家致富了。从民国那会儿起，就有好多文物贩子去收购，像模像样的都已经被收得差不多了。

往南的秦岭听说那边大墓更多，就是不好找，好找的都给扒没了。有一座最出名的汉墓，墓上光盗洞就让人打了二百八十多个，这些盗洞从古到今的都有。

那边也流出来很多价值连城的好东西，不过具体是什么，李春来就说不清楚了，这些事他也只是听来的。

看看天色不早，李春来的酒劲也过去了，就起身告辞，临走时千叮咛万嘱咐，让我将来有机会一定要去他家做客，我又跟他客套了半天，才把他送走。

回到古玩市场，胖子和大金牙已经等得不耐烦了，见我回来，便忙问收着什么好东西了。

我把绣鞋拿给他们看，胖子大骂："这老帽跟抱着狗头金似的，合着闹了半天，就拿来这么只鞋啊？"

大金牙说："哎，这鞋做得多讲究，胡爷多少银子收的？"

我把价钱说了，大金牙连声称好："胡爷这段时间眼力真见长，这只绣鞋卖两千块钱一点问题没有。"

我挺后悔："这话怎么说的，要知道能卖这么多，我就多给那老哥点钱了，我还以为就值个六七百块，还是看走眼了。"

大金牙说："今儿个是星期一，星期一买卖稀，我看咱们仨也别跟这儿耗着了。好久没吃涮羊肉了，怎么着，我说二位，咱收拾收拾奔东四吧。"

胖子说："伟大的头脑总是不谋而合，我这两天正好也馋这个，您说怎么就吃不腻呢？"

还是以前常去的东四那家馆子，刚刚下午四点，仍然是没有半个食客，我们就在墙角靠窗的桌子坐了。服务员点了锅子，把东西摆好，菜上来，便都回柜台那边扎堆侃大山去了。

我掏出烟来给大金牙和胖子点上，问大金牙道："金爷，您给我们哥儿俩说说，这鞋值钱值在什么地方了？"

大金牙把那只绣鞋拿过来说："这鞋可不是一般人的，您瞧见没有，这是牡丹花。自唐代以来，世人皆以牡丹为贵，一般的普通百姓虽然也有在鞋上绣牡丹的，但肯定不像这样镶得起金线。另外您再瞧，这花心上还嵌有六颗小珠子，虽然不是太名贵，但是这整体的艺术价值就上去了。最主要的是这只鞋的主人，那老哥是陕西过来的，陕西民风朴实，自古民间不尚裹脚，我估计这鞋子的主人，极有可能是外省调去的官员家眷，或者是大户豪门嫁过去的贵妇，总之非富即贵啊。所以这鞋很有收藏价值，我在市场上说两千，是没敢声张，依我看最少值六千，要是有一对，那价格就能再翻四五番。"

我和胖子吐了吐舌头，真没想到能这么值钱，我心里打定了主意，回头一定要去一趟陕西，再给李春来补一部分钱，要不然他太吃亏了。

边吃边谈，不经意间，话题就说到了陕西一带的古墓上去了。

大金牙说："我虽然没亲自去过陕西，但是听一些去那边收过玩意的同行讲起过，八百里秦川文武盛地，三秦之地水土深厚，地下埋的好东西数都数不清。仅仅龙翔一县，就有不下十万座古墓，有些地方，土下一座古墓压着一座古墓，文化层多达数层。秦岭大巴山一带，传说也有不少大墓。我就想着，有机会一定得去一趟，收点好东西，就算收不着，开开眼也是好的，可是身体不太好，一直没机会去。"

我说："我刚才还想着什么时候得空去一趟，要不咱们一起去玩一次，顺便收点玩意，你跟我们俩去，咱们一路上也好有个照应。"

三人一拍即合，便商量着几时动身启程。我早听说秦岭龙脉众多，想去实地勘察一番，最好能找个大斗倒了，也好还了那美国妮子的高利贷，背着债的日子真不好受。

大金牙说："那边挖出来的东西，都是地下交易，已经形成一定的程序了，外人很难插手。咱们要想收着值钱的东西，就得去最偏远的地方，没有也就罢了，若有便定能大赚一笔。"

胖子突然想起一事，对我们说道："咱是不是得多带黑驴蹄子？听说那边僵尸最多。"

我说："咱们主要是出去玩一玩，收些玩意回来，不用担心遇上粽子。"

大金牙说道："胡爷，您是瞧风水的大行家，您说那里多出黑凶白凶，这在风水学上做何解释？"

我说："凶可以说是指僵尸，黑白则分别指不同的尸变。既然咱们聊到这儿了，我就从风水的角度侃一道。"

第二章
渡河

要说起僵尸来，那历史可就长了，咱们倒斗行内称僵尸为粽子，也不是随随便便安上的名字。

话说这人死之后，入土为安；入土不安，即成僵尸。

一个安葬死人的风水佳穴，不仅能让死者安眠，更可以荫福子孙后代，使家族人丁兴旺，生意红火，家宅安宁。

但是有的地方不适合葬人，葬了死人，那死者便不得安宁，更会祸害旁人。"入土不安"可分为这么两种情况：

一者是山凶水恶，形势混乱，这样的地方非常不适合埋人，一旦埋了祖先，其家必乱。轻则妻女淫邪，灾舍焚仓；重则女病男囚，子孙死绝。

第二种情况不会祸及其家子孙后代，只会使死者不宁，尸首千百年不朽，成为僵尸，遗祸无穷。当然这不是防腐的技术好，而是和墓穴的位置环境有关系。

在风水学上，最重要的两点是"形"与"势"，"形"是指墓穴所在的地形山形，"势"是指这处地形山形呈现出的状态。

"形"与"势"一旦相逆，地脉不畅，风水紊乱，就会产生违背自然规律的现象。埋在土中的尸体不腐而僵，便是最典型的现象。

胖子笑道："这个真有意思，好像还真有那么点理论依据，挺像那么回事。"

大金牙不像胖子似的拿这些当笑话听，他对这些事情很感兴趣，问了些细节，感叹道："这风水好的地方，还真不好找，但凡是形势理气诸吉兼备的好地方，也都被人占光了。中国五千年文明，多少朝多少代，把皇帝老儿们凑到一起，怕是能编个加强连了，再加上皇亲国戚，有多少条龙脉也不够埋的呀。"

我给大金牙解释，龙脉在中国有无数条，但是能埋人的龙脉不多，寻龙诀有云："大道龙行自有真，飘忽隐现是龙身。"龙生九子，各不相同，脾气秉性、才能相貌都不一样。这龙脉也是如此，比那龙生九子还要复杂得多。

昆仑山可以说是天下龙脉的根源，所有的山脉都可以看作昆仑的分支。这些分出来的枝枝杈杈，都可以看作一条条独立的龙脉。地脉行止起伏即为龙，龙指的是山岭的"形"，以天下之大，龙形之脉不可胜数，然而根据"形"与"势"的不同，这些龙脉，或凶或吉，或祥或恶，都大有不同。

从形上看确是龙脉，然而从势上分析，又有沉龙、潜龙、飞龙、腾龙、翔龙、群龙、回龙、出洋龙、归龙、卧龙、死龙、隐龙等等之分。

只有那种形如巨鼎盖大地、势如巨浪裹天下的吉脉龙头，才能安葬王者；再差一个级别的可做千乘之葬；其余的虽然也属龙脉，就不太适合葬王公贵族了；有些凶龙甚至连埋普通人都不适合。

大金牙又问道："此中奥妙真是无穷无尽。胡爷您说这龙脉真的管用吗？想那秦始皇千古一帝，他的秦陵风水形势一定是极好的，为何只传到秦二世就改朝换代了？"

我说："这龙脉形势只是一方面，从天地自然的角度看，非常有道理，但是我觉得不太适合用在人类社会当中。历史的洪流不是风水可以决定的，要是硬用风水的原理来说的话，也可以解释，民间不是说风水轮流转吗？这大山大川，都是自然界的产物，来于自然，便要顺其自然。修建大规模的陵寝，一定会用大量人力，开山掘岭，不可不谓极尽当世之能事。然而大自然的变化，不是人力能够改变的，比如地震、洪水、河流改道、山崩地裂等等，这些对'形'与'势'都有极大的影响，甚至可能颠覆整个原本的格局。当时是上吉之壤，以后怎么样谁能知道，也许过不了几年，一个地震，形势反转，吉穴就变凶穴了。这造化弄人，不是人类所能左右的。"

三人连吃带喝，谈谈讲讲，不知不觉已经过了几个小时，饭馆里的食客逐渐多了起来，来这种地方吃涮羊肉的人，都是图个热闹，吃个气氛，食客一多就显得比较乱。

我们已经吃得差不多了，便约定暂时不去古玩市场做生意了，准备两天，然后一道去陕西收古玩。

这次虽然是去偏远的县城村镇，但毕竟不是去深山老林，而且又计划从山西一路玩过去，所以也没过多的准备，携带的东西尽量从简。三人坐火车抵达了太原。

闲玩了三五日，我本来计划先去李春来的老家，但是在太原听到一些消息，说是今年雨水极大，黄河水位暴涨，发了黄灾，西岸庄陵一带，被洪水冲出了不少古墓。我们一商量，便决定改变计划，先过黄河西行。

于是又坐长途汽车，跟司机说要过黄河去古蓝县，车在半路出了故障，耽搁了四五个小时，又开了一段，司机把车停到黄河边一个地方，告诉我们："要去古蓝就要先渡河，前边的渡口还很远，现在天已经快黑了，等到了渡口也没船了。这片河道比较窄，原本是个小渡口，今年水大，你们要想过河可以在这儿碰碰运气，看看还有没有船，运气好就可以在天黑之前过河住店睡觉了。"

我一想也好，免得到了前边渡口天黑了不能过河，还得多耽误一日，于是就和胖子、大金牙下了长途汽车，坐在河边等船。

等车走了，我们仨都有点后悔，这地方太他妈荒凉了，路上半个人影都没有，但后悔也晚了，只能到河边找船过河了。

还离河岸老远，便听得水声如雷，到了近前，三人都是一震。先前只听说今年雨水大，没想到这段河面如此宽阔，浊浪滔天，河水好像黄色的泥浆，翻翻滚滚着流淌，不知以前有没有渡口，就算是有，现下也应该已经被淹没了。

我们挑了个视野开阔的地方观看黄河的景象，这时天上阴云一卷，飘起了细雨。我们穿得单薄，我和胖子还算皮实，大金牙有点发抖。

胖子取出一瓶白酒，让大金牙喝两口驱驱寒气，别冻出毛病来。随后我把我们买的牛肉干之类的食物拿出来吃，边吃边骂那长途汽车司机缺德，肯定是嫌咱们仨太闹，没到地方就给咱们骗下来了，这他妈的哪儿有船能过河啊？

我看着脚下奔腾的大河，也禁不住发愁，当年在兰州军区当兵的时候，见过那边的老乡使羊皮筏子渡河，可这附近连个放羊的都没有，更别提羊皮筏子了。

眼下只好在雨中苦等，我也喝了两大口白酒，身上寒意稍退。时辰渐晚，天地间阴晦无边，四周细雨飘飞，被风吹成了无数歪歪的细线。我突然想起了那些曾经一起的战友，只见河水愈加汹涌澎湃，越看越觉得心里压抑烦躁，忍不住扯开嗓子对着黄河大喊一声。

自己也不知道喊的是什么，反正就是觉得喊出去了心里痛快。

胖子和大金牙也学着我的样子，把手拢在口边大喊大叫，三人都觉得好笑，细雨带来的烦闷之情减少了许多，没一会儿，三人就喝干了两瓶白酒。

胖子有点喝多了，借着酒劲说："老胡，现在到了黄河边上了，咱是不是得唱两段信天游的酸曲啊？"

我学着当地人的口音对胖子说："你一个胖娃懂个甚嘞，憨得很，不放羊你唱甚酸曲，你听我给你吼两嗓子秦腔。"

胖子终于逮到了我的把柄，不失时机地挤对我："老胡你懂个六啊你，在这儿唱什么秦腔，你没听说过饮一瓢黄河水，唱一曲信天游吗？到什么山头，就要唱什么曲。"

我怒道："你哪儿攒来的那么多臭词？什么喝黄河水，这水你敢喝啊？我他娘的就知道才饮长沙自来水，又食武昌鱼。"

大金牙连忙做和事佬："一人唱一句，谁想唱什么就唱什么，反正这

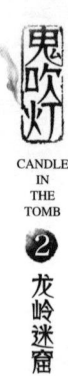

地方没人，算不上扰民。"

胖子大咧咧地说道："我先唱两句泪蛋蛋沙窝窝，你们哥儿俩听听，听舒服了给哥们儿来个好。"

我问道："你没喝多吧？"

胖子却不理会有没有人爱听，拿着空酒瓶子当麦克风放在嘴边，刚要扯开嗓子吼上一曲，却听得远处马达声作响，一艘小船从上游而来。

我们三个赶紧站起来，在河边挥动手臂，招呼船老大靠岸停下。

那船上的人显然是见到了我们，但是连连摇手，示意这里没办法停船。我们等了半天，好不容易盼到一条船过来，如何肯放过它，否则在冷雨中还不知要等多久。

胖子掏出一把钞票，举着钱对船上的人挥动手臂。果然是有钱能使鬼推磨，前方有道河湾，水势平缓，波澜不惊，船老大把船停了下来。

胖子过去商量价钱，原来人家这船上都是机器零件之类的，要去下游抢修一艘大船，最近水大，若不是情况紧急，也不会冒险出来。

船上除了船老大，还有他的儿子，一个十几岁的少年，我们说好了给双倍的钱，把我们送到对岸古蓝县附近下船。

船舱里都是机器部件，没有地方，我们三个只好坐在甲板上。总算是找了艘船，过河之后找个旅店，舒舒服服地洗个热水澡，吃碗热乎乎的荞麦面，好好休息休息。刚才河边蹲了两个小时，可冻得着实不轻。

河水湍急，很快就行出很远，我们想得正美呢，忽然船身一阵猛烈的震动，好像是在河中撞到了什么巨大的东西，我当时正在跟胖子商量吃什么好，这一震我差点咬到自己的舌头。

天上的雨不再是斜风细雨，只见阴云翻滚，电闪雷鸣，那大雨瓢泼般倾泻下来，船老大赶忙过去查看船头，看究竟撞上了什么东西。

这河水深处应该不会有礁石，又是顺流而下，竟然撞上如此巨大的物体，实属异常。

船老大刚在船头张望了一眼，那船身紧接着又是一歪，众人紧紧拉住船帮，唯恐顺势掉进河中。船体连续晃动，河水泼将进来，人人都喝了一嘴的黄泥汤子。

我在岸边时喝了不少酒,这时候头昏脑涨,被河水一泼,清醒了过来,赶紧把灌到嘴里的河水吐出来,说不出地恶心反胃,却见船老大已经吓得缩成了一团。他是开船的,被吓成这样,船怎么办?

我想把他拉起来,船老大说什么也不肯站起来,脸上尽是惊恐的神色,我问他:"你怎么了?河中有什么东西?"

体如筛糠的船老大指着船外:"河神老爷显圣了,怕是要收咱这条船啊!"

大金牙晕船,早已吐得一塌糊涂,抱着船上的缆绳动弹不得。船好像被河中的什么事物挡住,河水虽然湍急,这船却硬是开不出去。

在一阵阵剧烈的撞击之下,这条船可能随时会翻,得到船头看看河里究竟有什么东西。我和胖子俩人此时酒意上涌,也觉不出害怕来,就是脚底下像踩了棉花套似的,加上船体倾斜,迈了半天腿,一步也没走出去。

这时船在大河中被水流一冲击,船身打了个横,胖子被甩到了甲板对面,身体撑在船舷上,这一下把胖子的酒意吓醒了一半,刚转头向河中望去,那船体又是一震,把胖子甩了回来。好在是机械船,倘若是条木船,只这般撞得两次便要散架了。

我紧紧拉住缆绳和大金牙,百忙之中问胖子,河里是什么东西,瞧清楚了没有。

胖子大骂着说:"没看太清楚,黑乎乎的跟卡车那么大,像是只大老鳖。"

不管河里是什么鬼东西,再让它撞几下,船非翻了不可,我对胖子叫道:"抄家伙,干他娘的!"

胖子喊道:"你还没醒酒呢?哪儿有家伙可使啊!"

我确实有点喝蒙了,还一直想找冲锋枪,被胖子一说才反应过来,这是在内地,什么武器都没有。

天上大雨如注,我身上都淋得湿透了,顺手摸到了挂在腰上的折叠工兵铲,便对胖子大叫:"拿工兵铲,管它是王八还是鱼,剁狗日的!"

胖子不像我还没醒过酒来,头脑还算清醒,知道必须得采取点保护措施，抓住缆绳在我腰上缠了两圈。我的酒劲也消了八成，趁着此时船身稍稳，两步蹿到被撞击的左舷，探出脑袋往河里看。

这时天色已黑，又下着大雨，河中一片漆黑，借着乌云中闪电的光亮，隐隐约约就瞧见混浊的河水中，有一个跟一座小山似的东西，一半露出水面，大部分都隐在河中，也瞧不出是个什么，只觉得像是个水里的动物，究竟是鱼还是鳖之类的，分辨不清。

河中那个巨大的东西，正逆着水流，飞速朝我们的船身撞来，我紧紧抓住船上的缆绳，瞅那东西游近，便抡着工兵铲切了下去，但是工兵铲太短，根本打不到。

船身再一次被撞，把我从船上弹了出去，工兵铲脱手而飞，落入河中，多亏胖子扯住绳子，我才没和工兵铲一起掉进河中。

这回我的酒全醒了，冒了一身冷汗，头脑清醒了许多。船身晃动，我站立不住，撞到原本缩成一团的船老大身上，我趁机对船老大说："现在船身打横，快想办法让船绕过去，要不你儿子也活不了。"

船老大是个极迷信的人，硬说河里的那个东西是河神爷爷的真身，本打算闭眼等死。我一提他的儿子，船老大这才想起来，自己的儿子还在舱中，反正都是一死，为了儿子，就拼上这条命了，当下挣扎着爬起来，想冲回船舱掌舵。

船老大摇摇晃晃地刚站起身来，忽然指着河中大叫："不好，又过来了！"

我顺着他手指的方向看去，这下正赶上船上的射灯照着，瞧得真切，一只暗青色的东西在河中忽隐忽现，露出来的部分有一辆解放卡车大小，正围着船打转，想要一下把船撞翻。

这时也来不及细看，我一推船老大，把他推进操舵室，门一开，刚好看见船舱内装的机器零件中有一捆细钢管。

当时也不知道哪儿来的那么大劲，招呼胖子一起抽了几根钢管出来，当作标枪使用，对着河中的怪物，接二连三地投了出去。

黑暗之中，也不可能分辨命中率和杀伤效果如何，然而投出十几根钢管之后，再也寻不见那怪物的踪迹了，想是被驱走了。

天上的雨又逐渐小了，一时风平浪静，船上众人死里逃生，一个个脸色惨白。大金牙用缆绳把自己缠在甲板上，被船身的起伏摇摆折腾得死去活来，幸好没犯哮喘病，他龇着那颗大金牙连呼菩萨保佑。

有些事不能认死理，得尽量往好处想。身上的衣服虽然都湿透了，幸好由于一直在下雨，我们早把钱和证件之类的东西都提前放在了防水旅行袋里。刚才的情况虽然紧急突然，但大金牙一直把旅行袋抓在手中，没落到河里去，做生意的人就这一点好，舍命不舍财，天塌下来，也把钱包看得牢牢的。

我跟大金牙说，一会儿到了地方，赶紧找家旅店洗个热水澡，要不然非生病不可。

船老大的儿子在船舱里撞破了头，血流不止，必须赶紧送去医院，前边不远便是古蓝县城，我们准备在那里靠岸。我抬头一望，黑暗阴晦的远处，果然有些零星的灯光，那里便是我们要去的古蓝小县城了。

然而就在船上的情况刚刚稳定下来的时候，突然船体又被巨大的力量撞了一下，这回的力量比前几次都大，又是突如其来，我们猝不及防，都摔在甲板上。

船身倾斜，胖子伸手拽住了缆绳，我和大金牙分别抱住了他的腰带和大腿，胖子大叫："别……别拽我裤子……"

话未说完，船体又倾向另一边，我还想去取船舱中的钢管，奈何船身晃动得非常厉害，根本爬不起来，别说看清楚周围的情况了，现在脑袋没被撞破都已经是奇迹了。

船身在滚滚浊流中起起伏伏，甲板船舱中到处都是水，众人的衣服都湿透了，一个个都成了落汤鸡。

船老大为了把儿子送进医院抢救，已经顾不得什么河神老爷还是龙王祖宗了，拼了命地把船开向古蓝县的码头。

黄河九曲十八弯，过了龙门之后，一个弯接着一个弯，这古蓝县附近是相对比较平稳的一个河湾，船一转到河湾中，在河中追击着我们不放的东西便停止不前了。

前边的几处灯火越来越亮,船老大把船停泊在码头边上,我们把脚踏在了地上才惊魂稍定。胖子取出钱来,除了先前谈好的价钱,又多付了一些给船老大。船老大与码头上的工人相熟,找了几个人帮忙,急匆匆地把他儿子送进县城里的医院。

第三章
传说

　　古蓝县历史可以追溯到殷商时期，保留至今的城墙是明代的遗迹，这地方历史虽然悠久，但是名气不大，县城的规模也小，很少有外来人。

　　我和大金牙、胖子三人如同三只落汤鸡一般，找人打听了一下路径，就近找了家招待所。去的时候还真巧了，这招待所每天只供应一个小时的热水淋浴，我们赶到的那会儿还剩下半个小时。

　　胡乱冲了个热水澡，三个人这才算是还阳，问招待所的服务员，有什么吃的东西卖。服务员说只有面条，于是我们要了几碗面条，多放辣椒，吃得出了一身大汗。正吃着半截，招待所食堂中负责煮面的老头，过来跟我搭话，问我们是不是北京来的。

　　我一听这老头的口音，不像是西北人，于是跟他随便谈了几句。这老头姓刘，老家在北京通县，在古蓝已经生活了好几十年了。

　　老刘问我们怎么搞成这副狼狈的样子，跟从锅里刚捞上来的似的。

　　我把我们在黄河中的遭遇说了一遍，这河里究竟有什么东西，怎么这么厉害，是鱼还是鳖也没瞧清楚，或者是个什么别的动物，从来没听说过黄河里有这么大的东西。多亏这小船结实，要是木船，我们现在恐怕都掉

25

到水里灌黄汤去了。

老刘头说："这个我也曾经见过，跑船的就说这是河神。今年这不是水大吗，水势一涨这河里的怪东西就多。我在这黄河边上生活了半辈子，那时候还没解放，我才不到十五岁，曾经有人抓过活的，当时亲眼瞧见过这东西。你们要真想看，我告诉你们个地方，你们有机会可以去瞧瞧。"

我心念一动，我们三人初来乍到，人生地不熟，想在这县城附近收些古玩，谈何容易。这老刘头在古蓝住了好几十年，听他言谈话语之中，对当地的情况了如指掌，何不让他给我们多说一些当地的事，诸如出土过什么古墓古玩，这些信息对我们来讲十分有用。

于是先没让老刘头继续讲，说现在天色还早，让胖子出去买几瓶酒，再弄些下酒菜，请老刘头到我们房中喝酒闲谈，讲讲当地的风物。

老刘头是个嗜酒如命的人，又喜欢凑个热闹，听说有酒喝，当即就恭敬不如从命了。

胖子见又要跑腿，极不情愿，但是也馋酒喝，便换了套干净衣服，到外边的小店里买回来两瓶白酒和一些罐头。

外边的雨淅淅沥沥，兀自未停，众人在房间中关好了门，以床为桌，坐在一起喝酒。老刘头话本来就多，两杯白酒下肚，鼻子头便红了，话匣子打开就关不上了。

大金牙请教老刘头："刘师傅，刚才您说我们在黄河中遇到的东西，您亲眼见过，那究竟是个什么？是王八成精吗？"

老刘头摇头道："不是王八精，其实就是条大鱼啊。这种鱼学名叫什么我不清楚，当地有好多人都见过，管这鱼叫铁头龙王。跑船的都迷信，说它是河神变的，平时也见不着，只有发大水的时候才出来。"

胖子道："您说得可真够玄乎的啊，那这条鱼得多大个啊？"

老刘头道："多大个？我这么跟你们说吧，当年我在河边看见过一回，那年水来得快，退得也快，加上这古蓝河道浅，把一条半大的铁头龙王搁浅了。那时候还没解放，好多迷信的人想去把龙王爷送回河里，还没等动手，铁头龙王就一命归西了。人们都在河边烧香祷告，那真是人山人海，盛况空前啊，我就是跟着瞧热闹看见的。"

我问道："刘师傅，您说说这鱼长什么样？"

老刘头说："这大鱼啊，身上有七层青鳞，鱼头是黑的，比铁板还要硬，光是鱼头就有解放卡车的车头那么大个。"

我和胖子等人连声称奇，那不跟小型鲸鱼差不多了，河里怎么会有这么大的鱼？这世上真是什么稀奇古怪的东西都有。便又问后来怎么样了，这铁头龙王埋了，还是吃了？

老刘头笑道："不是鲸鱼，不过这么大的鱼十分少见，平时根本没有，隔几十年也不见得能见到一回，简直都快成精了，有迷信的就说它是龙王爷变的，要不怎么给起这么个名呢？听说就算是捕到都要放生，那肉又硬又老，谁敢吃啊。当时这铁头龙王就死在了岸上，那些天正赶上天热，跟下火似的，没一天就开始烂了，臭气熏天，隔着多少里都能闻着那臭味。这种情况很容易让附近的人得瘟疫，结果大伙一商量，就把鱼肉切下来，用火烧了，剩下一副鱼骨架子撂到河岸上。"

大金牙听到此处，叹息道："唉，可惜了，要是现在能把这种怪鱼的骨头弄到博物馆里，做成标本，一定很多人参观。"

老刘头说："可不是吗，不过那时候谁都没那胆子，怕龙王爷降罪下来，免不了又是一场大水灾。"

我问道："刘师傅，您刚才跟我们说，有个地方可以看铁头龙王鱼，指的是这条吗？难道过了这么多年，这鱼的骨头架子还保存着，还在那河岸上撂着呢？"

老刘头说："没错，不过不在河岸上。当时附近的人们为了防止发生瘟疫，把鱼肉和内脏都焚烧了祭河神，正商量怎么处理这副鱼骨。这时候就来了个外省人，此人是个做生意的商人，这位商人也是个非常迷信的人，他出了一些钱，在离我们这儿不远的龙岭，修了一座鱼骨庙。"

大金牙问："鱼骨庙？这在天津地面也曾有过，是不是就是以鱼骨做梁，鱼头做门，供奉河神用的？"

老刘头说："天津也有？那倒没听说过。不过确实跟你说的差不多，那位外省的商人自称是经常出海过河，免不了经常乘船，所以就掏钱修了这么座鱼骨庙。这庙规模不大，连个院子都没有，和普通的龙王庙没区别，拿鱼骨当作房架子，大鱼的头骨是庙门，就一间神殿，供了尊龙王爷的泥像。刚修好的时候，有些人得病或者赶上天旱，都去鱼骨庙里上香许愿。说来倒也好笑，真够邪门的，一次都没灵验过，要是去鱼骨庙求雨，那是不求还好，越求越旱，所以没过多久，就断了香火了。那位出资修庙的商人，也从此再没出现过。"

我问道："鱼骨庙现在还在？"

老刘头点头道："是，不过都荒废许久了，龙王爷的泥像没过两年就塌了。有人说是那位出钱修庙的商人心不诚，或者做过什么缺大德的事情，龙王爷不愿意接受他的香火。再加上鱼骨庙建在龙岭山凹里头，道路艰难，一来二去的根本没人再去那座鱼骨庙了，不少人甚至都把这事忘在脑后了。当年'文化大革命'，连红卫兵都没想起来要去砸鱼骨庙，其实就算去砸，也没什么可砸的。但是这庙的格局和鱼骨还在，你们有机会可以去瞧瞧。"

胖子笑骂："有他妈什么好看的，今天我们仨都差点成了鱼食，不看也罢。"

大金牙却另有一番打算，他跟我商量了一下，决定明后天休息好了，去龙岭看看鱼骨庙，说不定这么大的一架鱼骨可以卖钱，最起码能卖给自然博物馆，把我们这路费报销了。

我们又连连给老刘头劝酒，问他这附近有没有出土过什么古董古墓。

老刘头喝得醉眼蒙眬，说话舌头都有点大，不过酒后吐真言，着实吐出了一些当地的秘闻。

古蓝前一段时间被水冲出了几座古墓，都是宋代的，不过不是什么贵族墓葬，除了几具快烂没了的骨头，只有些破瓶子、烂罐子。

这里出土的最贵重的东西，是有一年干旱，这一段黄河都快见底了，清淤的时候，从泥里挖出来三只大铁猴子，每一只都重达数百斤，把上边的锈迹去掉，发现铁猴身上雕刻的花纹优美流畅，外边都是镏金的，至今好像也没考证出来这些铁铸的猴子是做什么用的。

有人说是唐代镇妖的，也有人说是祭河的，后来是拉到哪个博物馆还是大炼钢铁给熔了，就不得而知了。

最邪的是，从淤泥中发现三只铁铸的猴子之前，有不少人都梦见三个白胡子老头，哭求着放过他们。这事越传越玄，好多人都说这三个老头就是河中的铁猴精。

那年春节，家里有属猴的人，都穿红裤头，扎红腰带，怕被那三只铁猴精报复，结果最后这附近也没出什么大事，当然也有几个走背字倒邪霉的，不过那也都是他们自找的。

黄河里面沉着很多古怪的东西，这些事我们都听说过，河东博物馆里陈列的黄河铁牛，就是镇河用的。元末之时，还传说在黄河中捞到一具独眼石人，那时候正闹农民起义，有童谣说是什么"莫道石人一只眼，挑动黄河天下反"。那件事只是传说，并不足为信，但是仍然可以见证黄河的古老神秘，稀烂的河泥中，不知道覆盖着多少秘密。

不过我们对铁猴、铁牛、石人之类的东西并不感兴趣，便一再追问，附近哪儿有古墓和遗迹，谁手里有古董想要出手。

老刘头想了想说："原来你们是倒腾古玩的，你们若是早几年来，能有很大收获，现在早都被收得差不多了，不光是民间的古玩商来收，政府也收，一年收十多遍，再多的东西也架不住这么收啊！"

前几年开始，古蓝附近接二连三出现盗墓的情况，好多当地人也都参与了。到了秋天一刮大风，你就看吧，地上全是盗洞，走路不小心就容易掉进去，城外古墓集中的地方都快挖成筛子了。

老刘头说："咱们话赶话说到这里，我突然想起听人说过一件事，我姑且一说，你们姑且一听。我曾听当地一位老人说起过，龙岭里头有座唐代古墓，相传规模极大，这两年很多盗墓贼都想去找，始终也没人能找到。龙岭那片山岭太密了，而且那古墓藏得很深，甚至就连有没有都两说呢。毕竟这种事都是打多少年前口耳相传留下来的，未必便真有其事。这种古墓的传说，在我们当地非常多，而且几乎是一个人一种说法，没有固定的。有些人说龙岭中是唐代的大墓，也有说是别的朝代的。反正都是传说，谁也没见过。"

第四章
筹划

从老刘头的话中，我隐隐约约听出了一点东西。一位商人出资在龙岭修建鱼骨庙，供奉龙王爷，这本身就有点奇怪，龙王庙为什么不建在河边，偏偏建在那沟壑纵横的山岭之中？

听老刘头所说，鱼骨庙的规模不大，这就更古怪了，这么一座小庙，何必费上如此周折，难道那龙岭中当真有什么风水位适合建造庙宇？

再加上老刘头说龙岭中隐藏着一处极大的唐代古墓，那就更加蹊跷了。我心中一阵冷笑，他娘的，搞不好那出钱修鱼骨庙的也是我同行，他修庙是假，摸金是真。修庙是为了掩人耳目，在庙下挖条暗道通进古墓中摸宝贝才是他真正的意图。

但是我有一点想不明白，既然龙岭一带地形险恶，人迹罕至，为何还要如此脱裤子放屁多费一道手呢？

随即一想，是了，想必那墓极深，不是一朝一夕之工便可将通道挖进冥殿之中，他定是瞧准了方位，但是觉得需时颇长，觉得整日在龙岭之中出没，难免被当地人碰上，会起疑心，便修了座鱼骨庙，庙中暗挖地道，就算偶尔有人路过，也不会发觉，高招啊！

不过这些情况，得亲自去龙岭走上一遭，才能确定，不知道那位假扮商人的摸金校尉有没有找到传说中的大墓。不管怎么样，我都想去龙岭鱼骨庙看上一看。

我又问老刘头去龙岭的详细路径和当地的地形地貌。

老刘头说："鱼骨庙在龙岭边上，你们要去看看那庙倒也罢了，切记不可往龙岭深处走。那片岭子，地势非常险恶，有很多地方都是陷空地洞，在外边根本瞧不出来，表面是土壳子，一踩就塌，掉进去就爬不出来了。据说地下都是溶洞，极尽曲折复杂，当地人管那些洞叫龙岭迷窟，比迷宫还难走，更可怕的是那迷窟里边闹鬼。听我一句劝，万万不可进去。"

老刘头说了这么一件事：有五名地质队的工作人员去龙岭的溶洞中勘查，结果集体失踪，县里的老百姓都传开了，说他们在龙岭遇上了鬼砌墙，这不是到现在也生不见人死不见尸吗？这件事都过去两年多了。

我连声称谢，说："我们就是去鱼骨庙瞧个新鲜，瞧瞧那铁头龙王的骨头，龙岭那片荒山野岭我们去做什么，您尽管放心就是。"

刘老头喝得大醉而归。我把房门关上，同胖子与大金牙二人秘密商议，定要去龙岭迷窟走上一遭，看看能不能找到点好东西，就算古墓已经被盗，说不定在附近的村落中也能收到一两样东西，那样也不算白来了陕西一趟。

胖子问我："老胡，这回有几成把握？咱可别再像上次去野人沟似的，累没少受，力没少出，差点赔上几条性命，结果就搞回来两块破瓦当子，连玉都不是。"

我说："这次也没什么把握，只不过好容易得知龙岭中有座大墓，至今无人找到，我听着就心痒难耐，说不定老天爷开眼让咱们做上回大买卖，那就能把那美国妞的钱都还了，免得我在她面前抬不起头来。不过龙岭的古墓是否能保存至今，还得两说。据我估计，解放前那位出钱修鱼骨庙的商人，极有可能就是个倒斗的高手，他修鱼骨庙便是为了挖地道进入龙岭古墓的地宫之中，如果他得手了，咱们就没指望了。总之做好准备，到那儿看一看再说。"

大金牙听说要去倒斗，也很兴奋。他眼红这行当很久，但是每到春天就犯哮喘，从来都没真正参加过倒斗，而且他生意上往来的那些盗墓贼，都是些在农村乱挖乱掘的毛贼，挖出来的也没什么太好的东西，大金牙恨不得也亲自出马干上一回大活，但始终没有机会。这时正是夏末，他的病是一种过敏性哮喘，这时候不太容易发作，又有我和胖子这两个实习过多次的摸金校尉在，更是有恃无恐。

不过我还是劝他别进冥殿，最好留在外边给我和胖子望风，我们在下边，上边留个人，万一有什么闪失，也好有个人接应一下。

当下我做了一番部署。这趟出门本没指望发现大墓，一来是在内地，二来这边的古墓都让人挖得差不多了。没想到在这龙岭里面可能会有唐代大墓，实在是出乎意料。我们没有带太多的工具，工兵铲这种既能防身又能挖土的利器我自然是不离身半步，只不过在黄河中失落了一把，只剩下胖子随身携带的一把了。

在地道山洞里行动，还必须有足够的照明装备，我们有三支狼眼手电。这种手电是德国货，照明范围三十米，光线凝聚力极强，甚至可以作为防身武器，遇到敌人野兽，在近距离用狼眼手电照它们的眼睛，可以使对方瞬间失去视力。

狼眼手电是同 Shirley 杨等人去新疆沙漠的时候，由 Shirley 杨提供的先进装备，她回国时把剩余的大部分装备都给了我，我就老实不客气地照单全收了。反正已经欠了她那么多钱，甚至被她在蛇口下救过一次，至今还欠她一条命，虱子多了不痒，债多了不愁，再多加上一份人情债也不算什么。

最头疼的是没带防毒面具，只有几副简易的防毒口罩，这古蓝小城可不容易找防毒面具。以前的摸金校尉们代代相传避免空气中毒的古老办法，首先是放鸟笼子，我们在野人沟曾经用过一次；其次就是用蜡烛，这是摸金校尉们必不可少的道具。只要没有化学气体，防毒口罩也对付着够用了。

我开了张单子，让胖子就近采购，能买的都买来，买不来再另想办法。

我们需要两只大鹅，我特别强调要活的，否则胖子很可能买烧鹅回来。还需要蜡烛、绳子、消防钩、手套、罐头、肉干、白酒，再看看邮局有没有附近的详细地图，最好能再买些补充热量的巧克力，其余的东西我们身上都有，暂时就这些了。

胖子问道："没处买枪去啊，没枪怎么办？我没枪在手，胆子就不够壮。"

我说："这附近没什么野兽，根本用不着枪，就算碰上了拿工兵铲对付就足够了。要在边境或者偏远地区，可以找打猎的买枪，在内地可不容易搞到枪械。再说要枪也没用，咱们只是这么计划，计划赶不上变化，说不定龙岭迷窟中的古墓早就被人掏光了。"

大金牙点头道："胡爷说得是，听老刘头说龙岭地下多溶洞，是典型的喀斯特地貌，这种地质结构多有地震带，要是真有唐代大墓，从唐代到现在这么多年，指不定发生什么变化呢。咱们做万全的准备，但是也不能抱太大的希望。"

我突然想起来，陕西养尸地极多，万一碰上粽子如何是好，这事说起来就想揍大金牙，拿两枚伪造的摸金符蒙我们，好几次险些把命搭上。

大金牙见说起这件事，只好赔着笑脸再次解释："胡爷、胖爷，你们可千万别生气，我当时也不知道，当年我们家老爷子就是戴的这种摸金符，也没出过什么事。依我看这其实就是一种心理作用，你们二位要是没见过那枚真的摸金符，一直拿我给你们的当真货，就不会像现在这么没信心了。回头咱们想办法收两枚真的来，这钱算我的。摸金符这物件虽古，但只要下功夫，还是能收来的。"

我笑着说："那就有劳金爷给上点心，给我们哥儿俩弄两枚真的来。说实话，不戴着这个东西干倒斗，心里还真是没底。干起活来要是没信心，那可比什么都危险。"

三人筹划已定，便各自安歇。连日舟车劳顿，加之又多饮了几杯，这一觉睡到第二天下午才起。胖子和大金牙去街上采买应用的东西，我找到老刘头，进一步地了解龙岭迷窟的情况。

但是老刘头说来说去，还是昨夜说的那些事。这一地区关于龙岭迷窟的传说很多，却尽是些捕风捉影不尽不实的内容，极少有确切的信息。其他的人也都是如此，一说起龙岭迷窟都有点谈虎色变，都说有鬼魂冤灵出没，除非迫不得已，否则很少有人敢去那一带。

我见再也问不出什么，便就此作罢，又在古蓝歇了一日，我们按照老刘头指点的路径，用竹筐背了两只大鹅，动身前往龙岭鱼骨庙。

这才是：一脚踏进生死路，两手推开是非门。

第五章
盘蛇坡

龙岭往大处说，是秦岭的余脉，往小处说，其实就是一片星罗棋布的土冈。一个土丘挨着一个土丘，高低起伏的落差极大，土丘与土丘之间被雨水和大风切割得支离破碎，有无数的深沟。还有些地方外边是土壳子，但是一踩就破，里面是陷空洞。看着两个山丘之间的直线距离很近，但是从这边走到那边，要绕上半天的路程。

这个地方名不见经传，甚至连统一的名称都没有，古蓝县城附近的人管这片山叫龙岭，然而在附近居住的村民们又管这一地区叫作盘蛇坡。

盘蛇坡远没有龙岭这个名号有气势，但是用以形容这里的地形地貌，比后者更为直观，更为形象。

我和胖子、大金牙三人，早晨九点离开古蓝县城，能坐车的路段就坐车，不通车的地方就开十一号，一路打听着到了龙岭的时候，天已经擦黑了。

龙岭山下有一个小小的村落，村里有二十来户人家。现在天色已晚，想找鱼骨庙不太容易了，山路难行，别再一不留神掉沟里，那可就出师未捷身先死了，干脆晚上先在村里借宿一夜，有什么事等到明天早晨再说。

我们就近找了村口的一户人家，跟主人说明来意，出门赶路，前不着

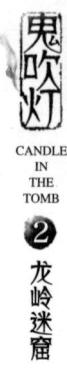

村后不着店，能不能行个方便，借宿一夜，我们不白住可以付点钱。

这户主人是一对年老的夫妇，见我们三人身上背的大包小裹，还带着两只活蹦乱跳的大白鹅，便有些疑惑，不知道我们这伙人是干什么的。

胖子赶紧堆着笑脸跟人家说："大爷大妈，我们是去看望以前在部队的战友，路过此地，错过了宿头。您瞧我们这也是出门在外，很不容易，谁出门也不能把房子带着不是吗？您能不能行行好，给我们找间房，让我们哥儿仨对付一宿，这二十块钱您拿着。"说完之后，也不管人家愿意不愿意，就掏出钱来塞给老两口。

老夫妇见我们也不像什么坏人，便欣然应允，给我们腾出一间屋来，里面好像有几年没人居住了。炕是冷的，要是现烧火，还得倒一天的黑烟。我跟他们说不用烧炕了，有个避风的地方就成，然后麻烦他们老两口给我们弄些吃的。

胖子见院中有水桶和扁担，便对我说："老胡，快去打两大桶水来。"

我奇道："打水干什么？你水壶里不是有水吗？"

胖子说："你们解放军住到老乡家里，不都得把老乡家的水缸灌满了，然后还要扫院子，修房顶子。"

我对胖子说："就他妈你废话多。我对这儿又不熟，我哪儿知道水井在哪儿，黑灯瞎火的我出去再转了向，回不来怎么办？还有，一会儿我找他们打听打听这附近的情况。你别话太多了，能少说就少说两句，别忘了言多必失。"

正说着话，老夫妇二人就给我们炒了几个鸡蛋，弄了两个锅盔，端进了屋中。

我连声称谢，边吃边跟主人套近乎，问起这间屋以前是谁住的。

没想到一问这话，老头老太太都落泪了。这间屋本是他们独生儿子住的，十年前，他们的儿子进盘蛇坡找家里走丢的一只羊羔，结果就再也没回来。村里人找了三四天，连尸首也没见着，想必是掉进土壳子陷空洞，落进山内的迷窟里了。唯一的儿子，就这么没了，连个养老送终的人都没有了，这些年，就靠同村的乡亲们帮衬着，勉强度日。

第五章 盘蛇坡

我和胖子等人听了,都觉得心酸,又多拿了些钱送给他们,老两口千恩万谢,连说碰上好人了。

我又问了些情况,老夫妇都说盘蛇坡没有什么唐代古墓,只听老一辈的人提起过说有座西周的大墓,而且这座墓闹鬼闹得厉害,甚至大白天都有人在坡上碰到鬼砌墙,在沟底坡上迷了路,运气好的碰上人能救回来,运气不好的,就活活困死在里面了。

当地的人们称这一带为"盘蛇",就是说道路复杂,容易迷路的意思,而龙岭迷窟则是指山中的洞穴纵横交错,那简直就是个天然的大迷宫。

至于鱼骨庙的旧址,确实还有,不过荒废了好几十年了,出了村转过两道山梁有条深沟,鱼骨庙就在那条沟的尽头,当年建庙的时候,出钱的商人说那是处风水位,修龙王庙必保得风调雨顺。没想到修了庙之后,也没什么改变,老天爷想下雨就下雨,不想下雨就给你旱上几年,烧香上供根本没用,所以那庙的香火就断了,很少有人再去。

我说:"我们只是在过黄河的时候,险些被龙王爷把船掀翻了,所以比较好奇,想去鱼骨庙看看铁头龙王的骨头。"

老夫妇说:"你们想去鱼骨庙没什么,但是千万别往盘蛇坡深处走,连本村土生土长的都容易迷路,何况你们三个外来的。"

我点头称谢,这时也吃得差不多了,就动手帮着收拾,把碗筷从屋中端出去,走在院中,大金牙突然低声对我说:"胡爷,这院里有好东西啊!"

我回头看了一眼,大金牙伸手指了指院中的一块大石头:"这是块碑,有年头了。"

我没说话,点了点头表示知道了,帮忙收拾完了碗筷。老夫妇回房睡觉,我们三人围在院中假装抽烟闲聊,偷偷观看大金牙所说的石碑。

要不是大金牙眼贼,我们根本不会发现,这块长方形的石碑磨损得十分严重,中间刻了几道深深的石槽,看样子可能是用来拴牲口的。

石碑只有一半,碑顶还有半个残缺的兽头,碑上的文字花纹早都没了,没有这半个兽头,也瞧不出这是块石碑。

胖子问大金牙:"这就是您说的好东西?我看以前可能还值钱,现在这样，也就是块大石头了，你们瞧瞧，这上边的东西都磨平了，这用了多少年了。"

大金牙抽着烟说："胖爷，我倒不是说这石碑值钱，这块残碑现在肯定不值钱了，就剩半个兽头，连研究价值可能都不存在了，有点可惜。但是您别忘了，我们家祖上也是干倒斗的，我之所以说这是好东西，也不是一点理由没有，就冲这块残碑上的半个兽头，我就敢断定，这龙岭中一定有座唐代古墓，但是具体位置嘛，明天咱们就得瞧胡爷的手段了。"

我伸手摸了摸石碑上的兽头，对大金牙说道："你是说这是块墓碑？"

大金牙说道："就算是墓碑吧，这碑上的兽头虽然残了，但是我还能瞧出来，这只兽叫乐狲。唐代国力强盛，都把陵墓修在山中，以山为陵，地面上也有一些相应的设施，竖一些石碑石像，如石骆驼、石狻猊之类的，作为拱卫陵寝的象征。这乐狲就是一种专趴在石碑上的吉兽，传说它是西天的灵兽，声音好听，如同仙乐。以此推断，这石碑上应该是歌功颂德之类的内容。陵寝前十八里，每隔一里便有一对，乐狲是第二对石碑。"

我说："金爷，别看你不懂风水，但是你对古代历史文化的造诣，我是望尘莫及。咱们别在院里说了，回屋商量商量去。"

我们回到屋中继续谋划，现在已经到了龙岭边上了，从现在的线索来看，这里有古墓是肯定的，不过这墓究竟是大唐的或西周的，倒有几分矛盾。

要是从墓碑上看，是唐代大墓毫无疑问，也符合在古蓝县城招待所中老刘头所言，但是当地的村民怎么说这山里是西周的古墓？

大金牙问我："你看有没有这种可能性，一条风水宝脉之中，有多处穴位可以设陵？"

我说："那倒也是有的，不过整整一条地脉不可能都是好地方，各处穴位也有高低贵贱之分，最好的位置，往往只够修一座墓。不过，也不排除两朝的古墓都看上一个穴位的可能。"

我让胖子和大金牙今晚好好养精蓄锐，明日一早，管它是龙岭，还是盘蛇坡，咱们到地方好好瞧瞧。另外这村里说不定也有不少没被人发现的古董，回来的时候再多到当地老乡家里瞧瞧。

第六章
鱼骨庙

第二天我们起了个大早，收拾完东西，按照昨天打听到的，出村转了两道山梁，去寻找鱼骨庙。

两道山梁说起来简单，直线距离可能很短，真正走起来可着实不易。昨天到这里天已经黑了，周围的环境看不清楚，这时借着曙光放眼观望，一道道沟壑纵横，支离破碎的土原、土梁、土峁、土沟耸立在四周。

这里虽然不是黄土高原，但是受黄泛的影响，地表有大量的黄色硬泥，风就是造物主的刻刀，把原本绵延起伏的山岭切割雕凿，形成了无数的沟壑风洞，有些地方的沟深得吓人。

这里自然环境恶劣，地广人稀，风从山沟中刮过，呜呜作响，像是厉鬼哀号，山梁上尽是大大小小的洞穴，深不见底，在远处一看，如同山坡上长满了黑斑。

我们走了将近三个小时，终于在一条山沟中找到了鱼骨庙。这庙比我们想象中的还要残破。我们听说这座龙王庙香火断了几十年，提前有些心理准备，没承想到实地一看，这座破庙破得都快散架了。

鱼骨庙只有一间庙堂，也不分什么前进后进，东厢西厢，庙门早就没了，

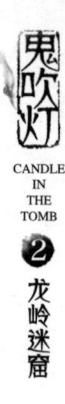

不过总算是看到了铁头龙王鱼的头骨，那鱼嘴便是庙门。

胖子拿工兵铲敲了敲，当当作响，这骨头还真够硬的。我们仔细观看，见这鱼头骨截然不同于寻常的鱼骨，虽然没有了皮肉，仍然让人觉得狰狞丑陋。我们从来没见过这种鱼，不是鲸鱼也不是普通的河鱼，大得吓人，都不敢多观。

庙堂内龙王爷的泥像早就不知哪儿去了，地面梁上全是尘土蛛网，不过在里面，却看不出房梁是由鱼骨搭建的，估计鱼骨都封在砖瓦之中了。

墙壁还没完全剥落，勉强能够辨认出上面有"风调雨顺"四个大字，地上有好几窝小耗子，看见进来人了吓得嗖嗖乱窜。

我们没敢在鱼骨庙的庙堂中多待，这破庙可能随时会塌，来阵大风，说不定就把房顶掀没了。

在庙门前，大金牙说这种鱼骨建的龙王庙，在沿海地区有几座，在内地确实不常见。民国时期天津静海有这么一座，也是大鱼死在岸上，有善人出钱用鱼骨盖了龙王庙，香火极盛，后来那座庙在二十世纪七十年代初毁了，就再没见过。

我看了看鱼骨庙在这山沟中的地形，笑道："这鱼骨庙的位置要是风水位，我回去就把我那本《十六字阴阳风水秘术》扯了烧火。"

胖子问道："这地方不挺好的吗？风刮得呼呼的，风水的风是有了，嗯……就有点缺水，再有条小河，差不多就是风水宝地了。"

我说："建寺修庙的地方，比起安宅修坟来另有一套讲究。寺庙是为了造福一方，不能随便找个地方就盖，建寺庙之地必是星峰磊落，明山大殿。除了这座鱼骨庙，你可见过在沟里的庙吗？就连土地庙也不能修在这深的山沟里啊，正所谓是'谷中有隐莫穿心，穿心而立不入相'。"

大金牙问道："胡爷，你刚说的最后一句是什么意思？是说山谷中修庙不好吗？"

我点头道："是的,你看这些沟沟壑壑,似龙行蛇走,怎奈四周山岭贫瘠,无帐无护,都不成事势,加之又深陷山中,阴气也重。如果说这山岭植被茂密,还稍微好一点,那叫'帐中隐隐仙带飞,隐护深厚主兴旺'。这条破山沟子，按中国古风水学的原理，别说修庙了，埋人都不合适，所以我断定这庙修得有问题，一定是摸金校尉们用来掩护倒斗的，果然不出所料。"

胖子说道："要说是掩人耳目，也犯不上如此兴师动众啊，我看搭间草棚也就够用了。再说这条沟里哪儿有人，顶多偶尔来个放羊的，听村里人说，过了这道梁便是龙岭迷窟，里面邪乎得很，平时根本没法去，所以到这儿放羊的恐怕也不多。"

我说："这恐怕主要还是博取当地人的信任，外地人出钱给当地修龙王庙，保一方风调雨顺太平如意，当地人就不会怀疑了。倘若直接来山沟里盖间房子，是不是会让人觉得行为反常，有些莫名其妙，好好的在山沟里盖哪门子房屋呢？这就容易被人怀疑了。不如说这里是风水位，盖座庙宇，这样才有欺骗性，以前还有假装种庄稼地的，建上青纱帐再干活，都是一个宗旨，不让别人知道。"

大金牙和胖子听了我的分析，都表示认同，外地人在山沟里盖庙确实比盖房子更容易伪装。

其实胖子所说不是没有道理，不过还得上到山梁上看看那龙岭的形势，才能进一步判断在此修庙的原因。我估计古墓离鱼骨庙距离不会太远，否则打地道的工程量未免太大。

现在终于到了龙岭坡下，我最担心的两件事，第一件就是龙岭中有没有大墓，现在看来，答案应该是绝对肯定的。第二件事是，这座墓如此之大，而且早就被建鱼骨庙的那位假商人盯上了，他有没有得手，这还不好说，不过看他这般作为，如此经营，定是志在必得。

不过就算是这龙岭的古墓已经被倒了斗，我想我们也可以进去参观参观，看看别的高手是怎么做的活，说不定没掏空，还能留下几样。

摸金校尉的行规很严，倒开一个斗，只能拿上一两件东西，多了便要坏了规矩，看这位修鱼骨庙的高人，既然能在龙岭找到很多人都找不到的大墓，一定是个老手。

越是老手高手，越看重这些规矩，有时候甚至把行规看得比命都重要，不过这些优良传统现在恐怕没人在乎了，现在的民盗跟当年日本鬼子差不多，基本上到哪儿都执行"三光"政策。

我们围着鱼骨庙转了几圈，没发现地道的位置，看来藏得极为隐蔽，不太容易找到，甚至有可能在那位摸金校尉做了活之后，就给彻底封死了。

大金牙问能不能看出那古墓的具体位置，我说沟里看不出来，得爬到山梁上，居高临下地看才能瞧得分明。

大金牙平日吃喝嫖赌，身体不太好，经不得长途跋涉，走到鱼骨庙已经累得不轻了，要再爬上山梁然后爬回来，确实吃不消。我让他和胖子留在鱼骨庙，找找附近有没有地道，并嘱咐他们如果进庙堂之中，务必小心谨慎，别被砸在里头。

我自己则顺着山坡，手足并用爬了上去，没用多久就爬到了山梁之上，只见梁下沟壑纵横，大地像是被人捏了一把，形成一道道皱褶，高低错落，地形非常复杂。

陕西地貌总的特点是南北高，中间低，西北高，东南低，由西向东呈倾斜状。北部为黄土高原，南部为秦巴山地，中部为关中平原。而这一带由于秦岭山势的延续，出现了罕见的一片低山丘陵，这些山脊都不太高，如果从高处看，可能会觉得像是大地的一块伤疤。

我手搭凉棚，仔细分辨面前一道道山岭的形状，龙岭果真是名不虚传，地脉纵横，枝干并起，寻龙诀有言："大山大川百十条，龙楼宝殿去无数。"

这龙岭之中便有一座隐藏得极深的"龙楼宝殿"，形势依随，聚众环合，这些绵延起伏的群岭都是当中这座"龙楼宝殿"呈现出来的"势"。这里的龙"势"不是那种可以埋葬帝王的"势"，皇帝陵的"势"需要稳而健，像那种名山耸峙、大川环流、凭高扼深、雄于天下的地方才有，龙岭呈现出来的"势"则是卧居深远、安宁停蓄之"势"。

如此形势可葬国亲，例如皇后、太后、公主、亲王一类的皇室近亲，葬在这里，可使帝室兴旺平稳，宫廷之中祥和安宁。说白了，就跟镇住自家后院差不多。

不过这个"势"已经被自然环境破了，风雨切割，地震山塌，这一带水土流失非常严重，地表破碎，已经不复当年之气象。

虽然如此，还是一眼便能看出来，龙岭中的这座"龙楼宝殿"就在我所站的山梁下边。这是一座被自然环境破坏很大的山坡，附近所有的山梁山沟，都是从这座山丘中延伸出来的，那座唐代古墓定在这山腹之中。

我站在山脊上，瞧准了山川行止起伏的气脉，把可能存在古墓的位置用笔记下，标明了距离方位，然后转身去看另一边的胖子和大金牙。

他们两个正围着鱼骨庙找盗洞，我把手指放在嘴中，对着胖子和大金牙打了声响亮的口哨。

胖子二人听见声音，抬头对我耸了耸肩膀，示意还没找到盗洞的入口，随后便低头继续搜索，把鱼骨庙里里外外翻了一遍又一遍。

上山容易下山难。我往爬上来的地方看了看，太陡了，很难按原路下去，四处一张望，见左首不远处的山坡上，受风雨侵蚀，土坡塌落了一大块，从那里下去会比较容易。

于是顺着山脊向左走了一段，踩着坍塌的土疙瘩缓缓下行，这段土坡仍然很难立足，一踩就打滑，我见附近有处稍微平整的地方可以落足，便跃了过去。

没想到站定之后，刚走出没两步，脚下突然一陷，下半身瞬间落了下去，我暗道不妙，这是踩到土壳子上了。

听附近的人说这盘蛇坡尽是这种"陷人洞"，我本以为这边缘地带还算安全，想不到大意了。这时候我的腰部已经整个陷落在土洞中了，我心中明白，这时候千万不能挣扎，这里的地质结构与沙漠的流沙大同小异，所不同的就是沙子少，细土多，越是挣扎用力，越是陷落得快，遇上这种情况，只能等待救援，如果独自一人，就只好等死了。

我尽量保持不让自己的身体有所动作，连口大气也不敢喘，唯恐稍有动作就再陷进去一截，倘若一过胸口，那就麻烦大了。

我两手轻轻撑住，保持身体受力均匀，等了十几秒钟，见不再继续往下掉了，便腾出一只手从脖子上摘下哨子，放到嘴边，准备吹哨子招呼胖子过来帮忙。

不过吹哨子便要胸腹用力，我现在处在一种微妙的力量平衡之中，身体不敢稍动，否则这块土坡随时有可能坍塌，把我活埋进里边；当然也不是陷落下去就必定被活埋，下面也许是大型溶洞；更倒霉的是落进去半截，上不见天，下不见地，活活憋死，那滋味可着实难受。

这个想法在我脑中一转，我还是决定吹哨子，否则等胖子他们俩想起我来，黄花菜都凉了，希望他们听到之后赶快来救援，否则俺老胡这回真要归位了。大风大浪没少经历，实在不愿意就这么死在这土坡子里。

我吹响了哨子，胸腹稍微一动，身体呼噜一下，又陷进去一块，刚好挤住胸口，呼吸越来越艰难。要是活埋一个人，一般不用埋到头顶，土过胸口就憋死了。我现在就是这种情形，两只手伸在外边，明明憋得难受，却又不敢挣扎。这一刻是考验一个人忍耐力的时候，我尽量让自己保持冷静，千万不能因为胸口憋闷得快要窒息了，就企图用胳膊撑着往外爬，那样做死得更快。

对我现在的处境来说，一秒钟比一年还要漫长，死胖子怎么还不赶过来，倘若他们没听见哨声，那我就算交待到这儿了。

正当我忍住呼吸，胡思乱想之际，见胖子和大金牙俩人，慢慢悠悠，有说有笑地从下边溜达着走了上来。

他们一见我的样子，都大吃一惊，甩开腿就跑了过来。胖子边跑边解身上携带的绳索，他还背着竹筐，里面的两只大白鹅被胖子突然的加速吓得大声叫着。

胖子和大金牙怕附近还有土壳子，没敢靠得太近，在十几步开外站住，把绳子扔了过来，我终于抓住了救命的稻草，把绳索在手上绾了两扣。

双方一齐用力，把我从土壳子里拉了出来，上来的时候我的双腿把整个一块土壳彻底踩塌，山坡上露出一个大洞，碎土不断落了进去。

我大口喘着粗气，把水壶拧开，灌了几口，把剩下的水全倒在头上，用手在脸上抹了一把，回头看了看身后塌陷的土洞，我自己也说不清楚这是第几次又从鬼门关转回来了，实在是后怕，不敢多想。

胖子给我点了根烟压惊，我惊魂未定，吸了两口烟，呛得自己直咳嗽。

这次经历不同以往，以前生死就在一瞬间，来不及害怕，这回则是死神一

第六章 鱼骨庙

步步慢慢地逼近,世界上没有比这更能折磨人的神经了。

我的三魂七魄,大概已经飞了两魂六魄,足足过了二十分钟,我的那两魂六魄才慢慢回来。

大金牙和胖子见我脸色刷白,也不敢说话,过了半晌看我眼神不再发直了,便问我怎么样了。

我让胖子把白酒拿来,喝了几口酒,这才算彻底恢复。

我们三人去看刚才我踩塌的土洞,大金牙问道:"这会不会是个盗洞?"

我说:"不会,盗洞边缘没这么散,这就是山内溶洞侵蚀的结果,山体外边只剩下一个空壳了,有的地方薄,有的地方厚,看来这龙岭下的溶洞规模着实不小。"

我把刚才在山脊上所见的情况对他们说了,那边的山中肯定有座大墓,和鱼骨庙的直线距离约有一公里。

如果鱼骨庙有个盗洞通往那座古墓,这个距离和方位完全符合情理,打一公里的盗洞对一个高手来讲,不是难事,只是多费些时日而已。

胖子问道:"这人吃饱了撑的啊,既然能看出古墓的具体位置,怎么还跑这么老远打洞?"

我对胖子说道:"盖鱼骨庙的这位前辈,相形度地,远胜于你,他自然是有他的道理,我推测他是想从下边进入地宫。"

大金牙说:"噢?从下边进去?莫不是因为这座墓四周修得太过坚固结实,无从下手,只好从底下上去?我听说这招叫顶宫。"

我说:"应该是这样。唐代都是在山中建陵,而且大唐盛世,国力殷实,冠绝天下,陵墓一定修得极为坚固,地宫都是用大石堆砌,铸铁长条加固,很难破墓墙而入。不过古墓修得再如何铜墙铁壁,也不是无缝的鸡蛋。任何陵墓都有一个虚位,从风水学的角度上说,这就是为了藏风聚气,如果墓中没有这个虚位,风水再好的宝穴也没有半点用处。"

胖子问道:"就是留个后门?"

我说:"不是,形止气方蓄,为了保持风水位的形与势,让风水宝地固定不变。陵墓的格局不可周密,需要气聚而有融,一般陵墓的甬道或者后殿便是融气之所，那种地方不能封得太实，否则于主不利。"

另外还有一种说法，大型陵墓都和宫殿差不多，最后封口的时候，为了保守地宫中的秘密，都要把最后留下的一批工匠闷死在里边。那些有经验的工匠，在工程进行的过程中，都会给自己留条后路，偷偷地修条秘道，这种秘道往往都在地宫的下边。

不过这种工匠们为自己偷建的逃生秘道，是完全没有风水学依据的，怎么隐蔽就怎么修，对陵墓格局的影响很大，但是始终无法禁止。

所以遇到这种四壁坚固异常的大墓，摸金校尉们查明情况之后，便会选择从下边动手。

我们三人稍稍商量了一下，都觉得值得花费力气进龙岭大墓中走上一趟，因为这座墓所在的位置非常特殊，山体形势已经不复当年的旧貌。能发现这里有墓的，一定是摸金校尉中的高手，他定会秉承行规，两不一取，这么大的墓，别说他拿走一两件宝贝，就算摸走了百十件，剩下的我们随便摸上两样，也收获匪浅。

我们决定还是从鱼骨庙的盗洞下手，这样做比较省事。首先，鱼骨庙盗洞距今不过几十年，不会有太大的变化，中间就算有坍塌的地方，我们挖一条短道绕过去就行；其次龙岭上有陷人的土壳子，在岭中行走，有一定的危险性，我刚刚就险些憋死在里边，这样也避免危险。

当下计议已定，便回鱼骨庙，胖子和大金牙已经找了半日，一直没发现有什么盗洞。这座庙修得不靠山不靠水，也谈不上什么格局，从外观上极难判断出盗洞的位置。但这个盗洞对我们来讲太重要了，我做出的一切推论，其前提都是鱼骨庙是摸金校尉所筑。

我忽然灵机一动，招呼胖子和大金牙："咱们看看以前摆龙王爷泥像的神坛，如果有盗洞，极有可能在神坛下藏着。"

第七章
盗洞

鱼骨庙的房顶在山风中微微摇摆，发出嘎吱嘎吱的声音，听得人心里发慌，不过我们观察了这么长时间，发现这座庙虽然破败不堪，却十分坚固，可能和它的梁架是整条鱼骨有关。

庙中的龙王泥像只剩下不到五分之一，上面的部分早不知到哪儿去了，神坛的底座是个珊瑚盘的造型，也是用泥做的，上面的颜色已经褪没了，显得很难看。

据我估计如果庙中有盗洞，很有可能便在这泥坛下边，胖子问我有没有什么依据，我没告诉他，我的灵感来自当时流行的武侠小说。

我把身上的东西都放在地上，挽起袖子和胖子用力搬动神坛，神坛上的泥块被我们俩掰下来不少，但是整体的神坛和小半截泥像纹丝不动。

我心想这么蛮干不管用，那会不会是有什么机关啊？

胖子却不管什么机关，暴脾气上来，抡起工兵铲去砸那神坛，神坛虽然是泥做的，但是非常坚硬，胖子又切又砸，累出了一身汗，才砸掉一半，露出下边白生生的石头茬子。

这说明神坛下没有通道，我们白忙活了半天，心中都不免有些气馁。

大金牙一直在旁帮忙，胖子砸神坛的时候他远远站开，以防被飞溅的泥石击中，他突然说道："胡爷，胖爷，你们瞧瞧这神坛后面是不是有暗道，也许是修在了侧面，不是咱们想象中直上直下的地道。"

经大金牙一提醒，我俯下身看那神坛的后面，神坛有半人多高，是长方形，位于庙堂深处，后边的空隙狭小，只容一人经过。

我先前在后边看过，以为是和神坛连成一体的泥胎，另外我先入为主，一直认为地道入口应该是在地面上，所以始终没想到这一点。

这时仔细观察，用手敲了敲神坛的背面，想不到一敲之下，发出空空的回声，而且凭手感得知，外边的一层泥后是一层厚厚的木板。

我抬脚就踹，咔咔几声，木板一揭开，神坛背面露出一个地洞。原来这盗洞果真是在神坛下边，不过上边是砖泥所建，坚固厚实，毫不作假，背面的入口则是木板，外边糊上同神坛整体一样的泥，再涂上颜色，木板其实是活动的，在里边外边都可以开动关闭，外边根本就瞧不出来。

我对大金牙说："行啊，金爷，真是一语点醒梦中人，你是怎么想出来的？"

大金牙露着金灿灿的大牙说道："我也是顺口一说，没想到还真蒙上了，看来今天咱们运气不坏，能大捞一把了。"

我们三人忍不住心中一阵狂喜，急急忙忙地把东西都搬到洞口后边。我打开狼眼手电筒向里面照了照，洞口的直径说大不大，说小不小，胖子爬进去也有富余，但是他这体形在里边转不了身，倘若半路上想退回来，还得脚朝前倒着往回爬。

我脱口赞道："真是绝顶手段，小胖，金爷，你们瞧这洞挖的，见棱见线，圆的地方跟他娘的拿圆规画的似的，还有洞壁上的铲印，一个挨一个，甭提多匀称了。"

大金牙是世家出身，还是识得些本领的，也连声赞好，唯独胖子看不出个所以然来，胖子抱着两只大白鹅说道："该这两块料上了吧，让它们做探路尖兵。"

我说："且不忙这一时，盗洞常年封闭，先散散里边的秽气，然后再

第七章 盗洞

放只鹅下去探路。咱们折腾了大半日，先吃点喝点再说。"

胖子又把两只鹅装回了筐里，取出牛肉干和白酒，反正这龙王庙是假的，我们也用不着顾忌许多，三人就坐在神坛上吃喝。

我们边吃边商量进盗洞的事，大金牙一直有个疑惑，这山体中既然是空的，为什么还要大费周折，在鱼骨庙挖地道呢？找个山洞挖进去岂不是好？

我说不然，这里虽然有溶洞地貌，而且分布很广，规模不小，但是从咱们打探到的情报来分析，可以做出这样的判断：当地人管这里叫作龙岭也好，盘蛇坡也好，地名并不重要，只不过都是形容这里地形复杂。

最重要的一点，知道的人几乎都说这山里的溶洞是迷宫，龙岭迷窟之名就是从这儿来的。所以我认为这片溶洞，并不是一个整体的大洞，而是支离破碎，有大有小。有些地方的山体是实的，有些又是空的，这些洞深浅长短不一，而又互相连接，错综复杂，所以进去的人就不容易走出来了。

盖鱼骨庙的这位摸金校尉，既然能够在一片被破了势的山岭中准确地找到古墓方位，他一定有常人不及之处，相形度势的本领极为了得。

这个盗洞是斜着下去的，盗墓倒斗也讲究个望闻问切："望"是指通过打望，用双眼去观望风水，寻找古墓的具体位置，这是最难的；"闻"是闻土辨质，掌握古墓的地质结构、土质信息；"问"是套近乎，骗取信任，通过与当地的老人闲谈，得知古墓的情报；最后这个"切"，在打盗洞的手法里，有专门的技术叫"切"，就是提前精确计算好方位、角度和地形等因素，然后从远处打个盗洞，这洞就笔直通到墓主的棺椁停放之处。

咱们眼前这个盗洞，角度稍微倾斜向下，恐怕就是个切洞，只要看好了直线距离，就算盗洞打了一半，打进了溶洞之中，也可以按照预先计算好的方向，穿过溶洞，继续奔着地宫挖掘，不至于被陷到龙岭迷窟中迷了方向。

我对挖这个盗洞的高手十分钦佩，这个洞应该就是附近通到古墓地宫中最佳的黄金路线，可惜没赶在同一年代里，不能和那位前辈交流交流心得经验。

我对胖子和大金牙说："盗洞很有可能穿过龙岭周边的溶洞，溶洞四通八达，里面还会有水，那样的话咱们就不用担心呼吸的问题了。如果是个实洞，那咱们进去之后每呼吸一次，就会增加一部分二氧化碳的浓度……"

大金牙说："这确实十分危险，没有足够的防止呼吸中毒措施，咱们不可贸然进去。既然已经找到了盗洞，不如先封起来，等准备万全，再来动手，这古墓又不会自己长腿跑了。"

我说："这倒不必担心，我在前边开路，戴上简易防毒口罩，走一段就在洞中插根蜡烛，蜡烛一灭，就说明不支持燃烧的有害气体过多，那时马上退回来就是；另外还可以先用绳子拴住两只大鹅，赶着它们走在前边，若见这两只大鹅打蔫，也立刻退回来便是；再说我这几副简易防毒口罩虽然比不上专业的防毒面具，也能应付一阵了。"

大金牙见我说得如此稳妥，便也心动起来，非要跟我们一起进地宫看看。干这行的就是有这毛病，你要不让他知道地宫在哪儿，也就罢了；一旦知道了，而且又在左近，若不进去看看如何肯善罢甘休。

别说大金牙这等俗人，想那些大学者也曾和一些考古学者多次联名上书总理，要求打开李治的乾陵。说是担心乾陵刚好建在地震带上，一旦地震，里面的文物便都毁了。其实是这帮学者想在有生之年看看地宫里的东西，都干了一辈子这工作了，做的年头越多，好奇心就越强，一想到陪葬品中可能有王羲之真迹，便心急火燎再也按捺不住。最后总理给他们批复的是：十年之内不动。他们这才死心。

所以我很理解大金牙的心情，做古玩行的要是能进大墓的地宫中看一看，那回去之后便有谈资了，身份都能提升一两个档次。

我又劝了他几句，见他执意要去，便给了他一副防毒口罩，然后由胖子当前开路，牵着两只大鹅爬进盗洞。

我紧随在后，手中擎了一支点燃的蜡烛，大金牙跟在最后，三人缓慢地向前爬行。盗洞里面每隔一段就有木架固定，虽然不用担心坍塌，但是其中阴暗压抑。往前爬了一段，觉得眼睛被辣了一下，我急忙点了支蜡烛，

第七章 盗洞

没有熄灭，这说明空气质量还容许继续前进。

越向前爬越是觉得压抑。我正爬着，大金牙在后边拍了拍我的脚，我回头看他，见大金牙满脸是汗，喘着粗气，我知道他是累了，便招呼前边的胖子停下，顺手把蜡烛插在地上。刚要问大金牙情况如何，还能不能坚持继续往前爬，却见插在地上的蜡烛忽然灭了。

又赶上一回鬼吹灯？没这么邪门吧。再说我们现在还在漫长的盗洞中爬行，距离古墓的地宫尚远，我摸了摸嘴上的简易防毒口罩，应该不会是我的呼吸和动作使蜡烛熄灭的。

会不会是盗洞中有气流通过？我摘下手套，在四周试了试，也没觉出有什么强烈的气流，且不管它，再点上试试。

我划了根火柴，想再点蜡烛，却发现面前的地上空空如也，原本插在地上的蜡烛不知去向了。这时候我头皮整个都炸了起来，本以为按以前的盗洞进地宫，易如探囊取物，这回可真活见鬼了，面前的蜡烛就在我分神思索的瞬间，凭空消失了。

我伸手摸了摸原来插蜡烛的地方，触手坚硬，却是块平整的石板，这石板是从哪儿出来的？

我顾不上许多，扯下防毒口罩，拍了拍胖子的腿对他说："快往回爬，这个盗洞不对劲。"

大金牙正趴在后边呼哧呼哧地喘气，听到我的话，急忙蜷起身体，掉头往回爬。这回却苦了胖子，他在盗洞中转不开身，只得倒拖着拴两只大鹅的绳子，用两只胳膊肘撑地，往后面倒着爬行。

我们掉转方向往回爬了没五米，前边的大金牙突然停了下来，我在后边问道："怎么了金爷，咬咬牙坚持住，爬出去再休息，现在不是歇气的时候。"

大金牙回过头来对我说："胡爷……前边有道石门，把路都封死了，出不去啊。"他脸上已吓得毫无血色，能把话说出来就算不易。

我用狼眼隔着大金牙照了照前边的去路，果然是有一块平整的大石头。我经过的时候每前进一步，都仔细观察，并没有发现过石槽之类的机关，洞壁都是平整的泥土，也不知这厚重的大石板是从哪儿冒出来的。

我见无路可退，在原地也不是办法，只好对大金牙打个手势，让他再转回来，然后又在后边推胖子，让他往前爬。

胖子不知所以，见一会儿往前一会儿往后，大怒道："老胡你他妈想折腾死我啊，我爬不动了，要想再爬你从我身上爬过去。"

我知道我们遇到了不同寻常的东西，究竟是什么，我现在说不清楚，但是绝不能停下来，也腾不出工夫和胖子解释，便连声催促："你哪儿那么多废话，让你往前，你向前爬就是了。快快，服从命令听指挥。"

胖子听我语气不对，也知道可能情况有变，便不再抱怨，赶着两只鹅又往前爬。匆匆忙忙向前爬行了将近两百米的距离，突然停了下来。

我以为他也累了，想休息一下，却听胖子在前边对我说："我×，老胡，这前边三个洞，咱往哪个洞里钻？"

"三个洞？"历来盗洞都是一条，从来没听说过有岔路之说，此时我就是再多长两个脑袋也想不明白是怎么回事。

我让胖子爬进正前方的盗洞中，把岔路口的位置给我腾出来，以便让我查看这三个相连盗洞的情形。我来到中间，大金牙也跟着爬了过来，他已经累得说不出话，我示意他别担心，先在这儿歇歇，等我看明白了这三个盗洞究竟再做计较。

我仔细查看前边的三个盗洞，这三个盗洞和我们钻进来的这个，如同是一个十字路口，正前方盗洞的洞壁和先前一样，工整平滑，挖得从容不迫。

然而另外两边，活做得却极为零乱，显然挖这两个洞的人十分匆忙，但是从手法上看，和那条平整盗洞基本相同。这段洞中堆了大量泥土，显然是打这两边通道的时候，积在此处的。

我心想这会不会是出资修鱼骨庙的那位前辈挖的？难道他打通盗洞之后，到地宫里取了宝贝，退路便被石门封死，回不去了，于是从两边打了洞，想逃出去？

这么推测也不会有什么结果，我让胖子和大金牙在原地休息守候，我在腰上系了长绳，欲先爬进左侧的盗洞中探探情况，万一有情况，就吹响哨子，让胖子二人把我拉回来。

我刚准备钻进去，大金牙伸手拉住我，从脖子上取下一枚金护身佛来，递给我说："胡爷，戴上这个吧，开过光的，万一碰上什么脏东西，也可以防身。"

我接过金佛来看了看，这可有年头了，是个古物。我对大金牙说："这金佛很贵重，还是留着你们俩防身吧。盗洞邪得厉害，不过好像不是鬼闹的，也许是咱们没见过的某种机关，我到两边的洞中去侦察一下，不会有事，别担心。"

大金牙已不像刚才那么惊慌，咧嘴一笑，把手伸进衣领，掏出来二十多个挂件，都是佛爷菩萨之类，还有些道教的纸符，挂件则有金的，有玉的，有象牙的，有翡翠的，个个不同。大金牙对我说道："我这儿还有一堆呢，全是开过光的，来多少脏东西都不怵它。"

我心想怪不得这孙子非要进地宫，一点都不怕，原来有这些宝贝做后台，我对他说道："没错，怕鬼不倒斗，倒斗不怕鬼，我只不过担心咱们遇到了超越常识的东西，那样才是难办，不过眼下还不能确定，待我去这边的洞中看看再说。"

说着便接过了大金牙给我的金佛，挂在项上，暗地里想："这段时间我接触古物不少，眼力也非比从前，我看这尊开光金佛不像假的，他娘的，先不还他了。上回他送给我和胖子的两枚摸金符，都是西贝[①]货，说不定我先前几次摸金都不顺利，是因为戴了假符，惹得祖师爷不爽。那种假货无胜于有，不戴可能都比戴假的好，等大金牙给我们淘换来真的摸金符再还他，这个就先算是押金了。"

这段洞中已经能明显感觉到有风，气流很强，看来和哪里通着，那便不用担心空气质量的问题了，我交代胖子还是按照以前几次的联络暗号。

胖子和大金牙留在原地休息，我向左侧探路，中间连着绳子，不至于迷路，如果哪一方遇到情况，可以拉扯绳索，也可以通过吹哨子来传递信息。

---

① 西贝即贾，谐音同"假"。

都交代妥当,我戴上防毒口罩,用狼眼照明,伏身钻进了左边的洞穴。这个洞明显挖得极为仓促,窄小难行,仅仅能容一人爬行,要是心理素质稍微差一点,在这里很容易会因为太过低矮压抑,犹如被活埋在地下一般,导致精神崩溃。

我担心洞穴深处空气不畅,也不敢多停留,毕竟防毒口罩只能保护口鼻不吸入有害气体,而眼睛耳朵却无遮拦,如果有阴雾瘴气之类的有毒气体,都是走五官通七窍,眼睛暴露在外,也会中毒。

窄小的地洞使我完全丧失了方位感和距离感,凭直觉没爬出多远的距离,便在前边又遇到了一堵厚重的石板。这块石板之厚无法估算,和周围的泥土似乎长成了一体,不像是后来埋进去的,其大小也无从确认,整个出路完全被封堵住了。

盗洞的尽头,忽然扩大,显然先前那人想从下边或者四周掘路出去,四周都挖了很深,但是那巨大的石板好像大得没有边际,想找到尽头挖条通道出去是不可能的事。

我被困住也不是一次两次了,这事虽怪,却并没有灰心,当下按原路爬了回去。胖子、大金牙见我爬了回来,便问怎样,通着哪里。

我把通道尽头的事大概说了一遍,三人都是纳闷,难以明白,难道这巨大的石板是天然生在土里的不成?却又生得如此工整,以人工修凿这重达几千斤的石板也是极难。

最奇怪的是我们钻进盗洞的时候,怎么没发现这道石板,回去的时候才凭空冒出来?传说古墓中机关众多,也不会这么厉害,不,不能说厉害,只能说奇怪。

现在我们面前还有两个洞,一个是向下的盗洞,另一个和我刚才进去的窄洞差不多。我估计里面的情形和刚进去的窄洞差不多,也是石板挡道,绕无可绕。

不过我这人不到黄河不死心——这话有点不太吉利,这里离黄河不远,岂不是要死心了?那就不见棺材不落泪了,可是这是倒斗的盗洞,距离古墓地宫不远,古墓里自然会有棺椁,这回真是到绝地了,黄河、棺椁都齐了。

不敢再想，这时候最怕的就是自己吓唬自己，我稍微休息了几分钟，依照刚才的样子，钻进了右首的盗洞，里面是否也被大石封死，毕竟要看过才知道，这条路绝了再设法另做计较。

　　我爬到了窄洞的尽头，果然是仍有块巨石，我忍不住就想破口大骂，却突然发现这里有些不寻常之处。

第八章
冥殿

我用狼眼仔细照了照盗洞尽头的石墙，和左边的盗洞不同，此处被人顺着石墙向上挖掘，看来被石墙困在盗洞里的人，在无路可遁的情况下选择了最困难的办法。

鱼骨庙盗洞本是在山沟之中，倾斜向下，穿过山丘和山丘中的天然溶洞，如果从盗洞中向上挖个竖井逃生，直线距离是最长的，工程量也是最大的，而且这片山体侵蚀严重，山体内百孔千疮，很容易塌陷，不到万不得已，也不会出此下策。

我抬头向上瞧了瞧，但是只看了一眼，便彻底死心了，上面不到十几米的地方，也被大石封住。这些凭空冒出来的大石板，简直就像个巨大的石头棺材，把周边都包了个严严实实，困在里面简直是上天无路，入地无门。

眼见无路可走，我只得退回到盗洞的分岔口，把情况对大金牙和胖子讲了。我和胖子久历险境，眼下处境虽然诡异，我们也没觉得太过紧张。

大金牙见我们没有慌乱，也相对镇静下来。人类是种奇怪的动物，恐慌是人群中传播最快的病毒，但是只要大多数人保持冷静，就等于建立了一道阻止恐慌蔓延的防火墙。

过分的恐慌只会影响判断，这时候最怕的就是自己吓自己。以我的经验来看，我们只是搞不清楚那诡异的石墙是怎么冒出来的，只要能找到一点头绪，就能找到出口，不会活活困死在这里。

大金牙自责地说："唉，都怪我猎奇之心太重，非要跟你们俩一起进来，如果我留在上面放风，也好在外有个接应，现在咱们三个都困在此间，这却如何是好？"

我安慰他道："金爷你不用太紧张，现在还没到山穷水尽的地步，再说就算你留在外边，也无济于事。那大石板怕有千斤之重，除非用炸药，否则别想打开。"

大金牙见我镇定自若，便问道："胡爷如此轻松，莫不是有脱身之计？不妨告诉我们，让我也好安心，实不相瞒，我现在吓得都快尿裤子了，也就是强撑着。"

我自嘲地笑道："哪儿有什么脱身之计，走一步看一步吧。要是老天爷真要收咱们，在黄河里就收了，哪里还用等到现在。我看咱们命不该绝，一定能找到出去的办法。"

胖子说："我宁肯掉在黄河里灌黄汤子，也不愿意跟老鼠一样憋死在洞里。"

我对胖子和大金牙说："你们别慌，这四条盗洞，三条都被挡住，还有一条应该是通向唐代古墓的冥殿之中。另外看这周遭的情况，建鱼骨庙打盗洞的那位摸金校尉，一定也是在进了冥殿回来之后才被困住，咱们现在还没见到他的尸骨，说不定他已经在别的地方找路出去了。究竟如何，还得进那冥殿中瞧瞧才有分晓。"

胖子、大金牙二人听了我的话，一齐称是。这条盗洞还有很长一段距离才到冥殿，事不宜迟，进那古墓的冥殿之中看个究竟再说。

当下便仍然是胖子牵着两只鹅头头，我和大金牙在后，钻进了前方的盗洞。我边在洞中爬行边在心中暗骂："他娘的，我们今天倒霉就倒霉在这个盗洞上了，本来以为是几十年前的摸金高手蹚出来的道，肯定是万无一失，哪儿想到这样一条盗洞中却有这许多鬼名堂。这次要是还能出去，一定要长个记性，再也不能如此莽撞了。"

其实做事冲动，是我性格中一大缺点，自己心知肚明却又偏偏改不掉，我这种性格只适合在部队当个下级军官，实在是不适合做摸金校尉。古墓中凶险异常，有很多想象不到的东西，几乎每一处都有可能存在危险，"谨慎"应该是摸金行当最不能缺少的品质。

我突然想到，如果 Shirley 杨在这儿，她一定不会让我们这么冒冒失失的，一股脑地全钻进盗洞，可惜她是有钱人，这辈子都犯不上跟老鼠一样在盗洞里钻来钻去。也不知道她现在在美国怎么样了，陈教授的精神病有没有治好。

正当我胡思乱想之时，胖子在前叫道："老胡，这里要穿过溶洞了。"

我耳中听到滴水声，急忙爬到前边，见胖子已经钻出盗洞，我也跟着钻了出去，用狼眼一扫，见落脚处是大堆的碎土，可能是前人挖两侧盗洞的时候打出来的土。

这时候，大金牙也跟着钻了出来，我们四周查看，发现这里处在山体的一个窄洞内，并不是什么溶洞，水滴声顺着洞穴从远处传来，看来那边才是传说中的龙岭迷窟。

盗洞穿过这处窄洞，在对面以和先前完全相同的角度延伸着，大金牙指着水滴声的方向说："你们听，那边是不是有很大的溶洞？为什么那个建鱼骨庙的人不想办法从溶洞中找路，却费这么大力气挖洞？"

我对大金牙说道："这附近的人都管那些溶洞叫迷宫，在里边连方向都搞不清楚，如何能够轻易找到出路？不过咱们既然没看到那位前辈的遗体，说不定他就是见从盗洞中脱困无望，便走进了迷窟之中，如果是那样，能不能出去便不好说了。"

胖子说道："管他那么多做什么，这盗洞不是还没钻到头吗？我看咱们还是先进冥殿中一探，如果实在没路再考虑从这边走。"

我说："你是醉翁之意不在酒啊，从来没看你这么积极主动过，你肯定是想着去冥殿中摸宝贝。不过你怎么就想不明白，咱们要是出不去，要那些宝贝有什么用。"

第八章 冥殿

胖子说道："我这是用战略的眼光看待问题，你想啊，能不能出去，现在咱都不知道，但是古墓冥殿中有明器，这是明摆着的事。咱们管他能不能出去，先摸了明器，揣到兜里，然后再想办法出去，如果能出去那就发了；如果出不去呢，揣着值钱的明器死了，也好过临死还是个穷光蛋。"

我摆摆手打断胖子的话："行了，别说了，我一句话招出你这一大堆话来，省点力气想办法脱困行不行？咱们就按你说的，先进冥殿。"

胖子把两只大白鹅赶进洞中，就想钻进去，我急忙把他拉住，让他和大金牙都戴上防毒口罩，随时注意两只鹅的动静。前边一段盗洞和山中的漏口地带相连，远处又似乎有溶洞，所以空气质量不成问题。但是这最后一段盗洞是和古墓的冥殿相通，我估计最后还有段向上的路，从冥殿的下边上去，古墓中如果只有这么一个出口，那么空气滞留的时间会远超过换气的时间，必须做好防范措施。

我们戴上防毒口罩，用水壶中的水把毛巾浸湿了，围在脖子上，大金牙也给了胖子一个观音大士的玉件，我则给了大金牙一把伞兵刀防身。

三人稍做准备，便先后钻进了第二段盗洞。这段盗洞极短，向前爬了五十多米，便转而向上，又十余米，果然穿过一片青砖。

唐墓的青砖有三四只手掌薄厚，都是铺底的墓砖，用铲子铁钎都可以启开。这种墓砖只铺在冥殿的底下，其余的地面和四壁都是用铁条固定的大石，缝隙处灌以铁浆封死，一律都是密不透风，只有冥殿正中的这一小片地方是稍微薄弱的虚位。

后来自元代开始，这种留下虚位藏风的形式已经大为改观，就是因为这种地方容易突破，但是留虚位的传统至清代仍然保留，只是改得极小，大小只有几寸，进不去人。

不过总体上来说，唐墓的坚固程度和豪华程度在中国历史上还是数得着的，墓道以下都有数道巨型石门，深处山中，四周又筑以厚重的石壁，那不是固若金汤所能形容的。

唐墓的虚位之上，都有一道或数道机关，这种机括就藏于冥殿的墓砖之中，一旦破了虚位的墓砖就会触发机关。按唐墓的布置，有流沙、窝弩、石桩之类，还有可能落下翻板，把冥殿彻底封死，宁肯破了藏风聚气的虚位，也不肯把陪葬的明器便宜了盗墓贼。

在我们之前，这道机关已经被先进来的摸金校尉破掉了，所以我们就省了不少的事，不用再为那些机关多费手脚了。

胖子把两只大白鹅放进了头顶的盗洞口，让它们在冥殿中试试空气质量，我们伏在盗洞中等候。我不停地在想堵住盗洞四周的石墙，简直就是突然出现在空气之中，从没听说过这么厉害的机关。难道是鬼砌墙？可是传说中的鬼砌墙绝不是这个样子。这古墓中究竟有什么古怪？墓主又是谁？那位摸金的前辈有没有逃出去？

这时，胖子把两只大白鹅拉了回来，见没什么异常，便拉了我一把，三人从盗洞中钻出，来到了冥殿。这古墓的冥殿规模着实不小，足有两百平方米，我们用狼眼照明，四下里一看，都忍不住开口问道："冥殿中……怎么没有棺椁？"

第九章
内藏督

自古以来，冥殿便是安放墓主棺椁的地方。《葬经》上写得明白，冥殿又名慈宁堂，是陵墓的核心部分，合葬也好，独葬也罢，墓主都应该身穿大殓之服，安睡于棺中，外边再盖上椁。即使墓主尸体出于某种原因不能放置于棺椁之内，那也会把墓主生前的服装冠履放在棺椁中入葬。

总之，可以没有尸体，但是棺椁无论如何都是在寝殿之中，而且历代摸金校尉拆了丘门倒斗，都绝不会把棺椁也给倒出去，再说这盗洞空间有限，就算棺椁不大，也不可能从盗洞中倒出去。

我的世界观再一次被颠覆了，想破了头也想不出其中的名堂，难道墓主的棺椁变成水汽蒸发了不成？

三人都各自吃惊不小，大金牙脑瓜活络，站在我身后提醒道："胡爷，您瞧瞧这冥殿，除了没有棺椁，还有哪些地方不对劲？"

我打着狼眼，把冥殿上下左右仔仔细细地看了一遍：冥殿不仅仅是没有棺椁，可以说什么都没有，地上空荡荡的，别说陪葬品了，连块多余的石头都没有。

然而看这冥殿的规模结构，都是一等一的唐代王公大墓，建筑结构下方上圆，下边四四方方，见棱见角，平稳工整，上面的形状好像蒙古包的顶棚，呈穹庐状，这叫作"天圆地方"，同当时人们的宇宙观完全相同。

冥殿的地上有六个石架，这些石架上面空空如也，什么都没放，但是我和大金牙都知道，那是放置祭六方用的琮、圭、璋、璧、琥、璜六种玉的，是皇室成员才有的待遇。

冥殿四面墙壁倒不是什么都没有，只有些打底的壁画，都是白描，还没有上色，画有日月星辰，主要的则是十三名宫女。这些宫女有的手捧锦盒，有的手托玉壶，有的端着乐器，宫女们一个个都肥肥胖胖，是展现了一派唐代宫廷生活的绘卷。

所有的壁画都只打了个底，没有上色，我从没见过这种壁画，便询问大金牙，以大金牙浸淫古董几十年的经验，他也许会瞧出这是什么意思。

大金牙也看得连连摇头："当真奇了，从这壁画上看，这古墓绝对是用来安葬宫廷中极重要的人物，而且还是女的，说不定是个贵妃或者长公主之类的，但是这壁画……"

我见大金牙说了一半便沉吟不语，知道他是吃不准，便问道："壁画没完工？画了个开头就停了？"

大金牙见我也这么说，便点头道："是啊，这就是没完工啊，不过这也未免太不合常规了……不是不合常规，简直就是不合情理。"

皇室陵墓修了一半便停工不修，甚是罕见，即使宫中发生变故，墓主成了政治活动的牺牲品，或者意图谋反什么的被赐死，也多半不会宣扬出去，死后仍然会按其待遇规格下葬。这种大墓必定是皇室成员才配得上，皇帝们也知道家丑不可外扬，宫闱庙堂之中的内幕多半不会轻易传出去，把该弄死的弄死也就完了，然后该怎么埋还怎么埋。

我见在这儿戳着也瞧不出什么名堂，便取出一支蜡烛，在冥殿东南角点了，蜡烛的光芒虽然微弱，但是火苗笔直，没有丝毫会熄灭的迹象，我看了看蜡烛稍感安心，招呼大金牙和胖子去前殿瞧瞧。

为了节省能源，我们只开了一支手电筒，好在墓室中什么都没有，不用担心踩到什么，三个人牵着两只大白鹅从冥殿的石门穿过，来到了前殿。

中国古代陵寝布置，最看重冥殿，前殿次之。前殿的安排按照传统叫作"事死如事生"，前朝有制，就是这么一直传承下来，直到清末都是如此，所不同的只是规模而已。

墓主生前住的地方什么样，前殿就是什么样，如果墓主生前住于宫廷之中，前殿也必须建造得和真实的宫殿一样。当然除了皇帝老儿之外，其余的皇室成员，只能在前殿保留他本人生前住的一片区域，不可能每一个皇室成员都在陵墓中原样不动地盖上一座宫殿，配得上那样规格的，只有登过基掌过大宝的帝王。

我和大金牙、胖子三人虽然都是做这行的，但是其实并没见过什么正宗的大墓，今天也是赶巧了碰上这么一处，如果真让我们去挖，我们是不会动这么大的古墓的，最多也就是找个王公贵族的墓。

这也是因为我们没有这么高明的手段，能直接打个盗洞从虚位切进来，还有一个原因是我们不想动这么大的墓，这里边随便倒出来一件东西都能惊天动地，那动静可就太大了，容易惹祸上身。

今天是机缘巧合，碰上了一个现成的盗洞，才得以进入这大墓之中。事前万万没想到冥殿里是空的，而且我们进来的盗洞还被莫名其妙地封死了，到前殿去看看只不过是想找点线索，想办法出去。

三人一进前殿，又都被震了一下，只见前殿规模更大，但是楼阁殿堂都只修筑了一半，便停了工程，一直至今。

前殿确实是造得同古时宫阙一样，但是一些重要的部分都没有盖完，只是大致搭了个架子，地宫中的石门已经封死，四壁都是巨大的石条砌成，缝隙处灌以铁汁，以鸭蛋粗细的铁条加固。地宫前殿的地面上，有一道小小的喷泉水池，泉眼中仍然呼呼地冒着水。

我指着喷泉对大金牙说："你瞧这个小喷泉，这就是俗称的棺材涌啊。在风水位的墓中，如果能有这么一个泉眼，那真是极品了。龙脉亦需依托形势，我初时在外边看这古墓的风水，觉得虽然是条龙脉，但是风雨的侵蚀已经把山体的形势破了，原本的吉龙变作了毫无帐护的贱龙。然而现在看来，这里的形势是罕见的内藏智，穴中有个泉眼，且这泉眼的水流永远是那么大，不会溢出来，也不会干涸，那这穴在风水上便有器储之象。其源自天，若水之波，这种内藏智极适合埋葬女子，子孙必受其荫福。"

大金牙说道："噢，这就是咱们俗话说的棺材涌？我听说过，没见过，那这么看来这处风水位的形势完好，这就更奇怪了，为什么里面的工程只做了一半？而且墓主也未入殓？"

我说道："怪事年年有，今天特别多。就连前殿之中都是这样，尚未完工，实在是难以理解。"

胖子说道："我看倒也不怪，说不定赶上当时打仗，或者什么开支过大，财政入不敷出，所以这么大工程的陵墓就建不下去了。"

我和大金牙同时摇头，我说道："绝对不会，陵墓修了一半停工，改换地点，这于主大不吉，而且选穴位的人都要诛九族。再说，这处宝穴在风水角度上来看绝对没有问题，藏而不露，很难被盗墓者发现，而且还是罕见的内藏智，不会是因为另有佳地而放弃了这座盖了一半的陵墓。也不可能是由于战乱灾祸，那样的话不会把地宫封死。这里面什么都没装，应该不是防范摸金倒斗的。"

大金牙也赞成我的观点："没错，从墓墙和石门封锁的情况来看，停工后走得并不匆忙，而是从容不迫地关闭了地宫，以后也不打算再重新进来开工了，否则单是开启这石门就是不小的工程，而且这道石门外边，少说还有另外四道同样规模的大石门。"

然而修建这座陵墓的人，究竟是因为什么放弃了这里呢？应该是有某个迫不得已的原因，但是我们百思不得其解，实在是猜想不透。

看来建鱼骨庙做伪装，打了盗洞切进冥殿的那位前辈，也是和我们一样，被一座空墓给骗了。但这里没有发现他的尸体，说不定他已经觅路出去了。

我们在前殿毫无收获，只好按原路返回，最后再去后殿和两厢的配殿瞧上一眼，如果仍然没有什么发现，就只能回到盗洞，进入那迷宫一样的龙岭迷窟找路离开了。

三人边走边说，都觉得这墓诡异得不同寻常，有太多不符合情理的地方了。我对他们说："自古倒有疑冢之说，曹操和朱洪武都用过，但是这座唐代古墓绝不是什么疑冢，这里边……"

说话间已经走回冥殿，我话刚说半截，突然被胖子打断，大金牙也把手指放在嘴唇上，做了个嘘声的手势。我抬头一看，只见冥殿东南角，在蜡烛的灯影后边，出现了一个"人"。

蜡烛的灯影在冥殿的角落中闪烁不定，映得墙角处忽明忽暗，灯影的边缘出现了一张巨大而又惨白的人脸，他的身体则隐在蜡烛照明范围之外的黑暗中。

我和大金牙、胖子三个人，站在连接前殿与冥殿的石门处，冥殿面积甚广，由于离得远，更显得那张脸模糊难辨，鬼气森森。

我们刚进冥殿之时，曾仔细彻底地看遍了冥殿中的每一个角落，当时冥殿之中空无一物，只有四面墙壁上没上色的绘画，壁画中所绘都是些体态丰满的宫女，绝没有这张巨脸。

双方对峙半晌，对方毫无动静，胖子压低声音说："老胡，我看对面那家伙不是善茬，这里不宜久留，咱撤吧。"

我也低声对胖子和大金牙说："别轻举妄动，先弄清楚他是人是鬼再说。"

我无法分辨对面那张脸的主人是男是女，是老是少。这冥殿中没有棺椁，自然也不会有粽子，有可能对方是趁我们在前殿的时候，从盗洞里钻进来的。这盗洞不是谁都敢钻的，说不定对方也是个摸金校尉。

想到摸金校尉，我立时便想到那位修鱼骨庙的前辈，难道……他还没有死？又或者始终找不到路出去，困死在这附近，我们现在所见到的，是他的亡灵？

要是鬼倒也没什么大不了的，我们都有金佛玉观音护身，倘若对方真是摸金校尉，跟我们也算有几分香火之情，说不定能指点我们出去。

不管对方是人是鬼，总得先打破这种僵局，就像这样一直僵持下去，对我们没有任何好处。想到这里，我便用套口对东南角的那人大声说道："黑折探龙抬宝盖，搬山启丘有洞天，星罗忽然开，北斗聚南光。"

我这几句话说得极客气，大概意思是说都是在摸金这口锅里混饭吃的，既然撞到一起，必有个先来后到，我们是后来的，不敢掠人之美，行个方便，这就走路。

俗话说"三百六十行，行行出状元"，这三百六十行，就是指世上的各种营生，人生在世，须有一技傍身，才能立足于社会，凭本事挣口饭吃，不用担心饿死冻死在街头。这三百六十行之外，还另有外八行，属于另类，就是不在正经营生之列，不属工农兵学商之属，这外八行其中就有摸金倒斗一行。

国有国法，行有行规，就连要饭花子都有个丐帮的帮主管辖着，倒斗这种机密又神秘的行当规矩更多。比如一个墓，拆开丘门之后，进去摸金，然后再出来，最多只准进去一次，出来一次，绝不允许一个摸金校尉在一个盗洞中来来回回地往返数次。毕竟那是人家安息之所，不是自家后院。诸如此类的种种规矩讲究，不胜枚举。

其中有一条，就是同行与同行之间，两路人看上了一道丘门，都想来搬山甲，那么谁先到了算谁的，后面来的也可以进去，但是有什么东西，都应该由先进去的人挑选。

因为摸金校尉戒规森严，不同于普通的盗墓贼，一座古墓只取一两件东西便住手，而且贵族古墓中的陪葬品都十分丰富，所以互相之间不会有太大的冲突。

一座墓仅取一两件东西，这规矩的由来，一是避免做的活太大，命里容不下这种大富贵，而引火烧身；还有另一个重要原因是，天下古墓再多，也有掘完的时候，做事不能做绝，自己发了财，也得给同行留条生路。

这就是专业摸金校尉同普通盗墓贼最大的不同，盗墓贼们往往因为一两件明器大打出手，骨肉手足相残的比比皆是，因为他们极少能找到大墓，也不懂其中的利害，不晓得明器便是祸头，拿多了必遭报应。

三国时曹孟德为充军饷，特设发丘、摸金之职，其实中郎将校尉等军衔是曹操所设，然而摸金与发丘的名号，以及搬山、卸岭都是秦末汉初之时，便已存在于世间的四个倒斗门派。不过这些门派中的门人弟子，行事诡秘，世人多不知晓，史书上也无记载，时至宋元之时，发丘、搬山、卸岭三门几乎失传，只剩下摸金一门。

摸金一门中并非有师父传授便算弟子，它特有一整套专门的标识、切口、技术，只要懂得行规术语，皆是同门。像这种从虚位切进冥殿的盗洞，便只有摸金校尉中的高手才做得到。这些事我以前从我祖父那里了解了一部分，也有一部分是在从沙漠回来的路上，从 Shirley 杨口中得知。

所以我觉得既然是同门同道，便没什么不好商量的，当然这是在对方还是活人的前提下。倘若是鬼魂幽灵，也多半不会翻脸，大不了我们把他的尸体郑重地安葬掩埋也就是了。

我说完之后，便等对方回应。一般这种情况下，如果那人也是倒斗的行家，我给足了对方面子，想必他也不会跟我们过不去，就算那是几十年前进来的那位摸金校尉的亡灵，应该也不会为难我们。

然而等了半天，对方没有半点回应。蜡烛已经燃烧了一多半，在冥殿东南方角落中的那个人仍然和先前一样漠然，好似泥雕石刻一般纹丝不动。

我心想别不是行里的人，听不懂我的唇典，当下又用白话大声重说了一遍，结果对方仍然没有任何动静。

这下我们可都有点发毛了，最怕的就是这种无声的沉默，不知道葫芦里究竟卖的什么药。如果想从冥殿中离开，就必须走到冥殿中间的盗洞入口，但是灯影后的人脸直勾勾地瞧着我们，不知道想要做什么，我们也吃不准对方的意图，不敢贸然过去。

我心念一转，该不会这位不是摸金校尉，而是这古墓中的主人？那倒难办了，我冲着冥殿东南角喊道："喂……对面的那位，你究竟何方神圣？我们只是路过这里，见有个盗洞，便钻进来参观参观，并无非分之想。"

胖子见对方仍然没有动静，也焦躁起来，喊道："我们这就要从哪儿来回哪儿去了，你再不说话，我们就当你默许了，到时候别后悔啊……"

大金牙在后边悄声对我们说道："我说胡爷、胖爷，那边的莫不是墙上壁画上画的人物，咱们没瞧清楚？这蜡烛光线影影绰绰的，我看倒真容易看花了眼睛。"

他这么一说，我们俩心里更没底了，一时对自己的记忆力产生了怀疑。要果真如此，那我们这面子可栽大了，这几分钟差点让自己给吓死，可是确实不像是画。

这冥殿包括整个古墓，都邪得厉害。我们刚进冥殿确实是什么都没发现，但是进那盗洞之时，半路上不是也没巨石吗？也难保这冥殿中不会凭空里就突然冒出点什么东西，到底是人，是鬼，是妖，还是如大金牙猜测的，就是墓壁上的绘画？

眼看着地上的蜡烛就要燃到头了，这时我们再也耗不下去了，我暗中拔了伞兵刀在手。这种刀是俄罗斯流进中国的，专门用来切割绳索，比如空降兵跳伞后，降落伞挂在树上，人悬在半空，就可以用这种特制的刀子割断伞绳。这刀很短小精悍，刀柄长刀刃短，非常锋利，带在身上十分方便。这次来陕西没敢带匕首，所以我们随身带了几柄短小的伞兵刀防身。

我另一只手握着金佛，对胖子和大金牙使了个眼色，一齐过去看看对方究竟是什么，胖子也拔出工兵铲，把两只大白鹅交给大金牙牵着。

三人成倒三角队形，我和胖子在前，大金牙牵着鹅，举着手电在后，一步步缓缓走向东南角的蜡烛。

每走一步，我握着伞兵刀的手中便多出一些冷汗，这时候我也说不出是害怕还是紧张，我甚至期望对方是只粽子，跳出来跟我痛痛快快地打一场，这么不言不语、鬼气森森地立在黑暗角落中，比长了毛会扑人的粽子还他娘瘆人。

对面那个人越来越近，地上的蜡烛却燃到了尽头，"噗"地冒了一缕青烟，灭了。

随着蜡烛的熄灭，灯影后的那张人脸，立刻消失在了一片黑暗之中。

第十章 脸

　　蜡烛一灭，出于本能，我的身上也感到一阵寒意，不过随即提醒自己："这是正常物理现象，蜡烛烧到头了，没什么可怕的，要是烧到头了还亮着，那才是真有鬼呢。"

　　这时候只听身后"咕咚"一声，我和胖子以为后边有情况，急忙拉开架势回头看去，却见大金牙望着熄灭的蜡烛瘫坐在地上，吓得面无人色。

　　这都要怪平时胖子跟他吹牛的时候，添油加醋把鬼吹灯描绘得如同噩梦一般。大金牙平素里只是个奸商，没经历过什么考验，此时，在这阴森森的地宫之中，猛然见到蜡烛熄灭，他如何不怕，只吓得抖成一团。

　　我把手中的伞兵刀插在腰间，伸手把大金牙拉了起来，安慰他道："你怎么了金爷？没事，这不是有我和胖子在吗？有我们俩在这儿，少不了你一根汗毛，别害怕。"

　　大金牙见前边除了蜡烛烧到尽头而熄灭之外，再没什么异常动静，嘘了口气："惭愧惭愧，我……我倒不是……害怕，我一想起……我那一家老小，还全指望我一个人养活，我就有点……那个……"

　　我冲大金牙摆了摆手，现在不是说话的时候，在地上重新点燃一支蜡

69

烛，三人向前走了几步，这回东南角那个"人"已经能看清了。

原来隔着蜡烛始终立在冥殿东南角的，根本不是什么人，倒确实是有一张脸，也是人脸，出人意料的是，那是石头刻成的造像。

石脸是浮雕在一个巨大的石椁上，这石椁极大，我敢发誓，我们从盗洞刚钻进冥殿的时候，冥殿之中空空荡荡，绝对绝对没有这具大石椁，它和封住盗洞的石墙一样，好像都是从空气中突然冒出来的。

我和胖子以及后边的大金牙，见冥殿中忽然多出一个巨型石椁，都一头雾水，又往前走了几步，靠近石椁察看。

这石椁约有三点五米长，一点七米高，通体是用大石制成，除去石椁的底部之外，其余四周和椁盖都浮雕着一个巨大的人脸，整个石椁都是灰色，十分凝重。

这人脸似乎是石椁上的装饰，刻得五官分明，与常人无异，只是耳朵稍大，双眼平视，面上没有任何表情，虽然只是张石头刻的人面，却说不出地怪诞而又冷艳。

初时我们在冥殿与前殿的通道口，远远地隔着蜡烛看见这张石脸，烛光恍惚，并未看出来那是张石头雕刻的人面，也没见到黑暗中的这具大石椁。

此刻瞧得清楚了，反而觉得这石椁上的人面，远比幽灵、僵尸之类的要可怕，因为对那些事物我们是有思想准备的，然而无论如何也没想到会冒出这么个东西。

胖子对我说："老胡，这他妈是个什么鬼东西？我看这工艺好像有年头了，莫非成精了不成？否则怎么能突然出现在地上。要说咱们记错了壁画上的图案，倒还有可能，但是这么个大石头，咱们刚进来把这冥殿瞧得多仔细，可愣是没看见，那不是活见鬼了吗？"

我对胖子说："别乱讲，这好像是具盛殓棺木的石椁。这座古墓实在是处处透着古怪,我也不知道它是从哪儿钻出来的。"我又问身后的大金牙，"金爷，你见多识广，可否瞧得出这石椁的名堂？"

一直躲在我和胖子身后的大金牙说道："胡爷，我看这石椁像是商周时期的。"说着用狼眼照到石椁的底部说，"你们瞧这上面还有西周时期的云雷纹，我敢拿脑袋担保，唐代绝没有这种东西。"

我虽然做了一段时间古玩生意，但都是倒腾些明清时期的玩意，对唐代之前的东西接触得还不是很多，从未见过殷商西周时期的东西。

听大金牙说这石椁是西周时期的，我觉得这可就更加奇怪了，对大金牙说道："如果我没记错，咱们现在不是应该在一座唐代古墓的冥殿之中吗？唐代的古墓中，怎么会有西周的石椁？"

大金牙说："嗯……别说您了，这会儿我也开始糊涂了。咱们在这座古墓中转了一大圈，瞧这墓室地宫的构造，还有那些肥胖宫女的壁画，除了唐代的大墓，哪儿还有这般排场，这等工艺。不过……话说回来了，这石椁的的确确不是唐代的东西。"

胖子对我们说道："行了，不可能记错了，要记错也不可能三个人都记错了。我看这石……什么的椁，不是什么值钱的玩意，我在这冥殿里待得浑身不舒服，咱们赶快想办法找条道离开这儿得了，它爱是哪朝的是哪朝的，跟咱没关系。"

我说："不对。我看这石椁的石料，同封住盗洞入口的大石板极为相似，而且它们都是神不知鬼不觉地突然出现，要是想找路出去，就必须得搞清楚究竟是怎么回事。"

大金牙说："胡爷啊，我也觉得还是不看为妙，咱们不能从盗洞的入口回去，不是还可以走中间溶洞那边吗？我想先前进来的那位摸金校尉，便是从溶洞迷窟那边离开的，虽然传说那里是个大迷宫，可咱们这不是有指南针吗？也不用太担心迷路。"

我点头道："我知道，除了指南针，还有糯米和长绳，这些都可以用来做路标，不过那片溶洞未知深浅，恐怕想出去也不太容易。我最担心的是那条路也冒出这些石墙石椁之类的古怪东西，他娘的，这些西周的东西究竟是从哪儿冒出来的呢？"

我说着说着，突然想起一件事，在盘蛇坡旁的小村庄里，留我们过夜的那老两口曾经说过，这山里没有唐陵，而是相传有座西周的古墓。这具人面石椁又确实是西周的物件，难道说我们现在所在的地方不是唐陵，而是西周的古墓？既然是这样，那些唐代壁画和唐代陵寝的布局又怎样解释？

想得头都疼了，也想不出个所以然来，这些事即使有再多的倒斗经验，也无法解释，我们所面对的，完全是一种无法理解的现象，唐代弃陵中怎么会冒出西周的人面石椁……

大金牙仍然是提心吊胆的，他是金钱至上，是个彻头彻尾的拜金主义者，不算太迷信，从来都不太相信鬼神之说，倘若让他在金钱和神佛之间做出一个选择，就算让他选一百次，他都会毫不犹豫地选择金钱。毕竟干古玩行，尤其是倒腾明器，不能太迷信，大金牙在脖子上挂金佛玉观音，也只是为了寻求一点心理上的安慰。

然而此刻，面对这些匪夷所思的情况，大金牙也含糊了，忍不住问我："那盗洞之中突然出现的石墙，会不会是……鬼打墙？"

我刚想到了一点头绪，还没有理清楚，被大金牙的话打断了，便对他说道："鬼打墙？鬼打墙咱可没遇到过，不过听说都是鬼迷心窍一般，在原地兜圈子。那盗洞中虽然凭空冒出一堵石墙，应该和鬼打墙是两码事。"

胖子在旁催促道："老胡，快点行不行，你要说咱现在就撤，那就别在这儿站着了；你要是觉得有必要看看这人面石箱子是什么东西，那咱俩就想办法把它给撬开。"

我没搭胖子的话，小心翼翼地伸手推了推人面石椁，石椁里面揳了石榫，盖得严丝合缝，就算拿铁条也不太容易撬开，再说万一里面有只粽子，放出来也不好对付。我又看了看石椁上那张怪异的人面，觉得还是不动为妙。

本来我们只是想进来捡点便宜，便宜没捡着也就罢了，尽量不要多生事端，只要能有条路出去便好，权衡利弊，我觉得还是对这古怪的人面石椁视而不见比较好。

我打定主意，对胖子和大金牙说别管这人面石椁了，咱们还是按原路返回，大不了从龙岭迷窟中转出去，再待下去，没准这里再出现什么变化。

大金牙早有此意，巴不得离这石椁远远的，当下三人转身便走。大金牙牵着两只大鹅，当先跳进冥殿中央的盗洞中，胖子随后也跳了下去，我回头望了一眼冥殿东南角的蜡烛，双手撑着盗洞的两边，跳下盗洞。

这一段盗洞我们来的时候已经探得明白，盗洞的走势角度是四十五度倾斜面，直通冥殿正中。我们在盗洞中向斜下方爬行，爬着爬着，都觉得不对劲，原本倾斜的盗洞怎么变成了平地？我们用手电四处一扫，都是目瞪口呆，我们竟然爬在一处墓室的地面上，四周都是古怪奇异的人脸岩画，根本就不是先前的那条盗洞。

三人你看看我，我望望你，都忍不住想问："这里究竟是他妈的什么鬼地方？"

望着身处的古怪墓室四周，就连一向什么都不在乎的胖子也开始害怕了，胖子问我："老胡，这是什么地方？"

我看了他一眼，说道："你问我，我问谁去。我记得清清楚楚，咱们从古墓冥殿正中的盗洞跳下来，应该是一个不太高的竖井，连接着下面倾斜的盗洞，怎么跑到这儿来了？"

大金牙嘬着牙花子说道："那还有错吗，冥殿地面上就这么一个盗洞，就在正中的虚位上，旁边应该是墓主的棺椁。咱们在冥殿里整整转了三圈，除了盗洞之外，地面上又哪里还有其他的通道。这可……真是撞上鬼打墙了。"

我对他们二人摆了摆手，现在疑神疑鬼的没有用，而且这绝不是鬼砌墙那么简单。唐代古墓的冥殿里出现了西周的石椁，难道我们现在所在的这间墓室，也是西周的？看那墓墙上的岩画，尽是一些表情怪异的人脸，这间狭窄的墓室，或者说是墓道什么的，肯定同冥殿中的人面石椁有一定的联系。

我们进入唐墓冥殿之后，为了节省能源，三支手电筒，只开着大金牙的一支。这时候，大金牙把手电筒交给了我，我在原地点燃了一支蜡烛，打着手电观察附近的环境。

我们所在的应该是一条墓道，两侧绘满红色古岩画。那些图画的笔画颜色殷红似血，鲜艳如新，如果这条墓道是西周时期的，就算保存得再好，也不可能有这种效果，这些岩画看上去顶多只有一两百年的历史。

不仅是岩画，包括砌成墓道的岩石，也没有年代久远的剥落痕迹，虽然不像是刚刚完工，却也绝非几千年以前就建成的样子，有些地方还露着灰色的石茬。

墓道宽数米，其两端都笔直地延伸下去，望不见尽头。墓砖都是巨大的岩石，古朴凝重，不似唐墓的豪华精致，却另有一番厚重沉稳的王者之气。

大金牙知道我熟悉历代古墓的配置布局，便出言问我这条墓道的详情。

我摇了摇头，对大金牙说道："我现在还不敢确定，如果咱们在冥殿中发现的那具石椁，确实如你所说，是西周的古物，那么这条墓道也极有可能与那石椁是配套的，都是西周的东西。尤其是这墓墙上所绘的图案，多有和那石椁相似之处。"

胖子说道："我敢打赌，绝对是一码子事。他妈的，那张大脸，看一眼就能记一辈子，那似笑非笑、冷漠诡异的表情，简直就是一个模子里抠出来的。"

我对胖子说："小胖你说得有道理，不过你看得不仔细，咱们在冥殿中所见的石椁，上面共有五张石雕的人脸，表情都是一样的，你再仔细瞧瞧这墓道中的岩画，表情却没那么单一。"

墓墙岩画上所表现的，是一张张略微扭曲的人脸，并不都是如冥殿中石椁上那样。石椁上的五张人脸皆是面无表情，冷漠中透出一丝怪诞，而墓墙上的每一张人脸，都略有不同，有喜、有忧、有哀、有怒、有惊、有伤，但是无论是哪一种表情，都和正常人不同。

胖子借着蜡烛的光亮，看了墓墙上的几张人脸，对我和大金牙说道："老胡，我仔细一看，觉得这些脸怎么那么不对劲呢，不管是什么表情，都……怎么说呢，我心里明白哪儿不对劲，但是形容不出来，这些脸的表情都透着股那么……那么……"

我也看出来了那些脸的异样之处，见胖子憋不出来，便替他说了出来："都那么假，显得不真诚。不管是喜是怒，都显得假，像是装出来的，而不是由心而生。"

我这么一说，大金牙和胖子都表示赞同，胖子说道："没错，就是假！老胡还是你眼毒啊，其实我也看出来了，不过肚子里词太多，卡住了，一时没想起来。"

大金牙说："确实是这么回事，笑中透着奸邪，怒中透着嘲弄。咱们这些做生意的平时与客人讲价，就得装真诚，装掏心窝子，我觉得咱当时那表情就够假了，但是与这墓墙上所绘的人脸相比，简直是小巫见大巫了，这种表情中透露出来的假模假式的神态……根本……根本就不是人类能做出来的。"

大金牙的最后一句话，使我心中感到一阵寒意，望着那些壁画上的人脸，对胖子和大金牙说道："我也有这种感觉，我就想不出来，什么人的表情会是这么古怪？唱戏的戏子也没有这样的脸啊！我觉得咱们现在所面临的处境，与这些脸有一定的关系，可是……这些脸象征着什么呢？"

我虽然经常标榜自己是正宗的摸金校尉，却只对看风水寻龙脉觅宝殿这方面的事情在行，其次是从《十六字阴阳风水秘术》中所学，对历朝历代的墓穴布置十分熟悉。但是说到文化因素、历史背景、文物鉴定，则都是一知半解，就算是一知半解，还多半都是凭自己推测乱猜，没有半点根基。

现在遇到的这巨脸石椁，以及墓墙上这许多古怪表情的人脸岩画，我除了有一些直观的感受之外，一无所知。这方面我远远不如大金牙，虽然他不是专业的考古人员，至少还有着浸淫古玩界多年的经验。

我对大金牙和胖子说道："小胖，金爷，我看这古墓中匪夷所思之事甚多，咱们这么乱走乱转的不是办法，要是这么乱闯，说不定还会遇到什么异状，现下咱们必须想点对策。"

胖子问道："老胡你是不是有什么办法？要有就快说，别卖关子行不行，我也不瞒你，我他妈现在真有点害怕了。"

我知道胖子不是轻言恐慌之人，他说出害怕两字，那是因为我们现在面临的局面无从着手，虽然生命没受到威胁，但是神经已经快崩溃了。于是我对胖子说："我眼下还没想到什么办法。找出应对之策的前提，是咱们先搞清楚这究竟是怎么回事，现在就好像在战场上打仗，咱们遭了埋伏，我明敌暗，只有被动挨打的份，没有还手的余地。"

胖子无奈地说道："现在咱们三个，就像是三只落在别人手中的小老鼠，被人摆布得晕头转向，却还搞不清楚怎么回事。下回不带武器炸药，我绝不再进古墓了。"

我苦笑道："要是咱还能有下回再说吧。"

我又问大金牙："金爷，我看咱们现在虽然处在一个古怪的环境中，但是暂时还不会有什么生命危险，只要理清头绪，逃出去不是问题。你毕竟没有白白倒腾这么多年明器，能瞧出那人面石樽是西周的东西，你能具体地说一下吗？咱们分析分析，说不定就能想出点办法来。"

大金牙这时候反倒没有像胖子那么紧张，他和胖子不同：胖子是不怕狼虫虎豹、粽子僵尸，只怕那些不着力的事物，说简单点就是怕动脑子；大金牙最怕那种直接的威胁。这唐代古墓中虽然凭空冒出来不少西周的东西，只是古怪得紧，并不十分要命，或者可以说成——并不立刻直接要命，所以大金牙虽然也感到紧张恐惧，但是暂时还可以应付这种精神上的压力。

此时，大金牙听了我的问话，稍稍想了想，便对我说道："胡爷你也是知道的，咱们在北京倒腾的玩意，普通的就是明清两朝的居多，再往以前的，价值就高了，都是私下交易，不敢拿到古玩市场上转手。到唐宋的明器，在咱这行里，那就已经是极品了，再往唐宋以前的老祖宗物件，基本上就可以说是国宝了，倒买倒卖都是要掉头的。我做这行这么久，最古的只不过经手过几件唐代的小件。"

我见大金牙净说些用不着的，便又问了一遍："这么说你也吃不准那人面石樽是西周的东西？"

大金牙说道："我当然是没经手过那么古老的明器，这种西周石樽，要说值钱嘛，可以说就是价值连城啊，问题是没人敢买，要是卖给洋人，咱就是通敌叛国的罪名，所以对咱们来说它其实是一文不值。我虽然没倒腾过西周的东西，但是为了长学问，长眼力，我经常看这方面的书，也总去参观博物馆，提高提高业务能力，对这些古物，我也算是半个专家。这石椁是西周的东西,这我是不会瞧走眼的,关于这点我可以打包票。以人面作为器物装饰的,在殷商时期曾经盛极一时,很多重要的礼器,都会见到人面的雕刻。"

我奇道:"你刚不是说那人面石椁是西周的吗?我如果没记错,殷商应该是在西周之前,这石椁究竟是西周的还是殷商的?"

大金牙说道:"我的爷,您倒是听我把话说完啊!这种装饰,兴盛于殷商,一直到三国时期都还在一些重要场合器物上用到,但是时代不同,它特点也有所不同。咱们见的那口石椁,便有一个特点,你可知是什么特点吗?"

第十一章
月牙缺口

我对大金牙说道："金爷您这不是寒碜我吗，我要是知道有什么特点，我还用请教你啊？"

大金牙说道："哎哟，您瞧我这嘴，习惯成自然了，怎么说都是倒腾古玩的那一套说辞，故作姿态，故作高深，好把买主侃晕了，侃服了。"

胖子在旁说道："就是，老金你也真是够可以的，不看看现在是什么时候。现在这场合，咱谁都别侃大山了，有一说一，有二说二，实打实地说。"

大金牙连连称是，便接着我们刚才的谈话继续说道："我不是做考古的，要说别的我也不敢这么肯定，但是这西周人面的特点十分明显，我曾经在洛阳博物馆看过简介，印象非常深刻，所以我敢断言那人面石樽就是西周的。"

西周人面雕刻装饰的最大特点，在于面部线条流畅顺滑，没有性别特征，只有耳朵大于常人，但是从面部上瞧不出男女老少。并且中国历代唯有西周崇尚雷纹，在冥殿中看那石樽底部一层层的尽是雷纹的装饰，可以说这就是最好的证明。

反观西周之前，殷商时期出土的一些文物，其中不乏配有面部雕刻或者纹式图案的，但是都显得苍劲古朴有余而顺滑流畅不足，而且性别特征明显，蚕眉圆眼、大鼻阔口者为男子，这是取材于黄帝四面传说。汉代之后的人面纹饰和雕刻，面部特征更为明显，男子的脸上有胡须。

我明白了大金牙的意思，从殷商开始，便有人脸的雕刻铸造工艺，唯独到了西周时期，突然出现了一种诡异的无性别脸部造型，之后的审美和工艺又回归了先前的风格。我问大金牙："为什么单单是西周这一时期会出现这种变化呢？"

大金牙表示那就不清楚了，得找专家问去。他虽然能看出来石椁上的脸部雕刻属于西周的工艺造型，却说不清雕刻这种诡异的石脸究竟是基于什么原因和背景。

我问大金牙："黄帝四面传说是指什么？"

这个传说流传甚广，大部分研究历史和早期古董的都略知一二，大金牙答道："顾名思义，就是说黄帝有四张脸，前后左右，各长一个，分别注视着不同的方向；另外还有一说，是指黄帝派出四个使者，视察四方。"

我说道："原来如此，不过这好像与冥殿中的石椁扯不上关系，那石椁上共有五张人脸，椁盖上有一张朝着上方，会不会那张脸孔的造型，是和墓主有关？"

我知道问也是白问，我们三人现在都如堕五里雾中，辨不清东南西北。从大金牙的话来推断，并不一定能够确认，那具石椁与这些古怪墓墙属于西周时期的产物。

大金牙见我半信半疑，便补充了几句："如果这附近能找到一些鼎器，或者刻有铭文的地方，那便能进一步确认了。"

胖子问道："老金你还懂铭文？平时没听你说起过，想不到你这么大学问，看你这发型跟你肚子里的学问不太匹配，真是人不可貌相。"

大金牙留的大背头，每天都抹很多发油，一直被胖子取笑，此时见胖子又拿发型说事，大金牙才想起自己的头型半天没打理了，赶紧往手心里啐了口唾沫，把头发往后抹了抹，龇着金牙说："懂可不敢当，不过如果找到铭文，我瞧上一眼，倒还能看出来是不是西周的。"

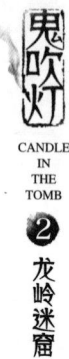

三人商议了半天，也没商议出个什么子丑寅卯来，眼前的墓道两边都可以通行，但是不知连接着哪里，头上有个缺口，上面便是停放人脸巨椁的冥殿。

我对大金牙和胖子说道："咱们现在的处境很尴尬，以至根本搞不清自己在什么地方，不过如果这条墓道真是大金牙所说的西周建筑，那我倒是可以判断出这里的大致格局。商周的古墓没有大唐那么奢华，但是规模比较大，垒大石分大殿而建，而且是分为若干层，不是平面结构。咱们刚进盗洞，就被一堵大石墙挡住，那道又厚又大的石墙很可能是西周古墓的外墙，距离主墓有一段距离。不过我还是想不明白，它是怎么就突然冒出来的。他娘的，这回要想出去，还真是难了。"

胖子说道："老胡，我看你也别想了，这事不是咱能想明白的。本来我觉得咱们三个人的组合，基本上什么古墓都能摆平了，要技术有你的技术，要经验有老金的经验，要力量，不是吹，我最起码能顶你们俩吧……"

大金牙插口说道："技术、经验与力量，咱们都不缺，但是就缺少头脑。"

胖子说："老金你没听说过三个臭皮匠顶个诸葛亮吗？咱们三人不比臭皮匠强多了吗？"

我对胖子和大金牙说："我看技术、经验，还有体力，咱们都不缺，但是咱们还缺一位女神，一位幸运女神，咱们的运气太差了，回去得想办法转转运。咱也别跟这儿磨蹭了，越想越糊涂。如果是西周的古墓结构，这最下边一层的墓道是通向陪葬坑的，不会有出口，我看还是先回到上一层的冥殿，再找找盗洞的出口。"

胖子说道："且慢，陪葬坑里是不是应该有什么宝贝？不如顺路先去捎上两件再回去找盗洞不迟，空手而回不是咱的作风，否则岂不是白忙活一场。"

大金牙说道："还是算了吧胖爷，您那膀子肉厚不知道累，我这两条腿都灌了铅了。咱还是别没事找事，按胡爷说的，回去找盗洞才不失为上策。再说这地方如此古怪，谁敢保证这条墓道里没有什么陷阱机关，到时候咱后悔都来不及了。"

胖子见我和大金牙都执意要爬回上层，无奈之下，只好牵了两只鹅跟我们一起行动，突然说道："哎，我说，咱是不是得把那石头棺材撬开，看看那里边的死人，是不是长了一张那么古怪的脸？说不定有个面具之类的，要是金的可就值钱了。"

我和大金牙谁也没搭理他，这种情况下哪儿有那份心情。我托住大金牙，把他推上了墓道上的冥殿，我和胖子也先后爬了上去。

冥殿没有什么变化，那口雕刻着诡异人脸的大石椁，依然静静地停放在角落里，我们把三支手电全部打亮，搜索地面上盗洞的入口。

整个冥殿除了六个准备用来摆放六玉的石架，以及角落中的石椁之外，空空如也，再没有任何多余的东西，无法想象，唐代的冥殿中竟然摆着一口西周时期的石椁。

胖子指着我们刚爬出来的地方说："这哪里还有其余的出口，咱们刚爬出来的地方，不就是先前那个盗洞吗？"

我打着手电，低头一看脚下，确实就是我们最早爬进来的盗洞，可是怎么跳下去却又是墓道？还没容我细想，大金牙也有所发现："胡爷，你瞧那石椁旁边，多出了一条……台阶。"

我和胖子按大金牙所说的方位看去，果然在石椁旁边，神不知鬼不觉地冒出一条向上而行的石阶，石阶宽阔，每一层都是整个的大石条堆砌而成。我走到下边往上照了照，手电光柱就像被黑暗吞噬掉了，十几米外都是黑洞洞的，看不到上面的情况。

我再也冷静不下来了，便对胖子和大金牙说道："他娘的，这座古墓简直出了鬼了，盗洞变成了墓道，唐墓冥殿中出现了西周的石椁，这会儿又冒出来这么个石头楼梯。我看咱们豁出去了，一条道走到黑，盗洞肯定是走不通的，如果这是西周的古墓，那么这条在石椁旁边的楼梯，应该是通向古墓的最上层，那里和嵌道相连，也许可以出去。"

胖子说："那还等什么，我先上，你们俩跟着。"话音未落，抬脚就上了楼梯，走上两步，又突然想起什么，回过头来问我，"老胡，你刚说那什么道来着？是做什么用的？"

我和大金牙也迈步上了楼梯，我边走边对胖子说道："嵌道，说白了就是条隧道。修古墓不是得掏空山体吗？掏出来的泥土石头，都从嵌道往外搬，墓主入殓之后，便把隧道封死，把修墓的工匠奴隶之类的人也都一并活埋在里边。如果走运，说不定能找到工匠们偷偷留下的秘道，那就能离开这鬼地方了。"

三人边说边走，走了大约五分钟，我突然发现不对劲，刚走上石阶的时候，我留意到第二级石阶的边缘有一个月牙状的缺口，可能是建造之时磕掉的，然而我们每向上走二三十级，便会发现同样的一个月牙形缺口，开始还没太在意，后来仔细一数，每二十三级便有一个。

这绝不是巧合，我们可能是在原地兜圈子，我急忙招呼大金牙和胖子，别再往上走了，这么往上爬，恐怕累死了也走不到头。

三人急忙转向下行，然而下边的路好像也没有尽头了，从台阶上下行，走得很快，也不费力气，但是走了很久，远远超过我们往上走的用时，却怎么也走不回冥殿了。

三个人都已经累得气喘如牛，大金牙身体本就不好，这时候累得他呼吸又粗又急，呼哧呼哧作响，好似个破风箱一般。

我一看再走下去，就得让胖子背着大金牙了，从这石阶向下走背着个人，谈何容易，再说根本不知道还能不能走回冥殿，这么走下去不是事，于是让大金牙和胖子就地休息。

胖子一屁股坐在地上，抹了抹头上的汗珠子，对我说道："我的天啊，老胡，再这么折腾下去，顶多过几个小时，咱们饿也饿死在这鬼地方了。"

我们来鱼骨庙时带了不少食物，有酒有肉，但是为了能装古墓中的宝贝，还要带一些应用的简易装备，便把食物都放在了鱼骨庙中，并没有随身带着，每个人只背了一壶水。

虽然钻进盗洞之前吃喝了一顿，但是折腾了这么长时间，肚子里都开始打鼓了，此刻胖子一提到饿字，三人肚中同时咕咕作响。

现在的处境更险，冒冒失失地闯上石阶，被鬼圈墙一般地困在台阶上，上下两头都够不着，还不如在冥殿中另想办法，可真应了大金牙先前说胖子的那句话，到时候后悔都晚了。

我唉声叹气地暗骂自己太莽撞冲动，当初在部队，要是没有这种毛病，也不至于现在当个体户，真想抽自己两巴掌。

胖子对我说："老胡，你现在埋怨自己也没用，咱们就算不上这条台阶，也得被困在别的地方，你省点力气，想想还有没有什么辙。"

我想了想说："这条台阶，好像每隔二十三级，便重复循环一次，上下都是如此，咱们现在无论是上是下，都走不到头……"

胖子说道："那完了，这就是鬼打墙啊，绝对没错，永远走不出去，只能活活地困死在这里，就等着下一拨倒斗的来给咱收尸吧。"

大金牙听了胖子的话，悲从中来，止不住流下两滴伤心泪："可怜我那八十老母，还有那十八的小相好的，这辈子算见不着她们了……要是还能有下辈子，我……我死活是不做这行了……"

胖子被他搅得心烦，对大金牙说道："闹什么闹，这时候后悔了，早干什么去了！死也死得有个男人的样子，再哭哭啼啼的，我把你那颗金牙先给你掰下来。"

大金牙对自己这颗金牙视若珍宝，差不多和发型一般重要，听胖子要掰他的牙，赶紧伸手把嘴捂上："胖爷，我可提前跟你说好了，咱们都是将死之人，你可得给我留个全尸，别等我饿到动不了的时候，乘人之危把我这颗金牙掰了去。"

我对他们两人说道："你们俩别胡说八道了，说什么咱们也不能活活饿死在这鬼地方，这么死太窝囊了，要死也得找个痛快的死法。"

"话虽然是这么说，不过在这地方想死得痛快，倒也非易事。"胖子说着拔出伞兵刀，对我说，"我看也就两条路，其一是从楼梯上滚下去摔死，反正这台阶没有尽头，说不定外边都实现四个现代化了，咱还没滚到底；还有一个办法是割腕，你要是下不去手，我替你们俩割上一刀，一放血就离死不远了，我看这是最痛快的法子。"

大金牙对胖子说："胖爷您什么时候变这么实诚了，你没听出来胡爷话里的意思？如果我没理解错，他的潜台词应该是：咱们现在还没到绝境，还不会死。"转过头来问我,"胡爷,你刚才说的话是不是这意思?"

我对大金牙说:"刚刚我所说的话确实是气话,不过我现在好像突然找出点头绪了,你们安静一点,让我好好想想。"

胖子和大金牙见我好不容易想出点线索来,生怕再一干扰就会失去这一线生机,二人同时住口,大气也不敢喘。

我说就快想出办法来,那只不过是随口敷衍,让他们两个人别再争吵下去。此时安静了下来,我把从进鱼骨庙开始,一直到被困在这石阶上的情景,如同过电影一般在脑海里重新放映了一遍,完完整整,尽量不漏下每一个细节。

想了也不知道多久,我开口问大金牙:"咱们在这古墓中,真是如同撞上鬼打墙一样,无论走哪条路,都会莫名其妙地冒出一些东西,金爷你听说过鬼打墙的事吗?"

大金牙说:"听说过,没见过。据说当年地安门大街那边闹过一阵,害得附近的人一到晚上十二点就不敢从那儿过了,要不一直转悠到天亮,也走不出那一条马路。还听说过一些外地的传闻,不过咱们遇到的应该不是鬼打墙吧?听说鬼打墙就是绕圈,哪儿有这么厉害,再说咱们身上戴了这么多护身的法器,怎么会遇到鬼打墙呢?"

胖子也说:"老胡你忘了,你不是说过吗,风水好的地方,藏风聚气,根本不会有不散的阴魂,也不会有僵尸粽子什么的,怎么这工夫又想起鬼打墙来了?"

我摇头道:"我不是说咱们遇上鬼打墙了,只不过想确认一下,确认现在的状况不是鬼打墙,那么我分析的便有可能是正确的。"

胖子问道:"一人计短,二人计长,那你说出来,我和老金帮着你分析分析。"

我想了想,对胖子和大金牙说道:"我好像已经知道咱们碰到的是什么东西了,不过……我要说出来,你们俩可别害怕。"

第十二章
冢魄

胖子说道："鬼打墙咱都不怕，还怕什么乱七八糟的，你尽管说吧，就算是死了，咱好歹也当个明白鬼，糊涂鬼到阎王爷那儿都不收。"

我对胖子、大金牙说道："我害怕你们俩理解不了，其实我也只是根据咱们遇到的这些现象做出的判断，我觉得应该是这么回事，我说出来你们俩看看有没有道理。"

胖子和大金牙等着我把想到的情况说出来，但是我没急着说，反而先问了大金牙一个问题："金爷，咱们在盘蛇坡旁的小村子里，见到的一座残缺不全的石碑，还有在冥殿中见到的宫女壁画，以及前殿中那座制度宏丽的地宫，都实打实地是唐代的，这一点咱们绝不会看走眼对不对？"

大金牙点头称是："没错，绝对绝对都是唐代的东西，那工艺、那结构，还有那壁画上的人物、服装，要不是唐代的，我把自己俩眼珠子抠出来当泡踩。不过话虽这么说，可是……"

我得到了大金牙的确认，没等他说完，便接口说道："可是偏偏在这唐代的古墓中，冒出了西周的石椁、绘有西周岩画的墓道，盗洞半截的地方，还凭空冒出了西周古墓的外墙。"

大金牙和胖子异口同声地说道："是啊，这不是活见鬼了吗？"

我说："咱还别不信邪，说不定这回就是见了鬼了，不过这鬼可能比较特殊。"

大金牙说："特殊？胡爷你是说这墓主的鬼？是唐代的还是西周的？"

我摆了摆手："都不是，也许我用词不准，但是我实在是不知道该怎么形容。说鬼也确实不太恰当，因为我听不少人说起过，这不是什么迷信理论，属于一种特殊物理现象，还有不少专家学者专门研究这种现象，暂时还没有专有的名词，我想也许用幽灵来称呼它更合适。"

胖子问道："鬼和幽灵不是一回事吗？老胡你说这到底是谁的幽灵？"

我对胖子和大金牙说道："谁的幽灵？我看是一座西周古墓的幽灵，不是人死后变的鬼魂亡灵的那种幽灵，而是这西周的古墓本身就是一个幽灵。这是个摸金行当中传说的幽灵冢，依附在这座唐代弃陵之上的西周幽灵冢。"

大金牙也听明白了几分，越想觉得越对，连连点头，大金牙说道："传说中有幽灵楼、幽灵船，还有幽灵塔、幽灵车，说不定咱们碰上的还真就是一处幽灵墓。"

胖子却是越听越糊涂，便问我和大金牙说的话是什么意思，能不能说点让人容易懂的话。

大金牙对胖子说道："我做了这么多年古玩生意，深信一个道理，这精致的玩意之中，汇聚了巧手匠人的无数心血，年代久远了，就有了灵性，或者说有了灵魂。这件玩意一旦毁坏了，不存于世了，也许它本身的灵魂还在，就像有些豪华游轮，明明已经遇到海难，葬身海底多年了，可偶尔还有人在海上见到这条船，它依旧航行在海面上，也许船员们看到的只是那条船的幽灵。"

胖子说道："原来是这样，那看来我还是很有先见之明的，我刚看那石樽的时候，就曾说过也许是这物件年头多了就他妈成精了。你们俩也真是的，我那时候都说得这么明白了，你们愣没反应过来，我跟你们俩笨蛋真是没脾气了。"

大金牙说："听胡爷一提这事，我觉得真是有这种可能。以前我们家有个亲戚从湖南来北京丰台办事，在丰台住在一个招待所，当时他开的房间号是303。那天太晚了，晚上十二点多钟，他困得都快睁不开眼，迷迷糊糊地就奔三楼了，上了楼梯一看迎面就是303，门还没关，也没多想，推门就进去了，一看桌上还有杯热水，拿起来喝了两口，倒在床上就睡，第二天早上，被人叫醒了，发现自己正睡在三楼的楼梯上。"

胖子问道："老金你是说你那位亲戚，也遇上幽灵楼了？"

大金牙说："是啊。招待所里的服务员就问他为什么睡楼梯上，他把经过一说，开始还以为自己是梦游呢，一看303室的门是锁着的，里面的东西什么都没动，铺盖也没打开，结果稀里糊涂地就走了。后来又去丰台，还住的那个招待所，闲聊的时候听说这座招待所曾经失火烧毁过，后来又按原样重新建的，除了规模上扩大了一些，其余的都没什么变化，连门牌号都一模一样，每年都出现这么几次客人明明进了房间，早晨睡在外边的情况，但是也没有伤亡意外事故之类的事情发生，所以没引起重视，大伙也从不拿这事当回事。我曾经听我这位亲戚说起过，纯粹是当茶余饭后的谈资的，我始终没太在意，现在看来，咱们也是遇上这种幽灵墓了。"

大金牙又对我说："还是胡爷见机得快，你瞧我都吓昏了头了，现在刚回过神来，脑袋里是一团乱麻，就算是让我想破了头，一个脑袋想出俩脑袋来，也根本想不到这些。"

我说："惭愧，我也是逼急了才想到这一步的，我现在脑袋也疼着呢，所有的情况我都想遍了，觉得咱们应该就是遇上幽灵冢了，否则怎么可能会有两个重叠在一起的古墓。"

两朝两代，都看上了一块风水宝地，这种情况当然也有，尤其是这种内藏暂的形势，真可谓是宝脉佳穴，极为难求。

想通了这最关键的一点，其余的问题也都迎刃而解了。龙岭这处内藏暂的宝穴，很可能在西周的时候就被人相中，虽然那时候还没有唐代那么丰富具体的风水理论，但是天人合一的最高境界是自打有了人类的那一天起，便是人类追求的终极目标。

西周的某位王族，死后被埋在这里，用人面石椁盛殓。墓穴的构造就和我们见到的差不多，外围筑以巨大的外墙，里面分为三层，在最底下一层放置大批的陪葬品，以当时的情况来看，应以牛马动物和器物为主；中间一层停放装殓墓主的人脸石椁，除此之外，没有多余的东西了，即使有几件墓主随身携带的重要陪葬品，也都应该随墓主尸体装在石椁之中；第三层就是连接墓道的入口。我们现在所在的石阶，便是位于上中两层之间的位置。

这位装殓在人脸石椁中的墓主人，本可以在此安息千年，但是在唐代之前的某一时期，出于某种我们无从得知的原因，也许是由于战乱，也许是因为盗墓，甚至也有可能是当时的政治斗争，这座墓被彻底地毁坏了。

后来到了唐代，为皇家相形度地的风水高手也看中了龙岭中的这块内藏智宝穴，于是为了皇室中的某位重要女性成员，在此地开山修陵。

然而陵墓修到一半的时候，发现了这处内藏智曾经在很久很久以前被人使用过。皇室陵寝工程中途废弃是十分不吉利的，一是劳民伤财，已经使用的大量人力、财力、物力，都打了水漂，再者换陵碍主。比起这些，更不祥的是一穴两墓，即使先前的古墓已经不存在了。出现这种情况，就算将选脉指穴的风水师诛九族，也无法挽回。多半是督办修建陵墓的官员与风水师，为了避免惹祸上身，便互相串通，捏造一些子虚乌有的事情蒙蔽皇帝，让皇帝老儿再掏钱到别处重新修一座新的陵寝。

我们遇到的突然冒出来的人面石椁，带有岩画的墓墙，以及封堵住盗洞的巨石，原本在盗洞中放置蜡烛的位置也被一块巨石取代，这一切都是因为那座早已被毁掉的西周古墓，是那座古墓的幽灵突然冒了出来。

大金牙听了我的分析，十分赞同，但是有一件事联系不起来："既然这里存在着一座早已被彻底毁掉的幽灵冢，为什么唐陵都快建完了才发现，而咱们一进盗洞，这幽灵冢就突然冒了出来？这未免也太巧了吧？"

大金牙说的是一个难点，这点想不通我们的猜测就不成立。就算再不走运，也不可能如此之巧，平时没有，或者说时有时无的幽灵冢，偏偏我们前脚进来，它后脚就冒出来。

按理说，所谓的幽灵冢虽然摸得到，看得见，但并不是实体，而是一个物体残存在世界上的某种力场，并不是始终都有，而且是一部分一部分地渐次出现，最后能出现多少，是整座西周的大墓都呈现出来，还是只有半座，或是更少，这些还无从得知。

我对大金牙说道："这里是龙脉的龙头，又是内藏暂，可以说是天下无双，藏风聚气。这座西周大墓乘以生气，气行地中，又因地之势，聚于其内，是谓全气。气是六合太初之清气，化而生乎天地万物者，乃万物之源，此气即太初清气的形态之一。古墓建在这种顶级宝地，便染有灵气，所以毁坏之后，虽已失其形，却仍容于穴内的气脉之中，这是不奇怪的。奇怪就奇怪在这座幽灵冢为什么这时候出现，换句话说，它是不是平时没有，而是我们触动了什么，或者做了什么特殊的事，才让它突然出现。"

大金牙对我说："高啊，胡爷，咱们所见的种种迹象表明，西周古墓被毁后，这里一定来过三拨人，其中两拨是包括咱们在内的摸金校尉，这两拨人虽然中间隔了几十年，却都遇到了这座幽灵冢，而且还都被困其中。另外还有一批，就是建造唐墓的那些人，他们自然是大队人马，把大唐皇家的陵墓建到这种程度，不是一朝一夕之功，他们都快把墓修完了，才发现这里有座幽灵冢，之前施工的过程当中，他们为什么没发现？"

我点头道："是啊，不管先后，肯定是做了什么特殊的事，把幽灵冢引了出来。可咱们也没做什么啊，刚在盗洞中爬了没一半，身后的石墙就突然冒出来把路堵死了。"

大金牙苦苦思索："这座西周古墓想必是被人彻底捣毁了，连一砖一石都没有留下，修建唐墓的人以为这里只不过是个巨大的天然山洞，既是风水位，又省去一些掘山的麻烦。他们那些人肯定是后来才发现了幽灵冢，还有在鱼骨庙打盗洞的摸金校尉，包括咱们三个，肯定都做了一件相同的事，才把幽灵冢引发出来，但是这件事究竟是什么呢？"

我对大金牙说："你也别着急，既然已经有了头绪，我想只要找出根由，便有可能让幽灵冢消失。建造唐陵以及在鱼骨庙打盗洞的人，可能在发现幽灵冢之后，都想到了这一点，所以他们能离开，咱们也都好好想想。"

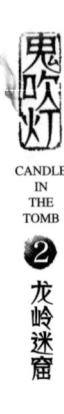

胖子说道："依我看，可以使用排除法，古代人能做咱们也能做的，这些应该首先考虑；一些现代化的东西，古代人不可能有，所以可以排除掉，不用多费脑子去想。"

我没想到胖子也有这么理智的时候："行啊小胖，我还以为你这草包就知道吃喝，竟然还能想出排除法？"

胖子笑道："这还不都是饿的，我觉得人一旦饿急眼了，脑子就灵光，反正我吃东西的时候，就是他姥姥的脑子最不好使的时候。"

大金牙说道："还可以把范围圈得更窄一点，修唐墓的人是在工程快结束时发现幽灵冢的，咱们则是刚进盗洞便被困住。"

胖子说道："就你们俩这水平还摸金倒斗呢，真是猪脑子，我再给你们提个醒，古代人也使，咱们也使，那还能有什么，这不明摆着吗——蜡烛啊！"

"蜡烛？"我也想到了，不过应该不是蜡烛，难道古代人在山洞里施工，不点灯火吗？蜡烛多多少少随时随地会用到吧？

虽然不知道唐代建造陵墓时的具体情况，但是绝不可能在工程快结束的时候才用到蜡烛，应该是另有其他原因。不过蜡烛这个东西，对我们来讲是比较敏感的，是不是唐代有某种传统，在修建大型陵寝之时，开始不可以点蜡烛？这样根本不合常理，不会有这么古怪的规定。如果真有这样的规定，我那本祖传残书中就一定会有记载。

正当我们思前想后，一样一样排除的时候，忽然胖子牵的两只大白鹅互相打了起来。胖子骂道："他奶奶的，你们两只扁毛畜生闹什么，一会儿老爷就把你们俩烤来吃了。"两只大鹅叫得甚凶，毫不理睬胖子的威胁。

胖子瞧得有趣，笑着对我和大金牙说："老胡、老金，你们瞧见过没有，咱只见过斗鸡，这回来一场斗鹅，原来鹅也这么好斗。"

我见了胖子牵着的两只大白鹅，如同黑夜中划过一道闪电，对胖子说："鹅……鹅……"

胖子说道："鹅鹅鹅，曲项向天歌。白毛浮绿水……"

我说："不是不是，我是说我怎么没想到鹅呢？你们可知道在古墓地宫即将完工的时候，要做什么吗？他们要宰三牲祭天，缚三禽献地。"

大金牙失声道："啊，胡爷，你是说是咱们带的两只鹅把幽灵冢引出来的？"

我说："是啊，我怎么早没想到这上呢？在鱼骨庙打盗洞的摸金校尉前辈，盗洞挖到地宫之后，为了试探冥殿中的空气质量，一定也是用咱们倒斗行的老办法，以活禽探气，他带着鸡鸭鹅一类的禽类进去，这才被幽灵冢困住。"

在古代修造陵墓的时候，在地宫构造完毕之后，都要在墓中宰杀猪牛羊三牲，捆缚三禽于地，为的是请走古墓附近的生灵，请上天赐给此地平安，使墓主安息不被打扰。

这种说法叫作："三牲通天，三禽达地。"猪头牛头羊头同时供奉，是十分隆重的，可以把信息传达到上苍；三禽则是献祭给居住于地上的神灵。禽畜可使真穴余气连结，所以陪葬坑中必葬禽畜顺星宫、理地脉。

大金牙说道："野为雁，家为鹅，野雁驯养，便成了鹅。三禽中的鹅，是三禽中最具有灵性的，传说鹅能见鬼，说不定就是因为我们无意中带鹅进盗洞，惊动了这座西周的幽灵冢。"

我抓起一只大白鹅，取出伞兵刀，管他是不是，把两只鹅都宰了一试便知，举起刀就要动手割鹅颈的气管。

大金牙好像突然想到了什么，连忙按住我的手："可别，胡爷，我突然想到，咱们错了。"

第十三章
悬魂梯

胖子见大金牙不让我们宰鹅，便问道："老金，你怎么又变卦了？刚不是都说好了吗？"

大金牙让我暂时把手中的伞兵刀放下，对我和胖子说道："胡爷、胖爷，你们别见怪，刚才我冷不丁地想起来一件事，觉得似乎极为不妥。"

我对大金牙说道："我就是这脾气，想起来什么，脑子一热，便不管不顾地先做了再说，如果有什么地方做得不妥，你尽管讲来。"

大金牙说道："是这样，我想想该怎么说啊，一着急还真有点犯糊涂，我得把言语组织组织。"

我和胖子在这古墓中困得久了，虽然不像刚开始的时候被那幽灵冢折腾得晕头转向，十分地紧张无助，却渐渐焦躁不安起来，都想要尽快离开这里。好不容易想出个办法，正欲动手，却突然被大金牙挡了下来，一肚子邪火，又发作不得，只好捺下性子来，听大金牙说话。

大金牙想了想说道："我约略想了一下，如果真如咱们所料，咱们三人现在是被一座西周的幽灵冢困住了，而这座西周的幽灵冢之所以会冒出来，有可能是因为咱们带了三禽中的活鹅，鹅有灵性，又最是警觉，这才把幽灵冢惊动出来……"

胖子听得不耐烦了，对大金牙说道："老金，你啰里啰唆地讲了这么多，究竟想说什么？"

我让胖子不要再打断大金牙说话，先听大金牙把话讲完，真要能够逃出去，也不争这一时三刻的早晚。

大金牙接着说道："咱们如果把两只鹅宰杀了，这古墓中没有了禽畜，也许这座西周的幽灵冢便会隐去。不过不知道你们二位想过没有，咱们现在所处的是什么位置，这条没有尽头的石阶，正是幽灵冢的一部分，也就是说这里本不应该有楼梯，在幽灵冢出现之前，这里也许是山腹中的土石，也有可能是一处山洞。"

我听到这里，已经明白了大金牙的意思："你是说咱们如果在这里宰了两只鹅，万一幽灵冢立刻消失，咱们就会落在唐代古墓的外边，从而再一次被困住，甚至有被活埋的危险。"

大金牙点头道："对，我就是这意思，另外你们有没有想过，西周古墓的幽灵，似乎不是全部，它只有一部分，而且与唐代古墓重叠在了一起。这条石阶便是幽灵冢的边缘，没有明显的界限，也许它的边界，还处于一种混沌的状态，只不过咱们无法知道它是正在扩张，还是在收缩，如果咱们宰了两只大白鹅，万一……"

经过大金牙的提醒，我方知其中厉害，险些又落入另一个更加恐怖而又难以捉摸的境地，我对大金牙说道："金爷说得是，咱们应当先想法子回到唐墓的冥殿，在冥殿或者盗洞口附近，确定好了安全的位置，然后再杀掉这两只惹祸的大鹅。"

不过说起来容易，做起来难，这条石头台阶每二十三级便循环一次，反反复复，似乎是无穷无尽，一旦走上这条石阶，无论是向上，还是向下，都走不到尽头。

我同大金牙和胖子二人又商议了几句，却想不出什么眉目，总不能闭着眼往下滚吧，那样的话，恐怕就会如同胖子所说，滚到外边的世界都实现四个现代化了，我们也许都没滚到头。

这条看似平平常常的西周古墓石阶，实在是比什么黑凶白凶还难对付，倘若是倒斗摸到粽子，大不了豁出性命与它恶斗一场，见个生死高低。可是这大石条搭成的台阶，打也打不得，砸也砸不动，站在原地不动不是办法，往下走又走不到头，无力感充斥着全身，我体会到这才是真正的恐怖。

正在一筹莫展之时，大金牙想到了一个办法，虽然不知道是否可行，但有病乱投医，姑且一试。我们三人首先要确认一下，是不是每隔二十三级，便有一级的边缘有个月牙形缺损，我们一边数着一边向下走，数了整整五段。

确认无误之后，按照商量好的办法，三人各持一支蜡烛，我先选定一处有月牙形缺口的石阶站定，把蜡烛点亮，然后大金牙同胖子继续往下走，以还能看见我站立处蜡烛的光亮为准，第二个人再停下点燃蜡烛，随后第三个人继续往下走。

这个方案的前提条件是石阶不能太长，如果只有二十三级，而我们在保持互相目视距离的情况下，又能超出这二十三级台阶的长度，那就有机会走回台阶下的冥殿了。

然而我们三人一试之下，发现这个方案根本不可行。这条没有上下尽头的古墓石阶，不仅是无限循环，而且在石阶的范围内，似乎格外黑，这种黑不是没有光线的那种普通黑暗，而是头上脚下，身前身后，似乎都笼罩了一层浓重的黑雾。

即使点上蜡烛，最多也只能在五六条大石阶的范围内看到，超过这一距离，蜡烛的光线就被黑暗吞噬掉了。这种黑暗让我想起了新疆的鬼洞，想不到那噩梦一样的黑暗，又一次在龙岭的古墓中遇到。想到这儿，身体就忍不住发抖，好像死在新疆的那些同伴正躲在黑暗角落中注视着我的一举一动。

就连三十米照明距离的狼眼手电，也只能照亮六级台阶的距离，一超过六级台阶，便是一片漆黑，不仅照不到远处，远处的人也看不见手电和蜡烛的光亮。

我们只有三个人，三个人只能如此探索出去十二级的距离，而这条西周古墓的石阶最少有二十三级，所以我们这样做，无法取得任何的突破。

我们三人无奈之余，又聚拢在一处，点了支蜡烛，把手电筒全部关闭。胖子取出水壶喝了几口，好像想灌个水饱，结果越喝肚子越饿，连声咒骂这大石条台阶。

我闻着不对，胖子的水壶里一股酒气，我问胖子道："你是不是把水壶里灌上白酒了？让你带水你偏带酒，喝多了还得我们抬你出去。"

胖子避重就轻，对我道："老胡，这时候喝口酒不是壮胆吗？要不这么着你看怎么样，咱们还是按先前那样，你和老金俩人每隔六层石阶便点一支蜡烛等着，我豁出去了，一直跑下去……"

我否定了胖子的计划："你这种匹夫之勇，最是没用，你这么干等于白白送死。咱们之间无论如何不能失去联系，三个人在一起还有逃生的希望，一旦散开，失去了互相的依托，各自面临的处境就会加倍困难。当年我在部队，军事训练中最强调的一点就是不能分散，分散意味着崩溃与瓦解，不到万不得已走投无路，都不允许选择分散突围。"

胖子对我说道："打住吧你，现在还没到走投无路？我看现在简直就是上天无路，入地无门，再说分散也不见得就是崩溃瓦解，那叫保存革命火种。"

我怒道："你在这种鬼地方保存个屁火种，一遇到困难就作鸟兽散，那是游击作风。"

大金牙怕我们俩吵起来，连忙劝解："二位爷，二位爷，现在不是探讨军事理论的时候，咱们确实不应该分散突围，再说分散突围也得有围可突啊，咱们现在……唉……算了，我看咱们无论如何不能落了单。"

物理学的定律，在这条西周古墓台阶上似乎失去了作用，我叹了口气，便想坐在石阶上休息，一坐之下被腰间的东西硌了一下，我伸手一摸，原来是带在腰上的长绳。我惊喜交加，对胖子和大金牙说："有了，我怎么没想到绳子呢？都说狗急跳墙，人急生智，咱们是越急越糊涂，自乱阵脚。咱们身上带的绳索，加起来足有几百米，这二十三级石阶再长，也够用上他娘的七八圈了。"

在这条没头没尾的古墓石阶上，长长的绳索简直就如同救命的稻草，胖子和大金牙大喜，连忙动手帮忙，三人借着蜡烛的光线，把身上携带的长绳用牙栓连接在一起。

我看了看连接在一起的绳索，对胖子和大金牙说道："这么长的绳索无论如何都够用了，此地不宜久留，咱们马上行动。"

当下由胖子站在原地，点燃一支蜡烛，把绳索牢牢地系在腰间，胖子站的位置正好是一级有月牙形缺口的石阶，以这层石阶作为参照物，行动起来会比较方便。是否行得通，我毫无把握，反正行与不行就看这最后一招了，我刚要动身，却突然被胖子拉住。

胖子拉住我的胳膊对我说道："老胡，万一绳子断了怎么办？你可多加小心啊，咱们还好多钱没花出去呢，现在还不到英勇就义的时候，看情况不对就赶紧往回跑，别逞能。"

我对胖子说道："这话我跟你说还差不多，你在上面留守也要多加小心，如果绳子在半路突然断了，你千万别往回扯，就让绳子保持原状，否则你把绳子扯走，我可就摸不回来了。"

我想了想还有些不太放心，又嘱咐胖子道："小胖，你站在这儿可千万不要移动，我和大金牙从这儿下去，如果走出这狗娘养的石阶，就用绳子把你拉出去。"

胖子说道："没问题，你们俩尽管放心，有什么危险，你们就吹哨子，我一只胳膊就能把你们俩拉回来。"

只要三人之间连接着的绳索能够超过二十三层台阶的距离，就应该能破解掉这循环往复的鬼台阶。想到脱困在即，我们三人都按捺不住心中的激动，胖子留在原地，我和大金牙拉着绳索向下走。

我每向下行一级台阶，便回头看看胖子所在位置的蜡烛光亮，在下到第六层石阶之时，我让大金牙留下，这样大金牙也能留在胖子的视线范围之内，多少能有个照应。毕竟大金牙平时整日都是养尊处优好吃好喝的，没经过这种生死攸关的磨难，如果让他看不见同伴，很可能会导致紧张过度，做出一些不理智的举动。

这是从胖子处算起的向下第六层台阶，大金牙点燃了蜡烛，检查了一下缚在腰间的绳索，便把剩余的绳索都交到我手中，留在第六层台阶处静候。

我对大金牙说道："我下去之后会一直沿着台阶走到底，如果能够走出这二十三级石阶，我就扯动三下绳索，你就通知上面的胖子，在同胖子会合之后，顺着绳索走下来。"

大金牙对我说道："胡爷尽管放心，我虽然不中用，但是这性命攸关的事情半点也不会马虎大意。我就留在此处，恭候你的好消息。"

我见他说得牢靠，便点了点头，手中捧着一圈圈的绳索，继续沿着石头台阶下行，每走一步，便放出一点绳索。

在我下到距离胖子十二级距离的时候，我看了看手中的一大捆绳索，虽然明知够用，还是下意识地算了算距离，只剩下一少半的距离，绳子足够用。

我默默数着脚下台阶的层数，只要超过二十三级就可以回到冥殿了，真的可以回到冥殿吗？这时候好像突然又变得没有把握了。

眼前是一片无尽的漆黑，越往下走，我的心跳就越快，是怕期望越大，失望越大，不过已经走到这一步了，只有硬着头皮继续向下而行。

二十一，二十二，二十三，台阶上竟然又出现了那个月牙形的记号，可是下边的台阶还没有尽头，真是活见鬼了，我硬着头皮继续走，怎么着也得走到绳子没有了为止。

手中的绳子越来越短，我心中发毛，准备就此返回，不想再往下走了。这时，我忽然见到下面台阶出现了一点光亮，我快步向下，离得越近越是吃惊，我下面站着一个人，宽阔的背影背对着我，脚下点着一支蜡烛，我在上面看到的光亮就是这支蜡烛发出的微弱光芒。

那人分明就是应该在我上面的胖子，他正踮着个脚，不断向下张望。我看清楚了确实是胖子，一瞬间心灰已极，看来这个办法又是不行，只好走过去，一拍胖子后背："行了，别看了，我胡汉三又回来了。"

胖子毫无防备，纵是胆大，也吓了一跳，从楼梯上滚了下去，我急忙

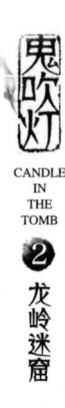

伸手去抓他的胳膊，但是他实在太胖，我虽然抓到了他的袖子，却没拉住他，只扯下了一截衣袖。

好在他身手也是敏捷，只滚下两层石阶便就此停下，抬头向上一看，见我竟然从后边出来，也是吃惊不小，问道："老胡，你他妈怎么从上边下来了？养活孩子不叫养活孩子，叫吓人啊，哎呀我的娘啊，真他妈吓死人不偿命，你倒是言语一声啊。"

我对胖子说："你也别一惊一乍的，又不是大姑娘小孩子，你皮糙肉厚的，吓一吓还能吓坏了不成。"

我坐在台阶上，解下腰间的绳索对胖子说道："没戏，看来咱们判断得一点没错，这段台阶是幽灵冢边缘的混沌地带，空间定理在这条台阶上是不存在的。赶紧把老金拉上来，咱们再另做打算吧。"

胖子拉扯绳索，把大金牙扯了上来，把前因后果对他讲了一遍，大金牙听罢也是垂头丧气。我对胖子和大金牙说道："虽然常言道一鼓作气，再而衰，三而竭，但是咱们还没到沮丧的时候，趁着还没饿得动不了，赶紧再想想看还有什么辙没有，倘若再过几个小时，饿得走动不得，就真得闭眼等死了。"

一提到饿字，胖子饥火中烧，抓起地上一只大鹅的脖子说道："那倒也不至于，要是实在没咒念了，咱还有两只烧鹅可吃。既然你和老金说不能在这楼梯上杀鹅，咱们可以先吃一只，留下一只等到了冥殿之中再杀。"

我对胖子说道："咱们没有柴火，在这里怎么吃？难道你吃生的不成？"

胖子抹了抹嘴角流出的口水，说道："生吃有什么不成？古代人还不就是吃生肉吗？真饿急了还管他是生是熟。"

我说："原始人才吃生肉，茹毛饮血，你还是再咬牙坚持坚持，如果咱们再离不开，你再生吃也不晚。其实现在距离你在鱼骨庙中吃的那一顿，没几个小时。"

在一旁的大金牙哭丧着脸对我说道："胡爷，咱们这回是不是真要玩完了？这上天入地的法子都想遍了，就是离不开这鬼打墙的二十几层台阶，这可真是倒了邪霉了。"

第十三章 悬魂梯

我想宽慰胖子和大金牙几句，话到嘴边，却说不出口，其实我现在也是心烦意乱，也十分需要别人说几句宽心话。这狗日的二十三级台阶，真是要了命了！

"二十三，二十三。"这个数字，好像在哪儿见过，我伸手摸了摸石阶上的月牙槽，好像只身在茫茫大海中挣扎的时候，突然抓到了一块漂浮的木板。

胖子又想跟我商量怎么吃这两只鹅的事，我怕他打断我的思路，不等他开口，就对他做了个噤声的手势，继续绞尽脑汁搜索记忆中的信息。

我想明白之后一拍大腿，吓了大金牙和胖子一跳，我对他们两人说道："咱们都让这鬼台阶给蒙了！这根本就不是什么鬼打墙，也不是什么幽灵冢边缘的混沌地带。这他娘的是西周古墓中的一个机关，一个以易数设计的诡异陷阱！"

自当年在部队开始，我就一直结合家传秘书的残卷研究《周易》，盖厥初太极生两仪，两仪生四象，四象生八卦。故生人分东位西位乃两仪之说，分东四位西四位乃四象之说，分乾、坎、艮、震、巽、离、坤、兑乃八卦之说，是皆天地大道造化自然之理。

那时候我只是拿这些来消磨军营中单调乏味的时光。《十六字阴阳风水秘术》中其中的一个字是"遁"字，"遁"字一卷中，皆为古墓中的机关陷阱。中国自古推崇易数，所以古墓的布局都离不开此道。我曾经详细研究过，现在回想起来，这种二十三层的石阶，学名应该叫作"悬魂梯"，这种设计原理早已失传千年，有不少数学家和科学家都沉迷此道。有些观点认为这是一种数字催眠法，故意留下一种标记或者数字信息迷惑行者。而数学家则认为，这是一个结构复杂的数字模型，身处其中，看着只有一道楼梯，实际上四通八达，月牙形的记号就是个陷阱。这记号其实是在台阶上逐渐偏离，再加上这些台阶和石壁，可能都涂抹了一种远古秘方——吸收光线的涂料，更让人难以辨认方向，一旦留意诸如记号这些信息，就会使人产生逻辑判断上的失误，以为走的是直线，实际上不知不觉就走上岔路，在岔路上大兜圈子，到最后完全丧失方向感，台阶的落差很小，可能就是为了让人产生高低落差的错觉而设计的。

就像三国之时的八阵图，几块石头就可以困得人上天无路，入地无门，虽然那只剩有八字，便已如此繁复奥妙，何况西周之时，世间尚存十六字，那更是神鬼莫测。

这种在现代看来复杂无比的悬魂梯，早在西周时期，那个最流行推卦演数的时代，统治阶级完全掌握着这些秘密，不亚于现在的顶级国家机密。

悬魂梯也未必都是二十三级，但是可以根据这个数字推衍走出去的步数。

想不到这座西周的幽灵冢之中，竟然还有这种厉害的陷阱，如果盗墓贼不解此道，误入此石阶之中，必被困死无疑，不过此番正搔到我的痒处，今天且看我老胡的手段。

我顾不上同大金牙和胖子细讲其中奥妙，只告诉他们跟着我做就是了，当下按《十六字阴阳风水秘术》中的"遁"字卷，像模像样地以碎石摆八卦，用二十三换子午，推算步数，但是这易经八卦何等艰难，我又没有这方面的天赋，虽然知道一些原理，却根本算不出来。

我脑袋都算大了好几圈，越算越糊涂，看来我真不是这块料，心中焦躁，根本静不下心来。这时候也没人能帮忙，胖子那个家伙数钱还行，大金牙虽然做生意精明，数术却非他所长。

最后我对胖子和大金牙说道："干脆咱也别费这脑筋了，既然知道这悬魂梯的原理就是利用高低落差的变化，以特殊的参照物让咱们绕圈，就容易应付了。我看咱们笨有笨招，还是直接往下滚得了。"

胖子说："老胡你刚不是挺有把握能推算出来吗？怎么这会儿又改主意了，是不是脑子不够用了？我早说要滚下去，不过这万一要滚不到头怎么办？你能保证滚下去就肯定能行？"

我对胖子说道："是啊，你不是刚才也打算滚下去吗？过了这么一会儿就又动摇了？滚下去才是胜利，听我的没错。"

这时我们身边的蜡烛又燃到了头，在古蓝买的这种小蜡烛，最多也就能燃烧一个多小时。大金牙怕黑，赶紧又找出一支蜡烛想重新点上，这时却忽然说道:"哎,胡爷,我又想起一件事来。"

胖子说道:"老金你怎么总来这手,有什么事一次性说出来,别这么一惊一乍的行不行?"

大金牙说:"我今天实在是吓蒙了,现在这脑子才刚缓过来没多久。我以前听我们家老爷子说过这种机关,不过不太一样,那是一种直道,跟迷宫一样,站在里边怎么看都是一条道,其实七扭八拐地画圆圈。我还认识一个老头,他不是倒斗的,不过他有本祖传的隋代《神工谱》,我想买过来,他没出手,但是我见过这本书,那上面提到过这种地宫迷道,上面还有张图,画得就跟那几个阿拉伯数字的8缠在一起似的,不知道那种迷道跟咱们现在所处的悬魂梯是否一样?"

我对大金牙说道:"那种迷道我也知道,与这儿的原理类似。不过每一个地方都因地制宜,根据地形地貌的不同,大小形式都有变化,必须得会推演卦数才能出去,可是问题是咱们算不清楚。"

大金牙说道:"悬魂梯我没听说过,不过我听那老头说,这种迷道在周朝之后便很少有人用了,因为破解的方法非常简单,根本困不住人。"

我和胖子听他这么说,都更加认真听大金牙接下来的话,这么复杂的迷道,如何破解?

大金牙说道:"其实说破了一点都不难,这种地方就是用参照物搞鬼,隔一段距离,总是似有意似无意地弄个记号出来,一旦留意这个记号,就会被引入歧途,闭着眼睛走倒容易走出去。"

胖子对大金牙说:"哎哟,真他妈是一语点醒梦中人啊,咱们蒙了眼睛往下走,不去数台阶数,也不去看记号,说不定就能撞出去。"

我却觉得这种办法绝不可行,大金牙所说的,是个更蠢笨的办法。台阶的高低落差也极有奥妙,凭感觉走绝对不行,这座悬魂梯的规模我们还不清楚,天晓得鬼知道它有多长,而且我们在悬魂梯上折腾了这么长的时间,上上下下也不知有多少来回了,闭着眼睛往下走,猴年马月能走出去?

但是他娘的怎么就没办法了呢?想到恼火处,我忍不住一拳砸在旁边的石壁,这时猛然间想到,对了,这种悬魂梯只是用来对付单打独斗的盗

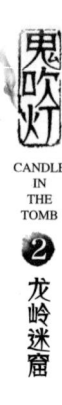

墓贼，我们这儿有三个人，无法利用长度，可以利用宽度啊。

我把想到的办法对大金牙和胖子说了，他二人连连点头，这倒真是个办法。由于这台阶宽度有十几米，一个人在中间，只顾着找地上的月牙标记，难免看不到两侧的石壁，不知不觉就被那标记引得偏离方向，进入岔路，如果紧贴着一侧的墙壁走，也不是事，那样也会被"8"字形的路径卷进去，更加没有方向感了。

但是如果三个人都点了蜡烛，横向一字排开，中间保持一定的可视安全距离，每走下一级就互相联络一下，这么慢慢走下去，见到岔路就把整条台阶都做上记号，用上几个小时，哪里还有走不出去之理。

于是我们三人依计而行，用纸笔画了张草图，把每一层台阶都标在图中，如果遇到岔路，就做明标记。果然向下走了没有多远，就发现了一个隐蔽的岔路，我们便在整条台阶上做下明显的大记号，在图中记录清楚，然后继续前行。如此不断走走停停，记录的地图越来越大，果然纵横交错，像是个巨大的蝴蝶翅膀形状。

这道悬魂梯是利用了天然的山洞巧妙设计，其实并不算大，如果是大队人马，悬魂梯根本起不了什么作用。但是只有一两个人，无法顾及悬魂梯的宽度，就很容易深陷其中，除非身上带有足够的照明设备，每一层石阶都点一排蜡烛，否则只想着找台阶上的月牙形标记，那就是有死无生了，另外石阶的用料十分坚硬，没有锋利的工具很难在上面另行制作记号。

石阶虽然是灰色的，但是明显被涂抹了一种秘料，竟然可以起到吸收光线的作用。想到中国古代人的聪慧才智，实在叫人叹为观止，不服不行。

其实这种秘方、秘料之类的东西，在中国古代有很多，只不过都被皇室贵族垄断，不是用在修桥铺路这种提高人民生活水平的事情上，而是都用在巩固自己的统治地位上，或者用来设计拱卫皇室的陵墓，在那个时候，持有这些秘密从来就只是少数人的特权。

从规模上推断，我们把地图绘制了三分之二左右，脚下终于再也没有台阶了，我们已经回到了冥殿之中，那口人面石椁仍然静静地立在冥殿的东南角落。

我看了看表，我们足足在悬魂梯上折腾了四个半小时，现在已经是下午三点左右了，从早上九点吃了最后一顿饭，就再也没吃什么东西，肚子饿得溜瘪。本以为进了盗洞，在冥殿中摸了明器便走，谁能想到起了这许多波折，还遇到了一座西周时期的幽灵冢。

这件事充分暴露了我们的盲目乐观主义情绪，以后万万不能再做这种没有万全准备的事了。虽说善打无准备之仗，是我军的优良传统，但是在倒斗这行当里，明显不太适合用这一套。打仗凭借的是勇气与智慧，而倒斗发丘，更重要的是清醒的头脑、丰富的经验、完美的技术、精良的装备、充分的准备，这些条件缺一不可。

冥殿地面正中的墓砖被启开堆在一旁，那里正是我们进来的盗洞，盗洞下已经变成了西周古墓底层通往陪葬坑的墓道。

冥殿四周是一片漆黑，我出于习惯，在冥殿东南角点燃了一支蜡烛，不过这已经是我们带进古墓的最后一支了。蜡烛细小的火苗笔直地在燃烧，给鬼气森森的古墓地下宫殿带来了一片细小的光亮，光亮虽小，却能让人觉得心中踏实了许多。

三人望着地上的蜡烛，长出了一口气，劫后余生，心中得意已极，不由得相对大笑。我跟大金牙、胖子说道："怎么样，到最后还得看俺老胡的本事吧，这种小地方，哪里困得住咱们。"

胖子说道："我和老金的功劳那也是大大的，没我们俩，你一个人，走得下来吗你？这才哪儿到哪儿，你就开始自我膨胀了。"

我对胖子说道："我就是棵常春藤，你们俩都是藤上的瓜，瓜缠着藤，藤牵着瓜，藤越粗瓜越大。"

大金牙笑道："胡爷，这干公社那时候的曲，你都翻出来了。"

我哈哈大笑，然而笑着笑着，却突然感觉到少了点什么，笑不下去了。

一直牵着的两只大白鹅跑哪儿去了？我刚才急着离开悬魂梯，匆忙中没有留意，就问胖子："不是让你牵着它们俩吗？怎么没了？是不是忘在悬魂梯上了？"

胖子指天发誓："绝对绝对牵回到冥殿这里来了，刚才一高兴，就松

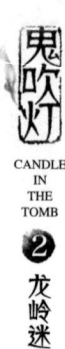

手了。他妈的这一转眼的工夫，跑哪儿去了？应该不会跑太远，咱们快分头找找，跑远了可就不好捉了。"

两只跑没了的大白鹅，如果是在冥殿中，就已经极不好找了，要是跑到规模宏大楼阁壮丽的前殿，那就更没处找了。我们人少，而且没有大型照明设备，摸着黑上哪儿找去。

没有鹅就无法摆脱幽灵冢的围困，这冥殿那么大，能跑到哪儿去呢？我们刚要四下里寻找，忽听人面石椁后传来一阵古怪的声响，这声音在空荡寂静的地宫中，格外刺耳。

第十四章
失踪

那石椁后传来的声音，像是夜猫子在叫，听得我们三人头皮发麻，按理说幽灵冢里不该有粽子，因为这具石椁本身早就不存在于世了，椁中主人的尸骨也早就没有了，那么这声音究竟是……

而且这声音像是什么动物在拼命挣扎，是那两只鹅吗？不对，应该不会是鹅叫声，鹅叫声绝不是如此，这声音太难听了，好像是气管被卡住，沉闷而又凄厉。

我和胖子、大金牙三个人，本来不想多生事端，只想早早宰了两只鹅，让这座西周的幽灵冢消失掉，以便尽早脱身，但是事与愿违，只好提心吊胆地过去看个究竟。

我们三人各抄了家伙在手，我握着伞兵刀，大金牙一手攥着金佛，一手捏着黑驴蹄子，胖子则拎着工兵铲，慢慢地靠向石椁。

胖子走在前边，边走边给自己壮胆说："肯定是那两只鹅捣乱，等会儿抓到它们，老子要它们好看。"

三人壮着胆子包抄到石椁后边，却见石椁后边空无一物，原本那凄惨的叫声也停了下来，刚才那声音明明就是从这里传来的，怎么忽然又没有了？我骂道："他娘的，又作怪。"

胖子拍了拍石椁说道："声音是不是从这石头箱子里面传出来的？既然这西周古墓能以幽灵的状态存在，说不定连同这石箱里长了毛的粽子也能一起幽灵了。"

大金牙说道："您真是爷啊，可千万别这么说，我让你吓得心脏都快从嘴里跳出来了，大慈大悲救苦救难的观世音菩萨保佑……"大金牙念着佛，想把手中的挂件拿在眼前看上一看，以壮胆色，却发现手中攥的不是翡翠观音，而是镏金的如来像，赶忙又念上几遍佛号。

我对胖子说道："刚才那声音倒不像是从石椁中传出来的，我分明听到是从石椁后边发出的声音，再说这……"

我刚说了个"这"字，忽然面前白光一闪，落下一个东西，刚好掉在石椁上，我吓得赶紧往后跳开，仔细一看，原来是跑丢的那两只鹅其中之一，它落到石椁盖子的人面上，并未受伤，展着两只大翅膀，在石椁上晃晃悠悠地走动，不知道它是怎么从墓顶上突然落了下来，又是怎么上去的。

我们三人心中想到的第一个念头就是："上面有什么东西？"由于一直觉得声音来自下面，手电的光柱压得都甚低，一想到上面有东西，便同时举起手电向上照射。

唐墓冥殿，天圆地方，上面穹庐一般的墓顶上布满昭示吉祥的星辰，并没有什么异常，只不过是有些地方起了变化，冥殿顶壁的边缘出现了一道道幽灵冢的石墙。这种二墓合一的奇观，恐怕当世见过的人不超过三个了。

我们见上面并无异状，便把石椁上的大白鹅捉了，可是另外一只仍然是不见踪影，只剩下这一只鹅如何使得，当下在冥殿中四处寻找，却仍是不见踪影。这唐墓极大，单是冥殿就有两百平方米，但是这儿还没有完工，完工时应在这冥殿正中再修一石屋，整个冥殿呈"回"字形，专门用来摆放墓主棺椁，外围则是用来放置重要的陪葬品。

现在，冥殿两旁还没有修筑配殿，后面的后殿也未动工，只出现了一条幽灵冢的悬魂梯。前面的范围更大，筑有地宫，地宫前还有水池，想必完工时要修造成御花园一般。

我们只有三人，照明设备匮乏，想在这么大的地方找只活蹦乱跳的大鹅，虽不能说是大海捞针，却也差不多了。

一想到这座古墓中的种种诡异之处，我便一刻不想多待，对胖子和大金牙说道："既然只抓住一只，可千万别让这只再跑了。咱们也不要管另一只鹅了，先把这只宰了，把鹅血淋到盗洞的出口，看看管不管用，不管用再去捉另一只。"

胖子把鹅拎到盗洞口，抽出伞兵刀，对准大白鹅的气管一割，将鹅身反转着抓在半空，鹅血顺着气管汩汩流下，大鹅不断地扭动，奈何胖子抓得甚牢，直把鹅血放净才把鹅扔在一旁。

大金牙问我道："胡爷，这真能管用吗？"

我对大金牙说道："管不管用也就这最后一招了，毕竟能想到的全都想到了，应该不会错，我去看看有没有变化。对了，也不知这鹅血是否能辟邪，咱们往脸上抹一些。"

我走到盗洞口前，用狼眼照了一照，下面原本完全变成墓道的地方，已经消失不见了，洞中满是泥土，正是先前的盗洞。

不知是歪打正着，误打误撞，还是怎么样，总之盗洞又回来了。不过现在还不到庆祝的时候，我们的手电电池已经快要耗尽，三人分别动手把最后的后备电池替换完毕，跳进了墓道的竖井之中。

这次是我在前边开路，我对胖子和大金牙说："这回咱们就别停了，让金爷跟在我后边，胖子在最后。要是金爷半路爬不动了，胖子你推也得把他推到外边，这事你负责了。"

胖子问道："这么着急忙慌的做什么，一点一点往外蹭不行吗？反正这盗洞都出来了。"

我对胖子说："你懂什么，咱们只宰了一只鹅，另一只不知道跑哪儿去了，说不定这幽灵冢一会儿还得冒出来。要出去就得趁现在，如果半路再被困住，咱就他娘的直接拿脑袋撞墙算了。"

我不想再多说了，招呼一声，钻进了前面的盗洞之中，大金牙和胖子

107

跟在后面，每人之间保持着两米左右的距离。

爬出一段距离之后，我回头看了看跟在我身后的大金牙，他累得连吁带喘，但是为了尽早离开这条盗洞，咬紧牙关，使出了吃奶的力气，紧紧跟在我身后不远的地方。

盗洞已经彻底恢复了本来的面目，我心中暗暗好奇，关键是先前那两只鹅不太对劲，我们推测应是这两只大活鹅惊动了幽灵冢，应该把两只鹅都宰了，才会让幽灵冢渐渐消失，怎么只宰了一只鹅，就恢复原貌了？难不成另外一只鹅已经死了？

想起我们所宰杀的那只鹅，突然从墓顶落在石椁上，还有先前那古怪的声音，越想越觉得头皮发麻，当下更不多想，继续顺着盗洞往外爬。

又沿盗洞向前爬行了二十几米的距离，水滴声渐渐响起，看来行到一半的距离了，前边便是盗洞的截面。我爬到洞口，从上面跳了下来，等大金牙也爬到洞口，我把他接了下来。

大金牙汗如雨下，汗珠子顺着脸滴滴答答地往下淌，喘着粗气对我说道："实……实在……是不……不行了……这……两年……虚得厉害……得先喘口气。"

我看大金牙确实是不行了，刚才拼上老命才爬得这么快，已经到极限了，在盗洞中我也不能背着他，便只好让他坐下来歇一歇。

我对大金牙说道："金爷，你先稍微休息一下，尽量深呼吸，等胖子爬出来了，咱们还是不能停，必须马上接着往外爬。等到了外边，你愿意怎么歇就怎么歇，敞开了好好歇几天，但是现在不是时候，一会儿你还得咬咬牙，坚持坚持。"

大金牙已经说不出话了，张着大嘴，费力地点了点头，我又去看还没爬出盗洞的胖子。只见胖子还差二十几米才能爬出来，他体形肥胖，爬动起来比较吃力，所以落在了后边。

看来胖子爬出来还需要点时间，我走到另一边的盗洞口，举起狼眼往里边查看。盗洞这一段是被山体内的溶洞缝隙截断，这段连接着山体最下面的溶洞，深不可测。如果这前面仍然有石墙挡路，我们就只好下到溶洞

第十四章 失踪

中寻找出路了。

我正向盗洞之中张望，只听胖子在身后说："老胡看什么呢，大金牙是不是先钻进去了？赶紧的吧，咱俩也进去，快爬到外边就得了，这他妈鬼地方，我这辈子再也不想来了。"

我回头一看，见胖子站在我身后，大金牙却不见了，我赶紧问胖子："金爷呢？你没看见他？"

胖子说："怎么？他没钻进去？我爬出来就看见你一个人啊。"

这时，山洞不远处传来一阵奇怪的声音，我急忙用狼眼照了过去，不照则可，一照则惊得目瞪口呆，只见一个人站在山洞之中，一张大脸没半点人色。

这张面具一般的巨脸足有脸盆大小，隐藏在山洞黑暗的角落中，看不到他的身体，手电的照明范围只能勉强照到对方的脸孔，那怪诞冷异的表情，与西周幽灵冢里的人面石椁完全相同。

唯一不同的是，这张脸不是石头的雕刻，也不是什么画在墓道中的岩画。在我和胖子手电光柱的照射下，这张脸忽然产生了变化，嘴角上翘，微微一笑，两只眼睛也同时合上，弯成了半圆形的缝。我这一生之中，从没见过这么诡异得难以形容的笑容。

我跟胖子见了这张怪脸，都不由自主地往后退了两步，但是随即想到，大金牙哪儿去了？是否被这个长了鬼脸的家伙捉去了，还是已经死了？大金牙虽是个十足的奸商，但是并无大恶，况且同我们两人颇有渊源，总不能顾着自己逃命，就这么把他扔下不管。

不管怎样，大金牙的失踪肯定与这张突然出现的鬼脸有关系，说不定在冥殿中那只大鹅不知去向，也是这家伙搞的鬼。

我和胖子心念相同，同时抽出家伙，我一手拿手电筒，一手握着刀子，向那张鬼脸抢上几步，忽然听到脚下传来几声古怪的叫声。

第十五章
人面黑腄䗋

　　漆黑的洞穴就像是个酒瓶子口，盗洞的截面就在瓶颈的位置，那声音以及那张鬼气森森的脸，都在洞穴的深处。我用狼眼循着声音的来源照射过去，所听到的古怪叫声，正是倒在地上的大金牙发出的。他横倒在洞穴中，被数条亮晶晶的白丝缠住手脚，喉咙上也被缠了一圈，勒住了脖子，虽然不至于窒息憋死，却已经无法言语。

　　大金牙惊得面无人色，见我和胖子赶了过来，拼命张着大嘴想要呼救，奈何脖子被缠得甚紧，喉咙里只传出"啊啊"的声音，这声音混杂着大金牙的恐慌，简直就不像是人声，难怪听上去如此奇怪。

　　我无暇细想大金牙究竟是怎么被搞成这个样子的，和胖子快步赶到近前，想去救助堪堪废命的大金牙，没想到这时头顶上窸窸窣窣一阵响动，大金牙突然身体腾在半空，像是被人提了起来。

　　我急忙举起狼眼向山洞上边照去，手电筒的光柱正好照在那张怪模怪样的脸上，它正悬在头顶，俯视着我们冷笑。这张怪脸面部微微抽搐，每动一下，大金牙就被从地上拉起来一截。

　　我吃惊不小，这他娘的究竟是个什么东西？鬼脸高高地挂在洞穴上边，

第十五章 人面黑䏑蠁

这处洞穴越往里边空间越大,此处虽然距离同盗洞交叉的地方不远,却已极高,上面漆黑一团,瞧不太清楚。我对胖子一挥手,胖子想都没想,便把工兵铲收起,用伞兵刀把缠在大金牙身上的黏丝挑断,横吊在半空中的大金牙掉在地上。我赶紧把他扶了起来,问道:"金爷,你怎么样?还能走路吗?"

大金牙脖子被勒得都快翻白眼了,艰难地摇了摇头,此番惊吓过度,不仅一个字都说不出来,而且手脚发软,也全不听使唤了。

胖子盯着上面的鬼脸,骂道:"这么多黏丝,难道是只蜘蛛精不成?"说罢也不管那鬼脸究竟是什么东西,抬手就把工兵铲当作标枪,对准目标,抡圆了膀子掷了上去。

工兵铲菱形的铲尖正插进头顶那张鬼脸,只见怪异的巨脸下边突然亮起两排横着的红灯,上大下小,各有四盏,如同血红的八只眼睛一般。

一只黑乎乎的庞然大物从洞顶砸落下来,我见势不妙,急忙拖着大金牙向旁边避让,一个漆黑的东西刚好落在我们原先所在的位置。我这次离它不足半米,用狼眼一扫,便把它的真面目瞧得清清楚楚。

这是一只巨大的人面蜘蛛,通体黢黑,蜘蛛背上的白色花纹图案,天然生成一张人脸的样子,五官轮廓皆有,一样不多,一样不少。这张人脸形的花纹跟洗脸盆的大小一样,蜘蛛的体积更大出数倍,八条怪腿上长满了绒毛。

这种大蜘蛛我在昆仑山见得多了,但背上生有如此酷似人脸花纹的极为罕见。当年当兵时,在昆仑山一条大峡谷中施工,先是有一名兄弟部队的战友离奇失踪,随后在峡谷深处,我们挖出了一个巨大的蜘蛛巢。士兵们哪儿见过这么大的蜘蛛,好在部队的军人训练有素,临危不乱,用步枪和铁橇把巢里的三只大蜘蛛尽数消灭,最后在蜘蛛巢的深处发现了那名遇难者的尸体。他被蛛丝裹得像木乃伊一样,身体已经被吸成了枯树皮。

当时曾听随部队一起施工的专家说起过蜘蛛吃人的惨状,这种黑色的巨型人面蜘蛛,属于蜘蛛中一个罕见的分支,有个别名,叫作黑䏑蠁[①],它

[①] 䏑,音 chuí;蠁,音 xiāng。

虽然能像普通蜘蛛一样吐丝，但是不会结网。黑腄蠼吐出的蜘蛛丝黏性虽大，却韧度差，不耐火。普通蜘蛛的丝耐火，有弹性，耐切割，强度是钢丝的四倍，但是黑腄蠼不具备这些特点，它从不结网，只通过蛛丝的数量多、体内的毒素含量大来取胜。

它的下颌有个毒囊，里面储存着大量毒素，一旦用蛛丝捕到猎物，便随即注入毒素。可怕的是，人体在中了这种毒素之后，只是肌肉僵硬，动弹不得，意识却仍然能够保持清醒，包括痛感也仍然存在。

不过更可怕的是，蜘蛛在对猎物注入麻痹毒素的同时，还会同时注入一种消化液，使猎物活活地被融化，供其吸食。当时我和部队中的战友们听得不寒而栗，这种死法太恐怖了。

过去的记忆像闪电般在我脑中划过，此时只和那只巨大的人面黑腄蠼相距半米，这么近的距离，在狼眼的光柱中，每一根黑毛都看得格外清楚，忍不住头皮发麻，不等这只刚摔落下来的黑腄蠼有所行动，我便立刻用手中的伞兵刀向它刺去。

一刀直进，如中牛革，伞兵刀又短，没伤到这只人面黑腄蠼，却把它扎得惊了，一转身，便朝我扑了过来。我知道黑腄蠼的八条怪腿是一种震动感应器，伞兵刀长度不够，无法给它造成伤害，于是举刀横划，刚好割到黑腄蠼的前肢上。那伞兵刀十分锋利，二指粗细的绳索反复割几下也能割断。

黑腄蠼的腿部最是敏感，捕捉猎物，全凭蜘蛛脚去感应动静。这刀虽然没把黑腄蠼的腿割断，却使它疼得向后一缩，插在它背上的工兵铲也掉落在地。胖子伸手把工兵铲拾起，大叫不好："老胡，咱他妈的真掉进盘丝洞了。"边叫边疯了一样用工兵铲乱砸那巨蛛的身体。

黑腄蠼吃痛，飞快地向洞穴深处退去，胖子砍得发了性，想要追杀过去，我急忙叫道："别追了，快背上大金牙，离开这里。"

胖子听我喊他，便退了回来，伸手想要去搀扶瘫在地上的大金牙，忽然脚下一软，踩到一个东西，胖子低头一看："哎，这不是咱们跑丢的那只鹅吗？原来是被蜘蛛精给吸干了。"

第十五章 人面黑睡蟒

我扶着大金牙站了起来,对胖子说道:"你就别管那鹅死活了,快帮我背人。幸亏咱们离开盗洞不远,这山洞里面深不可测,我原以为是溶洞,现在看来可能都是蜘蛛窝。咱们赶紧往回走,从盗洞钻出去,陷到下面那些迷宫般的山洞里,想要脱身可就难了……"

我的话刚说了一半,忽然觉得腿上一紧,随即站立不稳,被拉倒在地,胖子和大金牙二人也是如此,我们三个几乎同时摔倒。

随即我们三个人被一股巨大的力量拖动,对方似乎想要把我们拉进洞穴深处,我想从地上爬起来,但是挣扎了几次,都没有成功。我发现腿上被一条小臂粗细的蜘蛛丝裹住,刚刚那只被胖子打跑的黑睡蟒,绝对没有这么粗的蜘蛛丝,难道洞中还有一只更大的?能拖动三个人,我的老天爷,那得是多大一只!

想到这儿,我更是拼命地挣扎,想把缠在腿上的蜘蛛丝弄断,从腰间拔出伞兵刀,要去割断蜘蛛丝,没想到刚一抬头,正赶上这段洞穴突然变得低矮,一头正撞在垂下的石头上,差点把鼻梁骨撞断,我鼻血长流,疼得直吸凉气,但是越急越是束手无策。

我们三人在曲曲折折的山洞中被拖出好远,后背的衣服全都划破了,身上一道道的尽是血痕。我心中大惊,怕是要把我们抓回老巢里,用毒素麻痹,然后储存个三五天,再慢慢享用不成?一想到那种惨状,一股股的寒意便直冲头顶。

胖子自重比较大,他被拖了这一大段距离,开始也是惊慌失措,这时候冷静下来,随手抱住身边经过的一块石柱,暂时定住身体,从地上坐了起来,拔出工兵铲,三四下剁断了缠在腿上的蜘蛛丝,也不顾身上的疼痛,追到我身边,伸手把我拉住,随即也把缠在我腿上的蜘蛛丝斩断。我大骂着坐起身来,用衣袖擦去满脸的鼻血,然后用伞兵刀割去腿上黏糊糊的蜘蛛丝。胖子又想去救大金牙,却见他已经被拖出二十几米,正挥舞着双手,大呼小叫地挣扎。

我和胖子两个人只剩下胖子手中的一只狼眼手电,再没有任何照明的装备,只见大金牙被越拖越远,再不赶过去就晚了。

113

我和胖子当下咬紧牙关，忍着身上的疼痛，撒开腿追了上去，胖子手电的光柱随着跑动剧烈晃动。刚跑到大金牙身边，忽然胖子手中的狼眼闪了两闪，就此熄灭，没电了，四周立时陷入无边的黑暗之中。

　　我心中清楚，这时候只要稍有耽搁，大金牙就会被拖进蜘蛛巢的深处，再也救不了他了，那种被毒素麻痹融化后慢慢吸食的惨状，令人如同置身于阿鼻地狱中般痛苦……

　　我没有多想，就把自己的衣服扒了下来，衣服的后襟都在地上被磨破了，顺手用力扯了几扯，就撕了开来，三下两下把衣袖扯掉，从胖子手中接过还有半瓶酒的水壶，胡乱洒在衣服上，用打火机把衣服点燃。我身上穿的是七八式军装，这种衣服燃烧后容易沾在皮肤上，所以作战的时候部队仍然配发六五式及六五改军装，这些军装只要想穿，在北京就可以买到全新的。

　　因为要钻盗洞，我们都特意找了几件结实的衣服，当时我就把这件军装穿在身上，想不到这时候派上用场。我点燃了衣服，很快燃烧起来，我担心沾在手上烧伤自己，不敢怠慢，把这一团衣服像火球一样扔到前面。

　　借着忽明忽暗的火光，只见大金牙正被扯进一个三角形的洞中，火光很快又要熄灭，我看清楚了方位，和胖子边向前跑，边脱衣服，把身上能烧的全都点着了扔出去照明。

　　眼见大金牙就要被倒拖进正三角形的洞口，我紧跑两步扑了过去，死死拽住大金牙的胳膊，把他往回拉，胖子也随后赶到，割断了缠住大金牙的蜘蛛丝。这时候大金牙只差两米左右便要被拖进那个三角形洞穴中了。

　　再看大金牙，他已经被山洞中的石头磕得鼻青脸肿，身上全是血痕，不过他还保持着神志，这可真是不幸中的万幸了。

　　我心想这洞八成就是蜘蛛老巢，须得赶紧离开，以免再受攻击。我和胖子身上的衣服已经烧得差不多了，再烧下去就该光屁股了，而且我们被蜘蛛在山洞中拖拽了不知有多远，路径早已迷失难辨，不过眼下也管不了这么多，得先摸着黑远远逃开再做计较。

　　我正想和胖子把大金牙抬走，还没等动，突然从对面三角形的洞口中飞出几条蜘蛛丝，这种蜘蛛丝前端像张印度飞饼，贴到身上就甩不脱，而且速度极快，我们三人躲闪不及，都被粘住了。胖子想用工兵铲去挡，想不到工兵铲也被蜘蛛丝缠住，胖子拿捏不住，工兵铲脱手落在地上，想弯腰去拾，身体却被粘住，动弹不了。

如果身上穿着衣服倒还好一些，赤身裸体地被蜘蛛丝粘上，一时半刻根本无法脱身，三人并作一堆，被慢慢地拖进那三角形洞口。

我料想得没错，那洞中肯定是人面蜘蛛黑腄蟹的老巢，不知道里面究竟有多少只，是一只大的，还是若干只半大的？不管有多少只人面蜘蛛，我们只要被拖进洞里，就没个好了。

又粗又黏的蜘蛛丝越缠越紧，七八条拧成一股，洞中的黑腄蟹还继续往外喷着蜘蛛丝，看来不等进洞，我们就要被裹成人肉粽子了。

我慌乱中想起手中还握着打火机，急忙拨动火石，用打火机的火焰去烧缠住身体的蜘蛛丝，老天爷保佑，也算我们命不该绝，亏得这种黑腄蟹的蛛丝不像普通蛛丝具有耐火性，顷刻间烧断了两三条，我的身体虽然还粘满了黏糊糊的黏丝，却已经脱离了蜘蛛丝拖拽力量的控制。

就这么几秒钟的时间，大金牙和胖子又被向洞口拽过去一米，我若想继续用打火机烧断蜘蛛丝救人，恐怕只来得及救一个人，却来不及再救另外一个。

我急中生智，把大金牙的裤子拽了下来，大金牙的皮带早在我们追他的时候就被拖断了，裤子也磨得露了腚，一扯就扯下半条。

我用他的裤子堵住洞口，再用打火机点燃裤子，想烧断拧成一大股的所有蜘蛛丝。想不到裤子刚冒出几个火星，整个三角形的洞口就同时燃烧了起来，而且那火势越烧越大，越烧越旺。

一瞬间，整个洞穴都被火焰映得通明，洞口中喷射出的蜘蛛丝也都被烧断，我连忙把大金牙和胖子向后拖开，三人各自动手把身上的蜘蛛丝甩掉。

第十六章
地下神宫

这时好像半座山洞都被点燃了，熊熊大火中发出噼噼啪啪的响声。我这才看清楚，原来那个三角形的山洞，是一座人工建筑物，完全以木头搭建而成，可能为了保持木料的坚固，混合了松脂、牛油等物，涂抹在了木头上。

这座木制建筑，有七八间民房大小，不知道建在这里是做什么用的。木头建筑四周，全是一具具被黑䗪蠮吸干了的尸骸，有人的，也有各种动物的，被黑䗪蠮吸食尽了身体中的所有水分，相当于对尸体做了一次脱水处理。虽然那些尸骸外边被黑䗪蠮的蛛丝包裹住，但还是能见到生前被慢慢折磨死的惨状，他们脸部都保持着痛苦扭曲的表情。

随着木头燃烧倒塌，只见火场中有三个巨大的火球在扭动挣扎，过了一会儿就慢慢不动了，不知是被烧死，还是被倒塌的木石砸死，渐渐变成了焦炭。

我和胖子、大金牙三人惊魂未定，想要远远地跑开，脚下却不听使唤，只好就地坐下。见了这场大火，都不免相顾失色，这个大木与大石组成的建筑物是个什么所在？怎么黑䗪蠮把这里当作了老巢？

胖子忽然指着火堆对我和大金牙说道："老胡，老金，你们俩看那儿，有张人脸。"

我和大金牙循着胖子所说的地方看去，果然在大火中出现了一张巨大的人脸，比黑腄蠜后背上花纹形成的人脸还要大出数倍，更大出石椁上雕刻的人脸。

大火中的这张脸被火光映照着，使得它原本就怪诞的表情更增添了几分神秘色彩。这张巨脸位于建筑的正中，随着四周被烧毁倒塌，从中露了出来，原来是一尊巨大的青铜鼎，鼎身上铸有一张古怪的人面。

胖子问我道："老胡，这也是那幽灵冢的一部分吗？"

我摇了摇头，对胖子说道："应该不是，可能是古代人把这种残忍的人面黑腄蠜当作神的化身来崇拜，特意在它们的老巢处建了这么个神庙，用来供奉。那时候拿人不当人，指不定牺牲了多少奴隶，给这些黑腄蠜打了牙祭。今天咱们把它们的老巢捣毁了，也算是替天行道了。"

那座西周的幽灵墓，多半和这座供着人面鼎的祭坛有着某种联系。

有可能是西周的那座古墓被毁掉之后，由于这里地处山洞深处，极其隐蔽，所以保存了下来。但是这些事都已经成为历史的尘埃，恐怕只有研究西周断代史的人，才多少知道一二。

我对胖子说："现在咱们别讨论这些没用的事，你有没有受伤？咱俩把大金牙背起来，尽快离开此地，说不定还有没死的黑腄蠜，倘若袭击过来，咱们现在全身上下就剩下裤衩了，根本无法对付。"

胖子说道："现在走了岂不可惜？等火势灭了，想办法把那铜鼎弄出去，这东西要能搬回北京，估计能换几座楼。"胖子说完又推了推大金牙，"老金，怎么样？缓过来了吗？"

大金牙连惊带吓，又被山石撞了若干下，怔怔地盯着火堆发愣，被胖子推了两推，才回过神来说道："啊，胖爷，胡爷，想不到咱们兄弟三人，又在……阴世相会了，这……这地方是哪儿？现在已经过了奈何桥了吗？"

胖子对大金牙说道："你迷糊了？这还没死呢，死不了就得接着活受罪。不过我告诉你一个好消息，咱们发财了，前边那神庙里有个青铜人面鼎……

哎哟，这东西烧不煳吧？"说完站起身来，想走到近处去看看。

我躺在地上对胖子叫道："我说你能不能消停一会儿，现在连衣服都没有了，光着个屁股还惦记着那堆废铜烂铁。"

胖子两眼冒光，对我的话充耳不闻，但是那火势极旺，他向前走了几步，便受不了灼热的气息，只好退了回来，一脚踩到一具被黑腄蜜吸食过的死尸身上，立足不稳，摔了个正着，扑到那具干尸上。

干尸也不知死了有多久了，张着黑洞洞的大口，双眼的位置只剩下两个黑窟窿，胖子扑在干尸身上，刚好和干尸脸对脸，饶是他胆大，也吓得不轻，发一声喊，双手撑在干尸身上，想要挣扎着爬起来。

胖子手忙脚乱地打算把干尸推开，却无意中从干尸的脖子上扯下一件东西，胖子觉得手中多了一样东西，便举起来观看，发现那物件像是个动物的爪子，在火光下亮晶晶的，漆黑透明，底下还镶嵌着一圈金线，胖子转过头来对我说道："老胡，你瞧这是不是摸金符？"说完又在死人身上摸了摸，"哎，这儿还有一大包好东西……"

胖子边说边从干尸怀中掏出一个布制的袋子，把里面的东西一样样抖在地上，想看看还有没有什么值钱的东西。

大金牙倒在地上，双眼直勾勾的，明显是惊吓过度，还没回过魂来。我全身又酸又疼都快散了架，虽然担心附近还有其余的人面巨蛛，却没办法立刻离开，见胖子突然从附近的一具干尸身上找到一枚摸金符，便让他扔过来给我瞧一瞧。

胖子忙着翻看干尸怀中的事物，随手把那枚摸金符扔到我面前，我捡起来拿在手中细看，摸金符漆黑透明，在火光映照下闪着润泽的光芒，前端锋利尖锐，圆锥形的下端镶嵌着数匝金线，制成"透地纹"的样式，符身镌刻有"摸金"两个古篆字，拿在手中，感觉到一丝丝的凉意，极具质感。

这绝对是一枚货真价实的摸金符，将穿山甲最锋利的爪子，先浸泡在褚蜡中七七四十九日，还要埋在龙楼百米深的地下，借取地脉灵气八百天，才能制成正牌摸金校尉的资格证件。这种真正的摸金符我只见过 Shirley 杨有一枚，大金牙曾经给过我和胖子两枚伪造的，和真货一比，真假立辨。

第十六章 地下神宫

这枚摸金符是那具干尸身上所戴,难道说他便是修鱼骨庙打盗洞的前辈?想必他也被困在幽灵冢里,进退无路,最后也发现了活禽的秘密,想从盗洞退回去,半路上却和我们一样,被黑䗪伏击,而他孤身一人,一旦中了招,便没有回旋的余地了,最后不明不白地惨死在这里。想到此处,心中甚觉难过。

胖子捧着一包东西走到我跟前,对我说道:"老胡,想什么呢?你快看看这些都是什么玩意,都是那干尸身上的。"

我接过胖子递来的事物,一件一件地查看。这只布袋像是只百宝囊,尽是些零碎的东西,有七八支蜡烛,两盏压成一沓的纸灯。这几支蜡烛对我们来说可抵万金,我们现在除了个打火机,再没有任何照明工具了,我让胖子把蜡烛和纸灯收好,等会儿从山洞往外走,全指望这点东西了。

百宝囊中还有几节德国老式干电池,但是没有手电筒;另外有三粒红色的小小药丸。我见了这几粒药丸,心中吃了一惊,这莫非是旧时摸金校尉调配的秘药?古墓中有尸毒,从前的摸金校尉们代代相传有一整套秘方,研制赤丹,进古墓倒斗之前服用一粒,可以中和古墓中的尸毒,但是对常年不流通的空气不起作用,只能在开棺摸金,和尸体近距离接触的时候,用来防止尸毒侵体。因为古代不像现代,现代的防毒面具可以连眼睛也一并保护了,古代的防护措施比较落后,蒙得再严实,两只眼睛是必须露出来的,如果棺椁密封得比较好,墓主在棺中尸解,尸气就留在棺中,这种尸毒走五官通七窍,对人体伤害极大。但是药丸仅限于化解尸毒,对尸毒之外的其他有害气体,还是要另用其他方法解决,比如开喇叭(给墓中通风)、探气(让活动物先进古墓)等等。

但是这种药的原理是以毒化毒,自身也有一定的毒性,如果长期服用,会导致骨质疏松,虽然对人体影响并不十分大,但也是有损无益,不到非用不可,则尽量不用。

这种红色的丸药,名为"赤丹",又称为"红奁妙心丸",具体是用什么原料调配的,早已失传。有些摸金老手还是习惯开棺时先在口中含上一粒红奁妙心丸,再动手摸金。

百宝囊中还有几件我叫不出名字的东西，此外还有一个简易罗盘，这是定位用的。还有一块硝石，这种东西在中药里又名"地霜"或"北地玄珠"，其性为辛、苦、大温、无毒。这是为了预防古墓内空气质量差，导致头疼昏迷，这种情况下将硝石碎末吸入鼻腔一点即可缓解，与Shirley杨的酒精臭耆作用相似。

我看到最后，发现百宝囊中尚装有一段细长的钢丝，一柄三寸多长的小刀，一小瓶云南白药，一瓶片脑，还有一样我最熟悉的，是百宝囊中的黑驴蹄子，再就是一卷墨线，墨线和黑驴蹄子都是用来对付尸变的。

胖子问我道："怎么样老胡，这些稀奇古怪的玩意有值钱的吗？"

我摇头道："没有值钱的东西，不过有几样东西用处不小，从这只百宝囊中，可以遥想到当年一位摸金校尉的风采。这位肯定是建鱼骨庙打盗洞的那位前辈，跟咱们行事相同，算得上是同门，可惜惨死在此，算来怕不下三十余载了。既然被咱们碰上了，就别再让他暴尸于此，你把他的遗骨抬进火堆焚化了吧，希望他在天有灵，保佑咱们能顺利离开此地，他的这些东西也给一起烧了。"

胖子说道："也好，我这就给他火化了。不过咱们今天烧死了这几只人面巨蛛，算是给他报仇雪恨了，所以这兜子里的物件，算是给咱们的答谢好了，说不定拿回北京，在古玩市场还能卖个好价钱。"

我对胖子说："这么做也不是不行，反正也不是什么值钱的东西，尤其是这枚摸金符，水火不侵，烧也烧不化，正好咱也需要这东西，就不客气了。剩下的确实没有值钱的东西，有几粒红衾妙心丸，大概也都是过期的，咱们根本用不上，还是让这只百宝囊跟它的主人一起去吧。"

胖子一听没什么值钱的东西，便觉兴味索然，那干尸本就没剩多少分量，胖子拿过摸金校尉的百宝囊，用另一只胳膊夹住干尸便走，到了那座燃烧的神庙附近，远远将摸金校尉的干尸扔进了火场边缘。

我转了转脖子，感觉身上的擦伤撞伤依旧疼痛，但是手足已经能够活动自如了，便推了推身旁的大金牙，问他伤势如何，还能不能走动。

大金牙身上的伤和我差不多，主要是擦伤，头上撞得也不轻，半清醒半迷糊地点了点头，稍微活动活动颌骨，便疼得直吸凉气。

我把胖子招呼回来，三人商议如何离开这座洞穴，被那黑腄蟒拖出很远，而且七扭八拐，完全失去了方向。当地人说这龙岭之下，全是溶洞，然而我观察四周，发现我们所在的地方，并非那种喀斯特地貌，而是黄土积岩结构的山体空洞，比较干燥，如此看来，这里属于多种地质结构混杂的复合型地貌。

民间传说多半是捕风捉影，这里附近经常有人畜失踪，有可能和这个黑腄蟒的老巢有关，失踪的人和羊都被拖进这里吃了，而不是什么陷在迷宫般的洞窟中活活困死。

我们现在一无粮草，二无衣服，更没有任何器械，多耽搁一分钟，就会增加一分出去的难度。这地下神庙中供着一尊巨大的人面青铜鼎。鼎是西周时期用来祭祀祖先，或者记录重大事件昭示后人的。看来这座地下神庙和西周古墓有着某种联系，有可能西周古墓的墓主人生前崇拜黑腄蟒，故此在自己的陵墓附近设置一座神庙，供养着一窝人面巨蛛，后来他的坟墓被毁，就没有人用奴隶来喂这窝黑腄蟒了，它们自行捕食，繁衍至今。不知道除了神庙中的这几只，还有没有其余的，倘若再出来一两只，就足以要了我们三个的小命。

这时，火势已弱，借着火光，可以隐约见到四周上下有十几个山洞，肯定是要选一条路走，但是究竟从哪个山洞出去，我们没商量出什么结果，但是我想既然黑腄蟒要外出觅食，那么附近一定有个出口。

第十七章
闻香玉

我让胖子点了一支蜡烛,三人走到距离最近的一个山洞,把蜡烛放在洞口,我看了看蜡烛的火苗,笔直上升,我对胖子和大金牙说道:"这个洞是死路,没有气流在流动,咱们再看看下一个洞口。"

说完,我和大金牙转身离开,胖子却在原地不肯动,我回头问胖子:"你走不走?"

胖子指着洞穴的入口对我们说:"老胡,你拿鼻子闻闻,这里是什么味道?很奇怪。"

我忙着寻找有气流通过的洞口,没注意有什么气味,见胖子站在洞口猛吸鼻子,便问道:"什么味?这山洞里的味可能是黑腄蛩拉的屎,别使劲闻,小心中毒。"

胖子对我和大金牙招了招手:"不是,你们俩过来闻一下,真的特别香,我闻着怎么就跟他妈巧克力似的。"

"巧克力?"我和大金牙听了这个词,那不争气的肚子立刻"咕咕咕"响了起来。这山洞里怎么会有巧克力?我听得莫名其妙,但是巧克力对我们三个饥肠辘辘的人来讲,实在是太有诱惑力了,就连只剩下半条命的大金牙,一听"巧克力"也来了精神,两眼冒光,我本不想过去,但双腿却不听指挥,没出息地朝洞口走了几步。

我吸着鼻子闻了闻,哪儿有什么巧克力味,我对胖子说:"你饿疯了?是不是那边神庙朽木燃烧的焦糊味道?"

胖子说道:"怎么会?你离近点,离洞口越近这种香味越浓,嗯……又香又甜。这里边是不是长了棵奶油巧克力树?走,咱进去看看有没有能吃的东西。"

大金牙也闻到了,连连点头:"没错没错,真是巧克力,胡爷你快闻闻看,就是从这洞里散发出来的。"

我听大金牙也如此说,觉得古怪,便走近两步,在洞口前用鼻子一闻,一股浓烈的牛奶混合着可可的香甜之气直冲脑门。闻了这股奇妙的味道,身上的伤口似乎也不怎么疼了,精神倍增,浑身上下筋骨欲酥,四肢百骸都觉得舒服,禁不住赞叹道:"他奶奶的,真他娘的好闻,这味道……简直就像……就像他娘的天使之吻。"

三人再也按捺不住,举着蜡烛走进了这个黑漆漆的山洞。这洞极是狭窄,高仅两米,宽有三四米,洞穴里面的岩石奇形怪状,都似老树盘根一般,卷曲凹凸。

胖子像条肥大的猎狗一样,在前头边走边用鼻子猛嗅,寻找那股奇妙芳香的源头,忽然用手一指洞中的一块岩石:"就是从这儿传出来的。"说完擦了擦嘴角流出的口水,恨不得扑上去咬几口。

我把蜡烛放在岩石的边上,和大金牙、胖子一起观看。这块大石如同一段树干,外表棕黄,像是裹了层皮浆,有几块露出来的部分都呈现半透明状,石上布满了碎裂的缤纷花纹,凝腻通透,被烛光一照,石中的纹理似在隐隐流转,浓郁的芳香就是从这块石头上发出来的。

胖子忍不住伸手摸了一下,把手指放在自己鼻边一嗅,对我和大金牙说道:"老胡、老金,用手指一碰,连手指都变巧克力了,这东西能吃吗?"

我没见过这种奇妙的石头,摇头不解:"我当年在昆仑山挖了好几年坑,各种古怪的岩石没少见过,我看这像是块树干的化石,应该不能吃。"

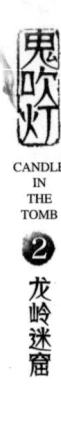

由于受了过度的惊吓，好久没说话的大金牙，这时忽然激动地说："胡爷，咱们这回可真发了啊，你看这不是那闻香玉吗？"

胖子没听过这词，问大金牙道："什么？那不是唱刘大哥讲话理太偏的吗？"

大金牙对胖子说道："胖爷，您说的那是唱豫剧的常香玉，我说这块石头，是闻香玉，又叫金香玉，这可是个宝贝啊。"

我问大金牙："金香玉，我听人说过有眼不识金香玉，千金难求金香玉，原来是这种石头吗？我以前还道是一位很漂亮的千金小姐。不过话说回来了，这石头的香味之独特，绝不输给任何一位大姑娘。"

不知是这闻香玉奇妙气味的作用，还是见钱眼开，原本萎靡不振的大金牙，这时候变得精神焕发，对我和胖子说道："这东西是皇家秘宝，也曾有倒斗的在古墓里倒出来过。最早见于秦汉之时，古时候民间并不多见，所以很少有人识得。此物妙用无穷，越是干燥的环境，它的香气越浓郁，曾有诗赞之：'世间未闻花解语，如今却见玉生香。天工造物难思议，妙到无穷孰审详。'我以前也收过一块，就是别人从斗里倒出来的，不过小得可怜，跟这块没的比……"

胖子听说这是个宝贝，忙问大金牙："老金，这么大一块，能值多少钱？"

大金牙说道："闻香玉的原石越大越值钱，这外皮也是极珍贵的一种药材。我估摸着，这么大一块，而且看这质地，绝对算是上品了，最起码也能换辆进口小汽车吧。"

我对大金牙说道："金爷，此处离那摆放青铜鼎的神庙很近，这块闻香玉莫不是件明器？"

大金牙想了想，对我说道："不像，我看这就是块天然的原石，如果不是外皮剥落了一小部分，咱们也根本闻不到。你看这窄洞中也丝毫没有人工开凿的痕迹，而且这地上其余的石头，盘盘坨坨，像是树根一样，我觉得这些都是天然形成的化石。"

我说："看来这是无主之物，既然如此，咱们就把它抬回去。没想到有意栽花花不开，无心插柳柳成荫啊。运气不好碰上座空墓，半件明器都没倒出来，不过幸好祖师爷开眼，终不叫咱们白忙一场，这回受了许多惊吓，也不算吃亏了。"

胖子一直就在等我这句话，弯下腰想把这块闻香玉抱起来，大金牙急忙拦住，对胖子说道："别这么抱，得找点东西给它包起来，咱们要是有棉布就好了。"

我四下一扫，我和胖子身上赤条条的，衣服都点火照明了，大金牙的裤子被我扯掉半条，三个人中，只有他还穿着后背已经磨穿了的上衣。

我们只剩下几支蜡烛，又都饿着肚子，不能多停留，否则还想在附近找找，有没有其他的原石，或者别的什么化石。

见手中的蜡烛已经燃掉了一半，我便把蜡烛装在纸灯里，让大金牙把破烂的外衣脱了，将就着把闻香玉包住，由胖子抱了，从这条狭窄的山洞中退了出来。

回到外边的大洞之时，只见那供奉人面青铜鼎的神庙已经彻底烧毁，废墟的焦炭中，还闪动着一些零星的暗火。

黑暗中再也看不清四周，我对胖子和大金牙说道："刚才始终没有别的黑腄蠴再出来，却不能就此断定它们都死绝了，也许它们的同类只是被大火吓跑了，现在火势一灭，很可能还会出来，咱们再不可多耽搁，尽快找路离开。"

胖子说道："只可惜了那口大鼎，青铜的应该烧不坏，咱们回去吃饱喝足，带上家伙再来把它搬回去。倒了这么多回斗，一件明器也带不回去，这面子上不好看。"

大金牙对胖子说道："胖爷，那东西我看您还是死了心吧，人面大鼎怕不下千斤之重，咱们三人赤手空拳，如何搬得动？再说咱搬回去，也卖不出去呀，这种东西是国宝，不是凡人买得起的，只有国家才能收藏。干脆还让它继续在原地摆着吧，咱们得了这么大一块闻香玉，已经是笔横财了，还是别再多生事端为好。"

我和胖子都知道大金牙是一介奸商，不过他是古玩行里的老油条，什么古董明器能买卖，大金牙心里有本细账。鼎器这种掉脑袋的玩意，钱再多也是块烫手的山芋,有命取财,无福消受,赚的钱再多,到头来那也是一单赔掉老本的生意,绝对不划算,所以胖子纵然心不甘,情不愿,却也只好就此作罢。

我们三人凭借着刚才的记忆,沿着山洞的石壁,摸索着来到下一个洞口。我让胖子和大金牙屏住呼吸,从纸灯中取出小半截蜡烛,对准洞口试探气流。

这小半截蜡烛刚举在洞口,蜡烛的火苗便立刻向与山洞相反的方向斜斜地歪了下去。我把蜡烛装回纸灯中照亮,用手探了探洞口,感觉不到太明显的气流,但是蜡烛火苗的倾斜证明这个洞口不是死路,即使不与外边相连,里边也是处极大的空间,说不定是那些黑腄蠥外出猎食的通道,只要空气流动,我们就有机会钻出这些山洞。

于是我举着纸灯在前边引路,胖子和大金牙两人抬着闻香玉,从这个山洞钻了进去,可能那闻香玉的香味对人的精神确有奇效,我们虽然仍是十分饥饿,但是觉得精力充沛,头脑清醒。三人得了宝贝,都是不胜喜悦,只等从山洞中钻出去,便要大肆庆祝一番。

这条山洞极尽曲折,高高低低,起伏不平,狭窄处仅容一人通行,走到后来,山洞更是蜿蜒陡峭,全是四五十度的斜坡。

我在山洞中走着走着,忽然感觉一股凉飕飕的寒风迎面吹来,身上起了一层鸡皮疙瘩。我招呼胖子、大金牙二人加快脚步,好像快到出口了,又向前行不多远,果然眼前一亮,赫然便是个连接外边的土洞。我先把头伸出去,看看左右无人,三人便赤裸着身体爬了出去。刚到洞外,我身后的胖子就突然对我说:"老胡,你后背上……怎么长了一张人脸?"

第十八章
龙骨

　　我见终于钻出了山洞，正想欢呼，却听胖子说我背上长了一张人脸，这句没头没脑的话，好似一桶刺骨的冰水兜头泼下，心中凉了半截，急忙扭着脖子去看自己的后背，这才想到自己看不见。我就问胖子："你他娘的胡说什么？什么我后背长人脸？长哪儿了？谁的脸？你别吓唬我，我最近可正神经衰弱呢。"

　　胖子拉过大金牙，指着我的后背说："我吓唬你做什么，你自己让老金瞅瞅，我说的是不是真的。"

　　大金牙把抱在怀中的闻香玉放在地上，在漆黑的山洞里待的时间长了，看不太清楚，便伸手揉了揉眼睛，站在我身后看我的后背："嗯……哎？胡爷，你后背两块肩胛骨上，确实有个巴掌大小的东西，像是胎记一样……比较模糊……这是张人脸吗？好像更像……更像只眼睛。"

　　"什么？我后背长了只眼睛？"我头皮都炸了起来。一提到眼睛，首先想到的就是新疆沙漠下的那座精绝古城，那次噩梦般的回忆，比起我在战场上那些惨烈的记忆来，也不相上下，非一般地可怕悲哀。我弯过手臂，摸了摸自己的后背，什么都没感觉到，忙让大金牙仔细形容一下我后背上长的究竟是什么东西，到底是"人脸"还是"眼睛"。

大金牙对我说道："就是个圆形的暗红色浅印，不仔细看都看不出来，一圈一圈的，倒有几分像是眼睛瞳仁的层次，可能我说得不准确，应该说像眼球，而不像眼睛，没有眼皮和眼睫毛。"

我又问胖子："小胖，刚才你不是说像人脸吗？怎么金爷又说像眼球？"

胖子在我身后说道："老胡，刚才我脑子里光想着那幽灵冢里的人面，突然瞧见你后背长出这么个圆形的印记，就错以为是张脸了，现在仔细来看，你还别说……这真有些像是咱们在精绝古城中见过的那种眼球造型。"

胖子和大金牙越说，我越是心慌，这肯定不是什么胎记，有没有胎记我难道自己还不清楚吗？后背究竟长了什么东西？最着急的是没有镜子，自己看不见自己的后背。

这时，大金牙突然叫道："胖爷，你背后也有个跟胡爷一样的胎记，你们俩快看看我后背有没有？"

我再一看大金牙和胖子的后背，发现胖子左侧背上有一个圆形的暗红色痕迹，确实是像胎记一样，模模糊糊的，线条并不清晰，大小也就是成人手掌那么大，有几分像是眼球的形状，但是并不能够确定，那种像淤血般暗红的颜色，在夕阳的余晖中显得格外扎眼。

而大金牙背后光溜溜的，除了磨破的地方之外什么也没有。

这下我和胖子全傻眼了，这绝不是什么巧合，看来也不是在和大金牙一起的时候弄出来的，十有八九，是和那趟去新疆鬼洞的经历有关系，难道我们那趟探险的幸存者，都被那深不见底的鬼洞诅咒了？

记得前两天刚到古蓝，我们在黄河中遇险，全身湿透了，到了招待所便一起去洗热水澡，那时候……好像还没发现谁身上有这么个奇怪的红印，那也就是说是这一两天刚出现的，会不会是在这龙岭古墓中感染了某种病毒？但是为什么大金牙身上没有出现？是不是大金牙对这种病毒有免疫力？

胖子对我说道："老胡你也别多想了，把心放宽点，有什么大不了的，又不疼又不痒，回去洗澡的时候，找个搓澡的使劲搓搓，说不定就没了。"

咱们这回得了个宝贝，应该高兴才是。哎……你们瞧这地方是哪儿？我怎么瞅着有点眼熟呢？"

我刚一爬出山洞，就被胖子告知后背长了个奇怪的东西，心中慌乱，没顾得上山洞的出口是什么地方，只是记得这洞口十分狭窄，都是崩塌陷落的黄土，这时听胖子说看这附近很眼熟，便举目一望，忍不住笑了出来："原来咱们转了半天，无巧不成书，咱们又他娘的兜回来了。"

原来我们从龙岭中爬出的出口，就是我们刚到鱼骨庙时，我爬上山脊观看附近的风水形势，下来的时候在半山腰踩塌了一处土壳子，险些陷进去的地方。当时胖子和大金牙闻声赶来，将我从土壳子里拉了出来，那处土坡陷落，变成了一个洞口。我们还曾经往里边看了看，认为是连接着地下溶洞的山体缝隙，现在看来，这里竟然是和供奉人面青铜鼎的大山洞相互连通为一体的，在洞中绕了半天，最后还是从这个无意中踩塌的洞口爬出来。

我们的行李等物都放在前面不远处的鱼骨庙，最重要的是尽快找到衣服穿上，否则在这山沟里碰上大姑娘小媳妇，非把我们三人当流氓不可。

背上突然出现的暗红色痕迹，使我们的这次胜利蒙上了一层阴影，心里十分不痛快，回去得先找个医生瞧瞧，虽然没什么异样的感觉，但这不是身体上原装的东西，长在身上就是觉得格外别扭。

山沟里风很大，我们身上衣不遮体，抬着闻香玉原石快步赶回鱼骨庙。东西还完好无损地藏在龙王爷神坛后边，三人各自找出衣服穿上，把包里的白酒拿出来灌了几口，不管怎么说，这块闻香玉算是到手了，回北京一出手，就不是小数目。

大金牙吃饱喝足，抚摸着闻香玉的原石，一时间志得意满，不由自主地唱道："我一不是响马并贼寇，二不是歹人把城偷……番王小丑何足论，我一剑能挡百万兵……"

我虽然也有几分发财的喜悦，但是一想起背后的红色痕迹，便抬不起兴致，只是闷不吭声地喝酒。

大金牙见状，便劝我说道："胡爷你也是豁达之人，这件事不必放在心上，回去到医院检查检查，实在不行动手术割掉这块皮肤，好就好在不是很大，看样子也不深，不会有太大问题。最好是先找找中医，也许吃两服药便消了。"

胖子对大金牙说道："我们俩这又不是皮肤病，找医生有什么用，要是找医生，还不如自己拿烟头烫掉……"

我对胖子和大金牙说道："算了，爱怎么的怎么的吧，反正今天还没死，先喝个痛快，明天的事明天再说。"

胖子拿酒瓶跟我碰了一下，一仰脖，把剩下的小半瓶酒一口气喝了个干净："咱们才刚刚发财，这条命可是得在意着点，后半生还指望好好享受享受。"

吃饱喝足之后，天已经黑了，我们连夜摸回了盘蛇坡下的村子，又在村中借宿了一夜，转天回到古蓝，准备渡黄河北上，却被告知这两天上游降大雨，这一段黄河河道水势太大，最早也要后天渡口才能走船。

我们一商量，倘若在别的渡口找船，少说也要赶一天的路才能到，那还不如就在古蓝县城中先住上两天，借机休息休息，另外在县里转转，也许还能捡点漏，收几件明器。

于是我们依然住在了上次的那座招待所，不过这回招待所的人都快住满了，很多人都是等着渡河的。古蓝是个小地方，招待所和旅馆只有这么两三家，没有什么选择的余地，我们只好住进了一楼的通铺。

通铺能睡八个人，我们三人去了之后，总共睡了五个人，还空着三个位置，我们不太放心把闻香玉这么贵重的东西存到柜上，只好里三层外三层地裹了，轮流在房中看着，出门就抱着。

当天晚上，胖子和大金牙在房中看着闻香玉，我去招待所后院的浴室洗澡，正好遇上了跟我们喝过酒的刘老头。

我跟他打个招呼，客套了几句，问他这古蓝县有没有什么有名的中医，会不会看皮肤病。

刘老头说倒是有一位老中医有妙手回春药到病除的高明医术，治疗牛皮癣一绝，随后又关切地问我是否病了，哪儿不舒服。

我当时准备去洗澡，只穿了件衬衣，就把扣子解开两个，让刘老头看了看我的后背，说后边长了个疥子，想找医生瞧瞧。

刘老头看后，大吃一惊，对我说道："老弟，你这个是怎么弄的？我看这不像皮肤病，这像淤血一样的红痕，形状特别像是一个字，而且这个字我还见过。"

我问道："什么？我背后这是个字吗？您能看出来什么字？"

刘老头说："那是一九八〇年，我们县翻盖一所小学校，打地基的时候，挖出来过一些奇怪动物的骨头，当时被老百姓哄抢一空。随后考古队就来了，通过县里的广播，就把骨头全给收走了。考古队专家住在我们招待所，他们回收的时候，我看见骨甲上有这个字，还不止一次。"

我听到此处，已经没有心思再去洗澡了，便把老刘头拉到招待所的食堂里，找个清静的角落坐下，请他详细地说一说经过。

我背上的痕迹颜色有深有浅，轮廓和层次十分像是个眼球，那形状像极了精绝古城中被我打碎的玉眼。我一直担心这会是某种诅咒，说不定不仅我和胖子，远在美国的陈教授和Shirley杨也会出现这种症状。

这时听刘老头说这不是眼球，而是个字，我如何不急，掏出香烟给刘老头点上一支。这时候，招待所食堂已经封灶下班了，刘老头正好闲着无事，就把这件事的经过讲了一遍。

其实就发生在不久前，算来还不到三年的时间。当时考古队的专家住在古蓝县这座招待所，清点整理回收上来的骨头。地方上的领导对此事也十分重视，把招待所封闭了，除了工作人员，闲杂人等一概不得入内。

在招待所食堂工作的刘老头，是个好事之人，平时给考古队队员们做饭，没事的时候就在旁边看热闹，人家干活，他就跟着帮忙。考古队的专家都吃他做的饭，也都认识了他，知道这老头是个热心肠，有时碍于面子，对他睁一只眼闭一只眼，只要别偷东西或者捣乱，愿意看就让他看看。

这次考古工作回收了大量的龟甲，还有一些不知名的动物骨头，每一片骨甲上都雕刻了大量的文字和符号，但是大部分都已经损坏，收上来的都残缺不全，需要付出大量的人工与时间进行修复。

不过在众多破碎的骨甲中，有一个巨大的龟甲最为完整，这副龟甲足足有一张八仙桌大小，考古人员用冰醋酸混合溶液清洗这片龟甲之时，刘老头刚好在旁见到，那上边出现最多的一个符号，是一个像眼球一样的符号。

刘老头别的不认识，只觉得这符号十分醒目，一看就知道是个眼球，就问那位正在做整理工作的考古队员，这符号是不是代表眼球，那位考古队员告诉他道："不是，这是个类似甲骨文的古代文字，不是眼球……"

话没说完，就被工作组的领导，一位姓孙的教授制止，刘老头清楚地记得，当时孙教授告诫那个考古队员，说这些都是国家机密，绝对不能向任何人透露。

刘老头心想自己一个做饭的厨子，关心你这国家机密做什么，也就不再打听了，但是越想越觉得好奇，这几千年前的东西，能有什么到现在还是不能对外界说的国家机密？是不是虚张声势蒙我老头？但是人家既然要遵守保密条例，不欢迎多打听，不问就是了。

但是自从那块大龟甲被收回来之后，这招待所就三天两头地走水（失火），搞得人人不得安宁。

从那儿又过了没几天，考古队看骨甲收得差不多了，又觉得这里火灾隐患比较大，于是就收拾东西走人，把骨甲都装在大木箱子里，足足装了一辆大卡车。

后来的事可就邪门了，据说想空运回北京，结果军用飞机在半路上坠毁了，所有的东西，包括那些刻着字的骨甲，都烧没了。

整个十五人组成的考古工作组，只有那位孙教授幸存了下来，他是由于把工作手册忘在了县城招待所，匆匆忙忙地赶回来取工作笔记，就没赶上那趟飞机。

孙教授在古蓝县听到飞机坠毁的消息，当时就坐地上起不来了，还是刘老头带着几个同事把他送到卫生院，可以说刘老头算是他的半个救命恩人。后来孙教授每次来古蓝附近工作，都要来看看刘老头，跟他喝上两盅，但是刘老头一问孙教授那些骨甲上的文字是什么意思，孙教授就避而不答，

第十八章 龙骨

只是劝刘老头说那些字都是凶险邪恶的象征,还是不知道的为好,反正都已经毁掉了。然后每次孙教授都叹息说,恨不能这辈子压根没见过那些字。刘老头讲完这段往事,盯着我说道:"这不是今天一瞧见你背上这块红斑,我就想起那些可怕的文字来了,简直就是一模一样。这可不是什么皮肤病,你究竟是怎么搞的?"

我听到这里忍不住反问刘老头道:"刘师傅,合着您也不知道这字是什么意思?"

刘老头哈哈一乐,故作神秘地对我说道:"老弟,我只知道这是个古代文字,确实不知道这字什么意思。不过有人知道啊。来得早不如来得巧,那位孙教授现在刚好住在你的楼上,他每年都要来古蓝工作一段时间,这不让你赶上了吗?"

我一把握住刘老头的手,迫不及待地说:"刘师傅,您可真是活菩萨啊,您救人救到底,送佛送到西,可一定得给我引见引见这位孙教授。"

刘老头拍着胸口打包票:"引见没问题,不过姓孙的老小子,嘴特严,他肯不肯对你讲,那就看你自己怎么去跟他说了,你背上长的这块斑,这么特殊,说不定他就能告诉你。"

我让刘老头在食堂等我一会儿,我准备一下,再同他去拜访住在招待所二楼的孙教授。我先回到房中把事情对大金牙和胖子说了一遍。

由胖子留在房中继续看守闻香玉原石,我让大金牙跟我一起去,他经商多年,应付社交活动远比我有经验。

我们二人换了身衣服,就到招待所食堂找到刘老头,我对刘老头说道:"刘师傅,我们空着手去有点不太合适,但是这时候也不早了,想买些点心水果也不容易……"

刘老头说:"用不着,瞧我面子。但是你们不是倒腾古玩的吗?记住了啊,这件事千万别在孙教授面前提,他这人脾气不好,最不喜欢做你们这行的。"

我和大金牙立刻表示,对此事绝口不提,就编个瞎话说我们是来古蓝出差的,由于背后长了个酷似甲骨文的红斑,听说孙教授懂甲骨文,所以

133

冒昧地去请教一下，看看这究竟是皮肤病，还是什么别的东西。

三人商议已定，便由刘老头带着，到二楼敲开了孙教授的房门，说明来意，孙教授便把我们请进了房中。

孙教授将近六十岁的样子，干瘦干瘦的一个老头，皮肤黝黑，脊背有点罗锅，这大概是和他长年蹲在探方里工作有关系。孙教授满脸全是皱纹，头发秃顶比较严重，外围疏疏落落地剩下一圈，还舍不得剃光了，梳了个一面倒的螺旋式。虽然样子老，但是两眼炯炯有神，也没戴眼镜，除了他的发型之外，都和常年在地里劳作的农民没有区别。

他同我认识的陈教授相比，虽然都是教授，但不是一个类型，差别很大。陈教授是典型的学院派，是坐办公室的那种斯文教授；而这位姓孙的教授，大概是属于长期实践于第一线的务实派。

孙教授听我说了经过，又对着我后背的淤痕看了半天，连称奇怪，我问孙教授，我背后长的究竟是个什么东西，有没有生命危险。

孙教授说道："这确实极像一个符号，前两年古蓝出土的骨甲中，保存最完整最大的一副龟甲上面刻了一百一十二个字，像甲骨文，但并非甲骨文。这个酷似眼球的符号，在那一百一十二个字中反复出现了七遍。"

我虽然跟刘老头来拜访孙教授，但是纯属有病乱投医，本对刘老头的话半信半疑，此时见孙教授也说这块红斑的形状像是个上古文字，连忙请教孙教授，这到底是个什么字。

孙教授摇了摇头，说道："你这皮肤上长的红色痕迹，与出土的古文也仅仅是像而已，但是绝没有什么关系。那批文物两年前坠机的时候，便尽数毁了。这世界上巧合的事物很多，有些豆子还能够生长得酷似人头，但是豆子和人头之间，除了相似之外，是没有任何联系的。"

我和大金牙软磨硬泡，种种好话全都说遍了，就想问一问那些刻在龟甲上的古文究竟是什么内容，只要知道了详情，它们其中有没有联系，我自己心中就有数了。

孙教授就是不肯多吐露半字，说到最后对我们下了逐客令："你们也不要在我面前装了，你们两位一身的土腥味，我常年在基层工作，闭着眼

第十八章
龙骨

都知道你们两个是做什么的。有这种味道的人只有三种，一种是农民，另外两种不是盗墓的，就是倒卖古董的。说实话我看你们不像农民，我现在对你们没有任何好感。我不知道你们是从哪儿弄来的这个字，伪装成身上的红斑，想来套我的话，我劝你们不要做梦了。我只对你们再说最后两句话：第一，你们不要无理取闹，这些古字的信息属于国家机密，任何普通人都没有权利知道。第二，属于我个人对你们的一点忠告，千万不要企图接近这些文字中的信息，这是天机，天机不可泄露，否则任何与这些字有关系的人，都会引来灾祸。"

第十九章
密文之谜

孙教授说完,就站起身来把我们往门外推,我心想这老头真奇怪,刚进来时不说得好好的吗,怎么说翻脸就翻脸。听他刚开始说话的意思,像是已经准备告诉我们了,但是后来不知从哪里看出来我和大金牙的身份,所以变得声色俱厉,说不定以为我们俩是骗子,是想来他这儿蒙事的。

要按我平时的脾气,话既然都说到这个份上了,不用人撵,肯定是站起来自己就走,但是这次非同小可,说不定就是性命攸关的大事,而且除了我和胖子之外,还有可能关系到陈教授与 Shirley 杨的生死。

我对孙教授说道:"教授,教授,您也听我最后说几句行不行?我也不知道您是怎么闻出来我们身上有土腥气,不过我跟这位镶金牙的,我们俩真不是倒腾文物的,我们曾经很长一段时间给考古队打工。北京的陈久仁,陈教授您听说过没有?我们就是跟着他干活的。"

孙教授听我说出陈久仁的名字,微微一怔,问道:"老陈?你是说你们两人是在他的考古队里工作的?"

我连忙点头称是:"是啊,我想您二位都是考古界的泰山北斗,在咱考古圈里,一提您二老的大名,那谁听谁不得震一跟头……"

孙教授面色稍有缓和，摆了摆手："你小子不要拍我的马屁，我是什么斤两，自己清楚。既然你和老陈认识，那么你自己留下，让他们两个回避一下。"

我一听孙教授说话的意思，好像有门，便让大金牙和刘老头先离开，留下我单独跟孙教授秘谈。

等大金牙他们出去之后，孙教授把门插好，问了我一些关于陈教授的事，我就把我是如何同陈教授等人去新疆沙漠寻找精绝古城的事简单地说了一些。

孙教授听罢，叹息一声说道："我和老陈是老相识了，沙漠的那次事故，我也有所耳闻。唉，他那把老骨头没埋在沙子里就算不错了，我想去北京探望他，却听说他去美国治病了，也不知有生之年，还能不能再见到他了。当年老陈于我有恩，你既然是他的熟人，有些事我也就不再瞒你了。"

我等的就是孙教授这句话，忙问道："我觉得我背上突然长出的这片淤痕，像极了一个眼球，与我们在沙漠深处见到的精绝古城有关。精绝国鬼洞族都崇拜眼球的力量，我觉得我是中了某种诅咒，但是又听说这不是眼球，而是个字，所以想请您说一说，这个字究竟是什么意思，我也好在思想上有个准备。当然我也是个死过七八回的人了，我个人的安危，我是不太看重的，不过陈教授大概也出现了这种症状，我最担心的便是他老人家。"

孙教授对我说道："不是我不肯告诉你，这些事实在是不能说，让你知道了反而对你无益。但是我可以明确地告诉你，你背上长的这块印记，绝不是诅咒之类子虚乌有的东西，不会影响到你的健康，你尽管放心就是。"

我越听越着急，这不等于什么都没说吗？不过孙教授说不是诅咒，这句话让我心理负担减小了不少，可是越是不能说我越是想知道，几千年前的文字信息，到了今天究竟还有什么不能示人的内容，更何况这个字都长到我身上来了。

在我的再三追问下，孙教授只好对我吐露了一些。

孙教授常年研究黄河流域的古文化遗址，是古文字方面的专家，擅长破解、翻译古代密文。

古时仓颉造字，文字的出现，结束了人类结绳记事的蛮荒历史。文字中蕴藏了大量信息，包罗着大自然中万物的奥秘，传到今日共有平上去入四种读音。

然而在最早的时代，其实文字共有八种读音，其中包含的信息量之大，常人难以想象，不过这些额外的信息，被统治阶级所垄断，另外的四种读音，成了一种机密的语言，专门用来记录一些不能让普通人获悉的重大事件。

后世出土的一些龟甲和简牍上，有很多类似甲骨文的古文字，但是始终无人识得，有人说天书无字，无字天书，其实是种歪曲。天书就是古代的一种加密信息，有字面的信息，但是如果不会破解，即使摆在你面前，你也看不懂。孙教授这一辈子就是专门跟这些没人认识的天书打交道，但是进展始终不大，可以说步步维艰，穷其心智，也没研究出什么成果来。

直到一九七八年，考古工作者在米仓山发掘了一座唐代古墓，这座古墓曾经多次遭到盗墓者的洗劫，盗洞有六七处，墓主的尸体早已毁坏，墓室也腐烂塌陷，大部分随葬品都被盗窃，剩余的几乎全部严重腐蚀。

从种种迹象来看，这座墓的主人应该是皇宫里专掌天文历法以及阴阳数术之类事物的太史令李淳风。唐代的科技、文化、经济等领域是中华文明史上的一个顶峰，李淳风是唐代名望极大的一位科学家，他的墓中应该有很多极具研究价值的重要器物和资料，可惜都被毁坏了，这不能不说是一种极大的损失，所有在现场的考古工作者对此都感到无比惋惜。

但是清理工作仍然要继续进行。然而随着清理工作的深入，腐朽的棺木中出现了一个巨大的惊喜，考古工作者在墓主头顶的棺板中发现了一个夹层。

棺顶竟然有夹层，这是事先谁也没有想到的，即使经验再丰富的专家，也从未见过棺板中有夹层。众人小心翼翼地打开棺板夹层，里面有个牛皮包裹，打开之后又有油布和赤漆裹着一件东西，赫然便是一个白璧无瑕的玉盒。玉盒遍体镏金镶银，石盒上刻着有翼灵兽的图案，盒盖上的锁扣是纯金打造的。

由于是藏在棺板的夹层中，所以这么多年来躲过盗墓贼一次又一次的洗劫，得以保存至今。

有经验的专家一看，就知道是大唐皇家之物，可能是皇帝赏赐给李淳风的，而且又被他放置在如此隐秘的棺板夹层中，其重要程度可想而知，当即将玉盒送回了考古工作组的大本营。

在以整块羊脂玉制成的盒子中，发现了很多重要的物品。其中有一块龙骨（某种龟甲），上面刻满了天书，被命名为"龙骨异文谱"；另有一面纯金板，金板不大，四角造成兽头状，正反两面密密麻麻地铸有很多文字，似乎是个表格，上面的字有些认得，有些认不得，当时被命名为"兽角迷文金板"。

于是就请古文字方面的专家孙教授等人，负责破解这块龙骨和金板的秘密。孙教授接到这个任务，把自己锁在研究室中，开始了废寝忘食的工作。

这种"龙骨异文谱"，孙教授曾经见过多次，上面的古字，闭着眼睛也能记得，却始终不能分析出这些究竟是什么文字，其含意是什么，用这种古怪文字所记录的内容又是什么。

这种所谓的"天书"是中国古文字研究者面临的一道坎，跨不过去，就没有任何进展；一旦有点突破，其余的难题也都可以随之迎刃而解。但是这道障碍实在太大了。

有学者认为天书是一个已经消失的文明遗留下来的文字，但是这种说法不攻自破，因为有些与天书一同出土的古文字，很容易就能解读，而且经碳十四检验，同属于殷商时期，应该是同一时期的产物，绝不是什么史前文明的遗存。

孙教授经过一个多月的反复推敲研究，终于解开了天书之谜。通过对照李淳风墓中出土的兽角迷文金板，发现原来古人用天书在龙骨上的记录，是一种加密文字。

早在唐代李淳风就已经破解了这种古代加密文字，为了表彰他的功勋，皇帝特铸金牌赏赐给李淳风，以纪念此事。这面金牌上的字和符号，就是李淳风所解读的天书对照表。

139

其实天书很简单，是用另外四种秘声的音标注释，而不是以文字刻在龙骨上，不过只有少数能读出这些秘密发音的人，才能够理解文字的内容。

而李淳风是从《八经注疏详考》中获得灵感，从而找到方法洞晓天机，破解天书之谜的。孙教授从这块兽角迷文金板的启发中参悟到如何解读天书，在考古界引起了颠覆性的轰动，大量的古代机密文字被解读，很多信息令人目瞪口呆，不少已有定论的历史也都将被改写。

考虑到各种因素，上级领导对孙教授解密出来的信息，做了如下指示：持慎重态度对待，在有确切定论之前，暂不对外界公布。

孙教授对我说道："你背上的这个痕迹，说是个古代的加密文字，并不恰当，这个字并不是天书中的字，我也是在古蓝出土的龟甲上才见到这个符号。它象征着某件特殊的事物，当时的人对其还没有准确的词来形容，我想称其为图言更为合适。图言就是一个象征性的符号，不过这个符号的意思我还不清楚，它夹杂在天书加密文字中出现。在古蓝出土的龙甲上，其中一块天书的内容，似乎是一篇关于灾祸的记录，由于刚刚出土，时间紧迫，我也只是粗略地看了一下，还没有来得及仔细分析这个符号究竟是什么意思，没想到在运回去的途中，军用飞机就失事坠毁了，那些秘密恐怕永远都无人知晓了。"

我问孙教授："这么重要的东西，难道您没留个拓片之类的记录吗？虽说您认为我背上长的不是诅咒之类的标记，但是我仍然觉得这事太蹊跷，若不知道详情，我终究是不能安心。您就跟我说说，那篇记载在骨甲的文字中，说的大概是什么内容？是不是和新疆的鬼洞有关系？我向毛主席保证，绝不泄密半个字。"

孙教授神经质地突然站起身来："不能说，一旦说出来就会惊天动地！"

第二十章
追忆

这几天连续闷热,坐着不动都一身身地出汗,最后老天爷终于憋出了一场大雨,雨下得都冒了烟,终于给燥热的城市降了降温。

雨后的潘家园古玩市场热闹非凡,在家忍了好几天的业余收藏家和古玩爱好者们,纷纷赶来淘换玩意。

大金牙忙着跟一个老主顾谈事,胖子正在跟一对蓝眼睛、大鼻子的外国夫妻推销我们的那只绣鞋,胖子对那俩老外说道:"怎么样?您拿鼻子闻闻这鞋里边,跟你们美国的梦露一个味,这就是我们中国明朝梦露穿的香鞋,名……名妓你们懂不懂?"

这对会一点中文的外国夫妻,显然对这只造型精致的东方绣鞋很感兴趣,胖子借机狮子大开口,张嘴就要两万,这价钱把俩老外吓得扭头便走。经常来中国的外国人,都懂得讨价还价,胖子见这对外国夫妻也不懂砍价,就知道他们是头一回来中国,于是赶紧把他们拦回来,声称为了促进中外交流,在坚持和平共处五项基本原则的前提下,可以给他们打个折。

我坐在一旁抽着烟,对古玩市场中这些热闹的场面毫无兴趣,从陕西回来之后我到医院去检查过,我和胖子背上的痕迹并没有发现有什么特别的地方，什么病也没有检查出来。

而且我也没什么特别的感觉。最近财源滚滚，生意做得很红火，我们从陕西抱回来的闻香玉原石，卖了个做梦都要笑醒的好价钱，又收了几件货真价实的明器，几乎每一笔，利润都是翻数倍的。然而一想到孙教授的话，我就觉得背后压了一座大山，喘不过气，每每想到这些就忧心忡忡，对任何事都提不起兴致来。

那个可恶的、伪善的孙教授，死活不肯告诉我这个符号是什么含义，而且解读古代加密文字的技术，只有他一个人掌握，但是我又不能用强，硬逼着他说出来。

古蓝出土的那批龙骨虽然毁坏了，但是孙教授肯定事先留了底。怎么才能想个法子，再去趟陕西找他要过来看看，只有确定背上的印记与精绝国鬼洞的眼球无关，我才能放心。可是那次谈话的过程中，我一提到鬼洞这两个字，孙教授就像发了疯一样，以至我后来再也不敢对他说鬼洞那个地方了。

孙教授越是隐瞒推搪，我觉得越是与精绝的鬼洞有关系。既然明着要孙教授不肯给我，那我就得上点手段了，总不能这么背着个眼球一样的红斑过一辈子。

夏天是个容易打瞌睡的季节，我本来坐在凉椅上看着东西，以防被佛爷（小偷）顺走几样，但是脑中胡思乱想，不知不觉地睡着了。

做了一连串奇怪的梦，刚开始，我梦见娶了个哑巴姑娘做老婆，她比比画画地告诉我，要我带她去看电影。我们也不知怎么，就到了电影院，没买票就进去了。那场电影演得没头没尾，也看不出哪儿跟哪儿，除了爆炸就是山体塌方。演着演着，我和我的哑巴老婆发现电影院变成了一个山洞，山洞中朦朦胧胧，好像有个深不见底的深渊，我大惊失色，忙告诉我那哑巴老婆，不好，这地方是沙漠深处的无底鬼洞，咱们快跑。我的哑巴老婆却无动于衷，猛然把我推进了鬼洞，我掉进了鬼洞深处，那洞底有只巨大的眼睛在凝视着我……

忽然鼻子一凉，像是被人捏住了，我从梦中醒了过来，见一个似乎是很熟悉的身影站在我面前。那人正用手指捏着我的鼻子,我一睁眼刚好和她的目光对上,我本来梦见一只可怕的巨大眼睛,还没完全清醒过来,突然见到一个人在看自己,吓了一跳,差点从凉椅上翻下来。

定睛一看,Shirley 杨正站在面前,胖子和大金牙两人在旁边笑得都快直不起腰了,胖子大笑道:"老胡,做白日梦呢吧?口水都他妈流下来了,一准是做梦娶媳妇呢。"

大金牙对我说道:"胡爷醒了?这不杨小姐从美国刚赶过来,说是找你有急事。"

Shirley 杨递给我一条手帕:"才几天不见,又添毛病了?口水都流成河了,快擦擦。"

我没接她的手帕,用袖子在嘴边一抹,然后用力伸了个懒腰,揉了揉眼睛,这才迷迷怔怔地对 Shirley 杨说:"你的眼睛……哎,对了!"我这时候睡意已经完全消失,突然想到背后眼球形状的红斑,连忙对 Shirley 杨说道,"对了,我这几天正想着怎么找你,有些紧要的事要和你讲。"

Shirley 杨对我说道:"我也是有些重要的事。这里太吵闹了,咱们找个清静的地方谈吧。"

我赶紧从凉椅上站起来,让胖子和大金牙继续照顾生意,同 Shirley 杨来到了古玩市场附近的一处龙潭公园。

龙潭公园当时还没改建,规模不大,即便是节假日,游人也并不多,Shirley 杨指着湖边清静处的石凳说:"这里很好,咱们在这儿坐下说话。"

我对 Shirley 杨说:"一般搞对象轧马路的才坐这里,你要是不避嫌,我倒是也没什么。这小地方真不错,约约会正合适。"

Shirley 杨是美国生美国长,虽然长期生活在华人社区,却不太理解我的话是什么意思,问道:"什么?你是说恋爱中的情侣才被允许坐在湖边?"

我心想两国文化背景差别太大,这要解释起来可就复杂了,便说道:"人民的江山人民坐,这公园里的长凳谁坐不是坐,咱俩就甭管那套了。"说着就坐了下去。

我问 Shirley 杨:"陈教授的病好了吗?"

Shirley 杨在我身边坐下，叹了口气说："教授还在美国进行治疗，他受的刺激太大，治疗状况目前还没有什么太大的进展。"

我听陈教授的病情仍未好转，心中也是难过。Shirley 杨闲聊了几句，就说到了正事上，当然不是让我还钱的事，和我所料一样，是为了背上突然出现的眼球状红斑。

不仅是我和胖子，Shirley 杨和陈教授的身上也出现了这种古怪的东西。那趟新疆之行，总共活下来五个人，除了我们四个人之外，还有个向导，沙漠中的老狐狸安力满，他身上是否也出现了这种红斑？

Shirley 杨说："安力满老爷爷的身上应该不会出现，因为他没见过鬼洞。我想这种印记一定是和鬼洞族的眼球有着某种联系。"

关于那个神秘的种族，有太多的秘密没有揭晓，但是这些不为人知的秘密，包括那个不知通向哪里的鬼洞，都已经被永远地埋在黄沙之下，再也不会重见天日。

我把在陕西古蓝县从孙教授那里了解到的一些事，都对 Shirley 杨讲了，也许她可以从中做出某种判断，这个符号究竟是不是鬼洞带给我们的诅咒。

Shirley 杨听了之后说道："孙教授……他的名字是不是叫作孙耀祖？他的名字在西方考古界都很有威望，是世界上屈指可数的几个古文字破解专家，擅长解读古代符号、古代暗号以及古代加密图形信息。我读过他的书，知道他和陈教授是朋友，但是没机会接触过他本人。一九八一年，埃及加罗泰普法老王的墓中，曾经出土过一批文物，其中有一支雕刻了很多象形符号的权杖，很多专家都无法判断符号的含义。有一位认识孙耀祖的法国专家写信向他求助，得到了孙教授的宝贵建议，最后判断出这支权杖，就是古埃及传说中刻满阴间文字的黄泉之杖。这一发现当时震惊了整个世界，从此孙教授便四海闻名。如果他说这种符号不是眼睛，而是某种象征性的图言，我想那一定是极有道理的。"

我暗暗咋舌，想不到孙教授那古怪的脾气，农民一样的打扮，却是这么有身份的人，海水果然不可斗量啊。我问 Shirley 杨："我觉得这个是符号也好，是文字也罢，最重要的是它是吉是凶？与精绝国那个该死的遗迹有没有什么关系？"

Shirley 杨说："这件事我在美国已经找到一些眉目了。你还记得在扎格拉玛山中的先知默示录吗？上面提到咱们四个幸存者中，有一个是先知族人的后裔，那个人确实是我。我外公在我十七岁的时候便去世了，他走得很突然，什么话都没有留下。我这趟回美国，翻阅了他留下来的一些遗物，其中有本笔记，找到了很多惊人的线索，完全证明了先知默示录的真实性。"

看来事情向着我最担心的方向发展了，真是怕什么来什么，那个像噩梦一样的鬼洞，避之唯恐不及，它却偏偏像狗皮膏药一样粘在了身上。我们是否被精绝古国诅咒了？那座古城连同整个扎格拉玛，不是都已经被黄沙永久地掩埋了吗？

Shirley 杨说道："不是诅咒，但比诅咒还要麻烦，扎格拉玛……我把我所知道的事情从头讲给你听。"

第二十一章
搬山道人

　　塔克拉玛干沙漠深处的扎格拉玛山，黑色的山体下，埋藏着无数的秘密，也许真的和山脉的名字一样——"扎格拉玛"在古维语中是"神秘"之意，也有人解释作"神山"。总之生活在扎格拉玛周围的凡人，很难洞察到其中的奥秘。

　　在远古时代，那里曾经诞生过首领被尊称为"圣者"的无名部落，姑且称之为"扎格拉玛部落"。部落中的族人从遥远的欧洲大陆迁徙而来，在扎格拉玛山与世无争地生活了不知多少年，直到人们无意中在山腹里发现了深不见底的鬼洞。族中的巫师告诉众人，在古老的东方，有一只金色的玉石巨眼，可以看清鬼洞的真相，于是他们就模仿着造了一只同样的玉石眼球，用来祭拜鬼洞，从那一刻起厄运便降临到这个部族之中。

　　从此以后，扎格拉玛部落便被神抛弃，灾祸不断，族中作为领袖的圣者认为，这必和鬼洞有关，灾祸的大门一旦开启，再想关上可就难了。为了躲避这些可怕的灾祸，不得不放弃生活了多年的家园，向着遥远的东方迁移，逐渐融入了中原的文明之中。

　　所谓的"灾祸"是什么呢？以现在的观点来看，似乎可以说是一种辐射。

凡是接近鬼洞的人，过一段时间之后，身体上就会出现一种眼球形状的红色斑块，终身无法消除。生出这种红斑的人，在四十岁之后，身体血液中的铁元素会逐渐减少。人的血液之所以是红色的，就是因为血液中含有铁。如果血液中的铁慢慢消失，血液就会逐渐黏稠，供氧也会降低，呼吸会越来越困难，最后死亡之时，血液已经变成了黄色。

这一痛苦的过程将会持续十年，他们的子孙后代，虽然身上不再生有红斑，却依旧会患上铁缺乏症，最后和他们的祖先一样，在极端的痛苦中死去，于是他们只好背井离乡。迁移到中原地区之后，他们经过几代人的观察，发现了一个规律，离鬼洞越远，发病的时间就越晚。但是不管怎样，这种症状都始终存在，一代人接一代人，临死之时都苦不堪言，任何语言都不足以形容血液变成黄色凝固状的痛苦。

为了找到破解这种痛苦的办法，部族中的每一个人都想尽了办法。多少年无果，一直到了宋朝，终于找到一条重要线索，在黄河下游的淤泥中发现了一个巨大的青铜鼎，该鼎为商代中期产物。此鼎深腹凹底，下有四足，威武凝重，并铸有精美的蝉纹。鼎是古代一种重要的礼器，尤其是在青铜时代，青铜矿都控制在政府手中，青铜的冶炼工艺水平标志着一个国家的强大程度。帝王铸鼎用来祭天地祖先，并在鼎上铸刻铭文，向天地汇报一些重要事件。另外用来赏赐诸侯贵族功臣的物品，也经常以青铜为代表，领受恩赏的人，为了记录这重大的荣耀，回去后会命人以领受的青铜为原料，筑造器物来纪念这些当时的重大事件。

扎格拉玛部族的后人们发现的就是这样一件记录着重大事件的青铜鼎。当年商代君主武丁曾经得到一只染满黄金的玉石眼球，据说这只玉石眼球是在一座崩塌的山峰中找到的，同时发现的还有一件赤袍。

商王武丁认为这只古玉眼是黄帝仙化之后留下的，无比珍贵，将其命名为"雮尘珠"，于是命人铸鼎纪念，青铜鼎上的铭文记录仅限于此，再也没有任何多余的信息。

雮尘珠、避尘珠、赤丹，是自古多次出现在古书中的中国三大神珠。其中雮尘珠以类似玉的神秘材料制成，相传为黄帝祭天所得，传说后来被用来为汉武帝陪葬，后茂陵被农民军破坏，至今下落不明；避尘珠有可能是全世界最早发现的放射性物质，该珠在中国陕西被发现，发现时由于发生了恶性哄抢事件，遂就此失踪；赤丹则最具传奇性，传说该丹出自三神山，有脱胎换骨之神效，始终为宫廷秘藏，失落于北宋末年。

扎格拉玛部落的后人有不少擅长占卜，他们通过占卜，认为这只染满黄金的古玉眼球就是天神之眼，只有用这只古玉眼球来祭祀鬼洞，才能抵消以前族中巫师制造那枚玉眼窥探鬼洞秘密所引来的灾祸。而这枚曾经被武丁拥有过的古玉，在战乱中几经易手，现在极有可能已经被埋在某个王室贵族的古墓地宫中，成了陪葬品，但是占卜的范围有限，无法知道确切的位置。

此时的扎格拉玛部落已经由迁徙至内地时的五千人，锐减为千余人，他们早已被汉文明同化，连姓氏也随着汉化了。为了摆脱恶疾的枷锁，他们不得不分散到各地，在古墓中寻找雮尘珠，最终这些人成了当时四大盗墓门派的一个分支。

自古职业盗墓者，按行事手段不同，分为发丘、摸金、搬山、卸岭四个派系。扎格拉玛部族的后裔，多半学的是"搬山分甲术"，平时用道士的身份伪装，以"搬山道人"自居。

"搬山道人"与"摸金校尉"有很大的不同，从称谓上便可以看出来："搬山"采取的是喇叭式盗墓，是一种主要利用外力破坏的手段；而"摸金"则更注重技术和经验。

扎格拉玛部落后代中的搬山道人们，在此后的岁月中，也不知找了多少古墓，线索断了续，续了断……

在这种筑篱式的搜索中，雮尘珠依然下落不明。随着时间的推移，搬山术日渐式微，人才凋零，到了民国年间，全国只剩下最后一位年轻的搬山道人。此人是江浙一带最有名的盗墓贼，只因为使得好口技，天下一绝，故人送绰号"鹧鸪哨"。久而久之，所有的人都忘了他本名叫什么，只以鹧鸪哨称呼。他会使轻功，最擅长破解古墓中的各种机关，并且枪法如神，不仅在倒斗行，即使在绿林之中，也有很大的名头。

鹧鸪哨遵照祖宗的遗训，根据那一丝丝时有时无的线索，到处追查雮尘珠的下落，最后把目标着落在西夏国的某个藏宝洞里。传说那个藏宝洞距离废弃的古西夏黑水城不远，原是西夏国某个重臣修建的陵墓，然而西夏国最后被蒙古人屠灭，当时那位王公大臣还没有来得及入殓，就将宫廷内的重要珍宝都藏在了里面，有可能雮尘珠也在其中。但是地面没有任何封土等特征，极为难寻。

鹧鸪哨这种搬山道人，不懂风水星相，从技术上来讲是不可能找到藏宝洞的。这时，他的族人已经所存无多，再找不到雮尘珠，这个古老的部族血脉很可能就此灭绝了。眼见自己的族人临死之时的惨状，鹧鸪哨不得不求助于擅长风水分金定穴的摸金校尉。

可是当时天下大乱，发丘、摸金、搬山、卸岭这四大派系几乎都断了香火，还懂搬山术这套内容的，可能就只剩下鹧鸪哨一个人，发丘、卸岭更是早在多少朝之前就不存在了。而当时做摸金校尉的人也不多了，屈指算来，全国都不超过十位，那个年代，从事盗墓活动的，更多的是军阀统率的官盗，或者是民间的散盗。

鹧鸪哨千方百计找到了一位已经出家当和尚的摸金校尉，求他传授分金定穴的秘术。这个和尚法号上"了"下"尘"，了尘长老曾经也是个摸金校尉，倒过很多大斗，晚年看破红尘，出家为僧。

了尘长老劝告鹧鸪哨说："世事无弗了，人皆自烦恼，我佛最自在，一笑而已矣。施主怎么就看不开呢？老僧当年做过摸金校尉，虽然所得之物大多是用之于民，然而老来静坐思量，心中实难安稳，让那些珍贵的明器重见天日，这世上又会因此多生出多少明争暗斗的腥风血雨。明器这种东西，不管是自己受用了，还是变卖行善，都不是好事，总之这倒斗的行当，造孽太深……"

鹧鸪哨无奈之下，把实情托出。了尘长老听了缘由，便动了善念，准备将摸金的行规手段都传授给鹧鸪哨。按规矩，鹧鸪哨先要立一个投命状，才能授他摸金符。

历来倒斗的活动都是在黑暗中进行，不管动机如何，都不能够曝光，所以行规是半点马虎不得。了尘长老告诉鹧鸪哨:"我在此出家之时,曾经看到这附近有座古墓,还没有被人倒过斗,地点在寺外山下西北十里,一片荒山野岭中。那里有块半截的无字石碑,其下有座南宋时期的古墓。外部的特征只剩那半截残碑,石碑下是个墓道,那座墓地处偏僻,始终没被盗过,但是穴位选得不好,形如断剑。你按我所说,今夜到那墓中取墓主一套大殓之服来,作为你的投命状,能否顺利取回,就看祖师爷赏不赏你这门手艺了。"

随后,了尘长老给了鹧鸪哨一套家伙,都是摸金校尉的用品,并嘱咐他切记摸金行内的诸般规矩。摸金是倒斗中最注重技术的一个流派,而且渊源最久,很多行内通用的唇典套口,多半都是从摸金校尉口中流传开来的。举个例子,现今盗墓者,都说自己是倒斗的手艺人,但是为什么管盗墓叫作"倒斗",恐怕很多人都说不上来。这个词最早就是来源于摸金校尉对盗墓的一种生动描绘。中国大墓,除了修在山腹中的,多半上面都有封土堆,以秦陵为例,封土堆的形状就恰似一个量米用的斗,反过来扣在地上,明器地宫都在斗中,取出明器最简单的办法,就是把斗翻过来拿开,所以叫"倒斗"。

诸如此类典故,以及种种禁忌讲究,鹧鸪哨以前闻所未闻,搬山道人可没这么多名堂,听了了尘长老的讲解,大有茅塞顿开之感。

了尘长老最后再三叮咛,倒斗的行规要在墓室东南角点上蜡烛,灯亮便开棺摸金,倘若灯灭则速退;另外,不可取多余的东西,不可破坏棺椁,一间墓室只可进出一个来回,离开时要尽量把盗洞回填……

鹧鸪哨当天夜里独自一人找到了那块南宋古墓的残碑,这时天色正晚,天空阴云浮动,月亮在团团乌云中时隐时现,夜风吹动树林中的枯枝败叶,似是鬼哭狼嚎。鹧鸪哨这回不再使用自己的搬山分甲术,而是依照了尘长老的指点,以摸金校尉的手法打出了一条直达墓室的盗洞。当下准备了墨斗、捆尸索、探阴爪、蜡烛、软尸香、黑驴蹄子和糯米等物,吃了一粒避尸气的红奁妙心丸,将一把德国二十响镜面匣子枪的机头拨开,插在腰间,又用湿布蒙住口鼻。

那了尘长老说这墓穴形势混乱，风逆气凶，形如断剑，势如覆舟，这种标准的凶穴中说不定会酿出尸变，不过鹧鸪哨身经百战，再凶险的古墓也不在话下。那些古墓中的精灵鬼怪、粽子阴煞、黑凶白凶，这几年干掉了没有一百，也有八十。

鹧鸪哨心想：这回是了尘长老考验自己的胆量和手段，绝不能坠了"鹧鸪哨"三个字在倒斗行内响当当的名号。于是他做好了准备，抬头看了看天上朦胧的月亮，提着马灯，深吸一口气，钻进了盗洞。

鹧鸪哨凭着敏捷的身手，不多时便钻进了主墓室。这座墓规模不大，高度也十分有限，显得分外压抑。地上堆了不少明器，鹧鸪哨对那些琐碎的陪葬之物看也不看，进去之后，便找准墓室东南角，点燃了一支蜡烛，转身看了看墓主的棺椁，发现这里没有椁，只有棺，是一具金角铜棺，整个棺材都是铜的。在鹧鸪哨的盗墓生涯中，这种棺材还是初次见到，以前只是听说过这种金角铜棺是为了防止诈尸而特制的，很可能是因为墓主下葬前，已经出现了某些尸变的迹象。

不过鹧鸪哨艺高人胆大，用探阴爪启开沉重的棺盖，只见棺中是个女子，面目如生，也就三十岁上下，是个贵妇模样，两腮微鼓，这说明她口中含有防腐的珠子，头上插满了金银首饰，身上盖着一层绣被。从上半身看，女尸身穿九套大殓之服，只扒她最外边的一套下来，回去便有交代。鹧鸪哨翻身跃进棺中，取出捆尸索，在自己身上缠了两遭，于胸口处打个结，另一端做成一个类似上吊用的绳圈，套住女尸的脖子。

鹧鸪哨屏住呼吸趴在棺中，和女尸脸对着脸，在棺中点了一块软尸香顺手就放在南宋女尸的脸侧，软尸香可以迅速把发硬的尸体熏软。向后坐到棺中女尸腿上，调整好捆尸索的长度，一抬头挺直腰杆子，由于受到脖子上捆尸索的牵引，女尸也同时随着他坐了起来。

摸金校尉用捆尸索一端套在自己胸前，一端做成绳套拴住尸体的脖子，是为了使尸体立起来，而且自己可以腾下手来，去脱尸体身上的衣服。由于摸金校尉是骑在尸体身上，尸体立起来后，就比摸金校尉矮上一块，所以捆尸索都缠在胸口，另一端套住尸体的脖颈，这样才能保持水平。后来

151

此术流至民盗之中，但是未得其详，用的绳子是普通的绳子，绳上没有墨；而且民盗也没搞清楚捆尸索的系法，自己这边不是缠在胸前，而也是和尸体那端一样，套在自己的脖子上，有不少人就因为方法不当，糊里糊涂地死在这上边。

鹧鸪哨用捆尸索把女尸扯了起来，刚要动手解开女尸穿在最外边的殓服，忽然觉得背后一阵阴风吹过，回头一看墓室东南角的蜡烛火苗，被风吹得飘飘忽忽，似乎随时都会熄灭。鹧鸪哨此刻和女尸被捆尸索拴在一起，见那蜡烛即将熄灭，暗道一声："糟糕！"看来这套大殓服是拿不到了，然而对面的女尸忽然一张嘴，从紧闭的口中掉落出一个黑紫色的珠子。

鹧鸪哨看了看近在咫尺的女尸，女尸的脸上正在慢慢地长出一层极细的白色绒毛，看来只要墓室东南角的蜡烛一灭，这尸体就变成白凶了，不过纵然真的发生尸变，自己这捆尸索也尽可以克制它。

不过按照摸金校尉的行规，蜡烛灭了就不可以再取墓室中的任何明器。鹧鸪哨十五岁便开始做搬山道人，十二年来久历艰险，遇上了不知多少难以想象的复杂场面，这时候如果就此罢手，自是可以全身而退，然而知难而退，不是他行事的作风。鹧鸪哨的打算，是既不能让蜡烛灭了，也不能给这古尸尸变的机会，女尸身上穿的大殓之服也必须扒下来给了尘长老带回去，若不如此，也显不出自己的手段。

鹧鸪哨瞄了一眼女尸口中掉落的深紫色珠子，便知道大概是用朱砂同紫玉混合的丹丸，这是种崂山术里为了不让死者产生尸变而秘制的"定尸丹"。中国古代的贵族极少愿意火葬，如果死后有将要尸变的迹象，便请道士用丹药制住，依旧入土殓葬，但是这些事除了死者的家属知道，绝不对外吐露半句。

墓室东南角的蜡烛火苗，不知被哪里出现的阴风吹得忽明忽暗，眨眼间就会熄灭。鹧鸪哨坐在女尸身上，左手一扯捆尸索，那女尸被软尸香熏得久了，脖颈受到拉扯，立即头向后仰，张开了嘴。

鹧鸪哨立刻用右手捡起掉落在棺中的定尸丹，塞进了女尸口中，抬脚撑住女尸的肚腹，再次扯动捆尸索，把女尸头部扯得向下一低，闭了上嘴，那枚定尸丹便再次留在了她的口中。

随后,鹧鸪哨腾出右手抽出腰间的匣子枪,回手便是一枪,"啪"的一声,将墓室中的一面瓦当打落在地。这间墓室是砖木结构,为了保护木椽,修建之时在木椽处都覆以圆柱形的瓦当,瓦当被子弹击中,有一大块掉落在地上,刚好落在蜡烛附近,被上面的风一带,蜡烛只呼地一闪,竟然没有熄灭。这一枪角度拿捏得恰到好处,半截空心圆柱形状的瓦当,如同防风的套桶,刚好遮住了蜡烛的东南两侧,东侧是墓道入口,这样一来,就把外边吹进来的气流悉数挡住,只要不把瓦当吹倒,蜡烛就不会熄灭。

鹧鸪哨由于要扯着捆尸索,左手不敢稍离,又怕蜡烛随时会熄掉,这才兵行险招,凭借着超凡脱俗的身手,开枪打落瓦当遮风。

只要蜡烛不灭,就不算破了摸金校尉的规矩,即使真的发生尸变,也要倾尽全力把这具南宋女尸身上的殓服取到手。

这时,天色已经不早,必须赶在金鸡报晓前离开。摸金校尉的各种禁忌规矩极多,"鸡鸣不摸金"便是其中之一,因为不管动机如何,什么替天行道也好,为民取财、扶危济贫也好,盗墓贼终究是盗墓贼,倒斗是绝对不能见光的行当,倘若坏了规矩,天亮的时候还留在墓室之中,那连祖师爷都保佑不了。

此时,了尘长老虽然传了鹧鸪哨种种行规及手法,并给了他一整套的摸金器械,但是并没有授他最重要的摸金符。如果不戴摸金符,而以摸金校尉的手段去倒斗,是十分危险的,假如这样仍然能从古墓中倒出明器,才有资格取得摸金符。

打盗洞通入墓室便已用了很多时间,迟则生变,越快把殓服倒出来越好。鹧鸪哨估摸着时间所剩无几了,便摆了个魁星踢斗的姿势,坐在南宋女尸腿上,用脚和胸前的捆尸索固定住棺中的南宋女尸,让她保持坐姿,伸手去解罩在她最外层的殓服。

忽然鹧鸪哨觉得脖子上一痒,似乎有个毛茸茸的东西趴在自己肩头,鹧鸪哨饶是胆大,也觉得全身汗毛倒竖,急忙保持着身不动、膀不摇的姿势,扭回头去看自己肩膀上究竟是什么东西。

第二十二章
野猫

只见一只花纹斑斓的大野猫，不知何时，从盗洞中悄无声息地溜进了墓室，此刻正趴在鹧鸪哨的肩头，用两只大猫眼恶狠狠地同鹧鸪哨对视。

鹧鸪哨暗骂一声"晦气"，倒斗的不管哪一门，都最忌讳在墓室中遇见猫、狐、黄鼠狼之类的动物，尤其是野猫，传说猫身上有某种神秘的生物电，如果活猫碰到死尸，是最容易激起尸变的。

这只不请自来的大野猫，一点都不怕陌生人，它趴在鹧鸪哨的肩头，同鹧鸪哨对视了一下，便低头向棺中张望。它似乎对棺中那些摆放在女尸身旁的明器极感兴趣，那些金光闪闪的器物，在它眼中如同具有无比吸引力的玩物，随时都可能扑进棺中。

鹧鸪哨把心悬到了嗓子眼，他担心这只野猫从自己肩头跳进棺材里，一旦让它碰到女尸，即便是女尸口中含着定尸丸，也必定会引发尸变。真要是变作了白凶，自己虽然不惧，但是一来动静闹得大了，说不定会把蜡烛碰灭；二来时间不多，恐怕来不及取女尸的殓服回去拿给了尘长老了，鸡鸣不摸金的行规，同灯灭不摸金的规矩一样，都是摸金校尉必须遵循的铁则。

虽然凭鹧鸪哨的身手，即使坏了这些摸金行规，取走这套殓服易如探囊取物，但是道上的人最看重信义承诺，把这些规则看得比性命还要来得金贵，鹧鸪哨这样的高手，更是十分珍惜。倒斗的名头本就好说不好听，如果再失去了赖以生存的规则，那么就会沦落成民间散盗一样的毛贼。

说时迟，那时快，这些想法在鹧鸪哨的脑中也只一转念，更不容他多想，那只条纹斑斓的大野猫，再也抵受不住明器亮晶晶的诱惑，一弓身，就要从鹧鸪哨的肩头跃将下去。

鹧鸪哨想伸手抓住这只大野猫，但是唯恐身体一动，惊动了它，反而会碰到南宋女尸，眼瞅着野猫就要跳进棺内，急中生智，连忙轻轻地吹了一声口哨。

鹧鸪哨这绰号的由来，便是因为他会使诸般口技，模仿各种动物、机器、人声，学什么像什么，有以假乱真的本领。这工夫为了吸引野猫的注意力，他噘起嘴来轻吹两声口哨，然后模仿起猫的叫声，喵喵叫了几下。

那只准备跳进棺材里的大野猫，果然被同类的叫声吸引，耳朵一耸，在鹧鸪哨肩头寻找猫叫声的来源，野猫大概也感到奇怪，没看见别的猫啊？躲在哪里？听声音好像还就在附近。

鹧鸪哨一看这只大野猫中计，便盘算着如何能够将它引离棺材，只要再有一丁点时间，把女尸的殓服扒下来，便可大功告成，那时候这只臭猫愿意去棺材里玩便随它去好了，但是如何才能把它暂时引走呢？

为了分散野猫的注意力，鹧鸪哨又轻轻地学了两声鸟叫，野猫可能有几天没吃饭了，听见鸟叫，便食指大动，终于发现，那鸟叫声是从旁边这个家伙的眼睛下边发出来的，这个人脸上还蒙了块布，这黑布下面定有古怪，说不定藏着只小麻雀。

大野猫一想到小麻雀，顿时饿得眼睛发蓝，抬起猫爪一下下地去抓鹧鸪哨蒙在嘴上的黑布，鹧鸪哨心中窃喜，暗骂：该死的笨猫，蠢到家了。

鹧鸪哨利用大野猫把全部注意力都集中在他的黑布上的机会，用手悄悄地抓住棺中陪葬的一件明器，那是一只纯金的金丝镯子。为了不惊动野猫，他保持胳膊不动，只用大拇指一弹，将那金丝镯子弹向身后的盗洞。

金丝镯子在半空中画出一条抛物线，掉落在墓室后的盗洞口附近。墓室里始终静悄悄的，连针掉在地上都能听到，那镯子一落地，果然引起了野猫的注意。鹧鸪哨这时也不再使用口技，野猫以为那只小麻雀趁自己不注意，跑到后边去了，"喵喵"一叫，追着声音跳进了盗洞，想去捕食。

　　鹧鸪哨等的就是这个机会，野猫刚一跳离自己的肩头，便立刻掏出二十响带快慢机的德国镜面匣子枪，想要回身开枪把那只大野猫打死，以免它再跳上来捣乱。却不料回头一望，身后的墓室中，除了初时那只花纹斑斓的大野猫，竟又钻进来七八只大大小小的野猫，有一只离半罩住蜡烛的瓦当极近，只要随便一碰，瓦当就会压灭蜡烛。

　　鹧鸪哨的额头涔涔冒出冷汗，大风大浪不知经过多少遭，想不到在这小小的墓室中，遇到了这种闻所未闻、见所未见的诡异情况，难道是刚才自己做的口技引起了附近野猫们的注意？猫的耳朵最灵，听到洞中传来麻雀的叫声，便都钻进来想要饱餐一顿。天色很快会亮，这可如何是好？

　　按往常的经验，野猫这种动物生性多疑，很少会主动从盗洞钻进古墓。鹧鸪哨望着身后那些大大小小的野猫哭笑不得，今夜这是怎么了，按倒葫芦又起来瓢，想不到从这古墓中摸一套殓服，平时这种不在话下的小事，今夜竟然生出这许多波折。

　　这大概就是所谓的"成也萧何，败也萧何"了，用冠绝天下的口技引开了一只野猫，却招来了大批野猫。

　　凭鹧鸪哨那套百步穿杨的枪法，完全可以用快枪解决掉进入墓室中的野猫，但是稍有差池，奔窜或者受伤的野猫便会把蜡烛碰灭。

　　如果在鸡鸣灯灭前拿不到这套殓服，就学不到摸金校尉的分金定穴之术了。想到部族中的人临死前苦不堪言的惨状，鹧鸪哨便觉得世界上所有的困难都挡不住自己，当下一咬牙，这种情况就不能求稳，必须以快制快，在那些该死的野猫惹出事端之前，便把女尸的殓服扒下来。

　　鹧鸪哨出手如电，将女尸身体固定住之后，将她的殓服搭袢扯掉，用脚抬起女尸的左臂，想把殓服的袖子从女尸胳膊上褪下来，然而刚一动手，忽见两只野猫跳上了金角铜棺的棺帮，那野猫为何不怕人呢？只因长期从事倒斗的人，身上阴气重，阳气弱，再加上一袭黑衣身手轻盈，又服食了抑制呼吸心脉化解尸毒的红夋妙心丸，所以在动物眼中，这种盗墓贼和死人差不多，野猫们觉得死人并不存在危险。

一黑一花两只大野猫，被金角铜棺那黄澄澄的颜色所吸引，纵身跃了上来，两只野猫互相打闹，你冲我龇龇猫牙，我给你一猫爪子，翻翻滚滚地同时掉进棺中。

眼看野猫就要碰到古尸了。此时女尸口中含着定尸丹，尸身上的白毛已经减退，恢复如初，但是如果被野猫碰到，肯定立刻就会发生尸变。鹧鸪哨心里十分清楚，一旦尸变，那白凶极是猛恶，不是一时三刻所能制得住。估计再过小半炷香的工夫，就该金鸡报晓了，虽然金鸡一鸣，白凶也发作不得，但是女尸身上这套殓服是无论如何都取不下来了。

这也就是鹧鸪哨的身手，在野猫碰到女尸之前的一瞬间，他扯动捆尸索，一挺腰杆，腾空而起，从金角铜棺中向左边跳了出去，把那南宋女尸也一并从金角铜棺中扯出，一人一尸都落在墓室的地面上。

这时已经有三四只野猫都进了棺材里，在金角铜棺中互相追逐着嬉戏，鹧鸪哨暗道真是险过剃头。既然已离了金角铜棺，更不敢耽搁，把女尸从自己身上推起来，仍是抬脚架起女尸的胳膊，想把女尸的殓服扒下来，然而借着忽明忽暗的烛光，发现那女尸的嘴不知什么时候又张开了，大概是带着女尸从金角铜棺中跳出来，动作幅度太大，又把女尸的嘴颠开了。

只见那女尸身上又开始浮现出一层白色绒毛，就如同食物变质发霉生出的白毛一样，眼看着越来越长，张开的尸口对着鹧鸪哨散出一团黑雾。鹧鸪哨心中一惊，倒吸了一口冷气，好浓的尸气，若不是事先服了红夋妙心丸，被这尸气一熏，立刻就会中尸毒身亡。

对于古尸黑雾一般的尸气，鹧鸪哨不敢大意，低头避让，只见原本含在南宋女尸口中的深紫色定尸丸，正落在半罩住蜡烛的瓦当旁。面对即将尸变的南宋女尸，如果不管不顾地继续扒她身上的殓服，转眼间她就会变为白凶。鹧鸪哨只好把抓住女尸身上殓服的手松开，不管怎么说，趁现在尸变的程度不高，先把这粒定尸丸给女尸塞回去。

于是鹧鸪哨着地一滚，他与南宋女尸之间被捆尸索连在一起，那具正在慢慢长出白色细毛的南宋女尸，也被鹧鸪哨扯着拖向墓室东南角。

墓室的东南角是整座墓室中照明的死角，现在墓室中的光源一共有两处，一处是挂在金角铜棺盖子上的马灯，另一处便是被瓦当半遮住的蜡烛。瓦当与金角铜棺形成的阴影交会在墓室的东南角落，而那粒定尸丹就刚好落在光与暗的交界线上，随着烛光摇曳，时而瞧得见，时而又被黑暗吞没。

鹧鸪哨滚到近前，伸手去拿地上的定尸丹，忽然从光线死角的阴影中蹿出一只大猫，正是最初进墓室捣乱的那只野猫。那猫可能饿得狠了，见什么想吃什么，张口便咬地上的定尸丹。

鹧鸪哨对这只野猫恨得牙根都痒痒，但是这时候伸手取定尸丹已经晚了，鹧鸪哨情急之下，只好故技重施，以天下第一的口技学了两声老鼠叫。那只花纹斑斓的大野猫果然再次中计，稍稍一愣神，瞪着一双大猫眼盯着鹧鸪哨，只是没搞明白对面这只大老鼠怎么与平常的老鼠长得不一样，所以没有立即扑上来。

鹧鸪哨趁着野猫一怔的时机，用手抄起地上的定尸丸，顺手塞进南宋女尸口中，跟着飞出一脚，把大野猫像个皮球一样踢了出去。鹧鸪哨这一脚何等凌厉，加之无声无息，那野猫猝不及防，被他踢得一头撞在墓室墙上，骨断筋折，脑袋碎成了数瓣，哼都没哼一声便一命呜呼了。

鹧鸪哨踢死了大野猫，心中暗道：非是要取你性命，只是你这馋猫一而再再而三地坏我大事，留你不得，你成佛吧。

鹧鸪哨有掐心思点①的功夫，凭直觉这么一算，附近村落的大公鸡不出半支纸烟的时间就会啼鸣报晓。再也等不得了，当下一扯捆尸索，把南宋女尸拽起，南宋女尸罩在最外边的殓服已经完全解开，只剩下两只衣袖。女尸身穿九套殓服，衣服套得非常紧，但是只要顺着殓服及身体的走势，使用的手法得当，费不了太大力气便可全扒下来。

鹧鸪哨扶正南宋女尸的尸体，准备把她的尸身转过去，这样不用抬死

---

① 掐心思点，意为可以精确地掌握生物钟。

尸的胳膊，只要从南宋女尸背后顺势一扯，那就算完活了。

然而还没等鹧鸪哨把南宋女尸转过去，就觉得一阵阵腥风浮动，钻进墓室的其余野猫都听到了刚才老鼠的叫声，而且那老鼠叫是从鹧鸪哨身上发出来的，野猫们都饿得久了，此刻听到老鼠叫声，便纷纷蹿向鹧鸪哨，要在他身上找找老鼠在哪儿。

七八只大小野猫同时扑了上来，便是有三头六臂也不可能把它们同时解决，鹧鸪哨心中一片冰凉：罢了，看来天意如此，老天不容我学这套摸金校尉的分金定穴秘术。

但是这气馁的念头，在心中一闪即逝，野猫们来得快，鹧鸪哨的口技更快，鹧鸪哨学着野猫的叫声："喵——噢——喵——噢——"

野猫们哪儿想得到鹧鸪哨有这种本事，本来在他身上有老鼠叫，这会儿又有野猫的叫声，一时搞不清状况，野猫本就生性多疑，一时都停住不前，瞪着猫眼盯住鹧鸪哨。

野猫们的眼睛在漆黑的墓室中如同数十盏明亮的小灯，散发出充满野性而又诡诈的光芒。鹧鸪哨不管野猫们怎么打算，立刻把南宋女尸的尸身转了过去，用捆尸索定住女尸，扯它尸身上的殓服。

几乎同时，饥饿的野猫们也打定了主意，好像是事先商量好了一样，不管是老鼠还是死人，都是可以吃的东西，这回不管再有什么声音，也要先咬上一口再说，一只只野猫都像是离弦的快箭，骤然扑至。

鹧鸪哨也知道，这个诡异漫长的夜晚，现在已经到了最后的时刻了，能不能成功，就要看这最后几秒钟了。在这短短的一瞬间，必须同时做到：第一，不能让野猫们碰到南宋女尸，激起尸变；第二，也不能让任何一只野猫碰熄了墓室中的蜡烛；第三，要赶在金鸡报晓前扒下南宋女尸的殓服，绝不能打破鸡鸣灯灭不摸金的规矩。

鹧鸪哨向后退了一步，踏住脚下的瓦当，用脚把瓦当踢向扑在最前边的野猫，激射而出的瓦当刚好打在那只黑色野猫的鼻梁上，野猫"噢"一声惨叫，滚在一边。

这时，鹧鸪哨也抱着南宋女尸倒地，避过了从半空扑过来的两只野猫，顺手抓起地上的蜡烛，右手擎着蜡烛，用蜡烛的火苗烧断自己胸前的捆尸索，左手抓住南宋女尸殓服的后襟。鹧鸪哨和南宋女尸都是倒在地上的，此时抬脚把背对着自己的南宋女尸向前一脚蹬出，将女尸身上的殓服扯了下来，这一下动作幅度稍稍大了些，鹧鸪哨一手抓着殓服，一手举着的蜡烛也已熄灭，远处的金鸡报晓声同时随着风传进盗洞之中。

猫吃死人是很罕见的情形，而这墓室中数只疯了一般的野猫，同时扑到南宋女尸身上乱咬……

第二十三章
黑水城

鸡鸣灯灭，殓服拿到手，几乎都是在同一时间完成的，很难判断哪个先哪个后。鹧鸪哨把蒙在嘴上的黑布扯落，只见那些饥饿的野猫，都趴在南宋女尸的身上乱抓乱咬，还有数只在墓室的另一端，争相撕咬着先前撞死的野猫尸体。鹧鸪哨看得暗暗心惊，这些哪里像是猫，分明就是一群饿着肚子的厉鬼。

此时鸡鸣三遍，已经不会再发生尸变了，这古墓中的女尸嘴中含着定尸丸，受到药物的克制，把尸毒都积存在尸体内部，没有向外扩散，所以女尸至今仍然保存完好，这些饿猫吃了它的肉，肯定会中尸毒而死。

鹧鸪哨心想如此也好，这具南宋的女尸，尸毒郁积，多亏定尸丸与金角铜棺压制住她，如果让它继续深埋古墓，迟早酿成大害，为祸一方，让这些该死的野猫把她吃个干净，最后同归于尽，倒也省去许多麻烦。

于是鹧鸪哨把取到的殓服叠好，提了棺板上的马灯，从盗洞中钻了出去。此刻虽已鸡鸣，天色却仍然黑得厉害，鹧鸪哨趁黑把盗洞回填，将野猫以及古墓中的一切都封在里边，又把那半截无字石碑放回原位，再一看，没有一丝动过的痕迹。

这才回转无苦寺，见到了尘长老，将殓服奉上，将一夜中的经过原原本本地叙述一遍，最后对了尘长老说道："鸡鸣灯灭的同时，才把古尸的殓服拿到手中，已经无法分辨哪般在前，哪般在后，不敢断言没有破了行规，想必弟子无缘得吾师传授。日后如得不死，定再来聆听吾师禅理，弟子现下尚有要事在身，这便告辞了。"

了尘长老也曾在江湖上闯荡多年，曾是摸金校尉中出乎其类、拔乎其萃的顶尖人物，听鹧鸪哨这番话，如何不懂得他的意思。想那鹧鸪哨也是倒斗行里数得着的人物，他这么说是以退为进。

了尘长老看着跪在地上的鹧鸪哨，想到了自己年轻时的样子，几乎和现在的鹧鸪哨一模一样。

了尘长老自从听了鹧鸪哨做搬山道人的缘由，便已打定主意。一者救人出苦海乃是佛门宗旨，既然知道了扎格拉玛部落的秘密，便无袖手旁观的道理；再者是爱惜他身手了得，为人坦荡，并没有隐瞒灯灭鸡鸣同时才扒到殓服的细节，在这个人心不古的社会里，当真是难能可贵。自己这一身分金定穴的密术，尽可传授给他。

了尘长老把鹧鸪哨从地上扶起来，对他说道："快快请起，虽然在鸡鸣灯灭之时才摸得殓服，也并不算坏了摸金行规，祖师爷只是说鸡鸣灯灭之后才不可摸金，可没说过同时二字。"

鹧鸪哨闻听此言，心中不胜欢喜，纳头便拜，要行拜师之礼："承蒙吾师不弃，收入门墙，实乃三生有幸。恩师在上，请受弟子三拜。"

了尘长老急忙拦住："不必行此大礼！摸金校尉自古以来便只有同行之说，从无师徒之承，不像那搬山卸岭由师传徒代代相传。凡是用摸金校尉的手段倒斗，遵守摸金校尉的行规，便算是同行。老衲传你这些秘术，那是咱们二人的缘分，但也只是与你有同门之谊，没有师徒之名分。"

鹧鸪哨虽然受到了尘长老的阻拦，仍然坚持行了大礼，然后垂手肃立，听候了尘长老教诲。了尘长老对鹧鸪哨这次倒斗摸得殓服的经过甚为满意，稍后便把那南宋女尸的殓服焚化了，念几遍往生咒令尸变者往生极乐。

了尘长老只是觉得鹧鸪哨一脚踢死野猫做得狠了些，不管怎么说这事做得绝了点，便对鹧鸪哨大谈佛理，劝他以后凡是与人动手都尽量给对方留条活路，别把事情做到赶尽杀绝，这样做也是给自己积些阴福。

鹧鸪哨对了尘长老极为尊敬，但是觉得了尘长老出家以后变得有些婆婆妈妈，弄死只猫也值得这么小题大做，鹧鸪哨对此颇不以为然：想某平生杀人如麻，踢死个把碍事的野猫又算得什么。但是也不好出言反驳，只好捺下性子来听了尘长老大讲因果。

好不容易等了尘长老口吐莲花般的禅理告一段落，这才把摸金校尉的行规手段、禁忌避讳以及各种传承又对鹧鸪哨一一细说了一遍，上次说得简略，这次则是不厌其烦地逐条逐条解说透彻。

做倒斗的人，与其说是人，倒不如说是半人半鬼，在普通人都安然入梦的黑夜里才进古墓摸金。一天打不完盗洞可以分作十天，但是有一条，一旦进了墓室，在鸡鸣之后便不能再碰棺椁，因为一个世界有一个世界的法则，鸡鸣之后的世界属于阳，黑夜的阴在这时候必须回避，这就叫"阳人上路，阴人回避，鸡鸣不摸金"。金鸡报晓后的世界不再属于盗墓者，据说如果破了规矩，祖师爷必定降罪。对于这些事必须相信，否则真就会有吃不了兜着走的那一天。

摸金校尉进入古墓玄宫之后，开棺前必须要在东南角摆放一支点燃的蜡烛，一来防止玄宫中的有毒气体突然增加，二来这算是几千年前祖师爷所传，一条活人与死人之间的默认契约。蜡烛灭了，说明这玄宫中的明器拿不得，如果硬要拿也不是不可以，出了什么麻烦就自己担着，只要八字够硬，尽可以在灯灭之后把明器带出来，但是那样做是极危险的，可以说九死一生。倒斗摸金是求财取明器的，不是挖绝户坟的，世界上有大批明器的古墓不少，犯不上拿自己的性命死磕，所以这条被摸金校尉最为看重的"灯灭不摸金"的规则最好能够谨守。还有这蜡烛火苗的明与灭可以预测是否会发生尸变以及墓里下的一些恶毒符咒，故此说蜡烛的光亮便是摸金校尉的命也不为过。倒斗必须点蜡烛是摸金校尉与其余盗墓者最大的不同。

了尘长老把所有的行规手段、唇典套口、特殊器械的用法全部解说详明，鹧鸪哨——牢记在心，从这以后便要告别搬山道人的身份，改做摸金校尉了。

了尘长老从怀中取出两枚摸金符对鹧鸪哨说道："此符乃千年古物，学得摸金校尉的手段顶多算半个摸金校尉，只有戴了摸金符才算正宗的摸金校尉。这两枚摸金符是老衲与当年的一位同行的，我二人曾经倒过不少大斗，可惜二十年前他在洛阳的一处古墓中了丧魂钉机关，唉……那陈年旧事不提也罢，老衲这枚摸金符从此便归你所有，只盼你日后倒斗摸金都不可破坏行规，能够对得起咱们摸金校尉的字号。"

鹧鸪哨急忙用双手接过摸金符，恭恭敬敬地戴在自己脖颈上，贴肉藏好，再次倒地拜谢了尘长老。

了尘长老详细问了鹧鸪哨一些事情，都是关于那个古老部落与鬼洞、雮尘珠之间的种种羁绊，然后又问了一些关于西夏国藏宝洞的情况。

听鹧鸪哨说明之后，了尘长老缓缓点头："那雮尘珠的事老衲也曾听过一些。相传雮尘珠又名凤凰胆，有说为黄帝仙化之时所留，有说得之于地下千丈之处，是地母变化而成的万年古玉，亦有说是凤凰灵气所结，种种传说莫衷一是。其形状酷似人的眼球，乃是世间第一奇珍，当年陪葬于茂陵，后来赤眉军大肆发掘，茂陵中的物品就此散落于民间，想不到最后却落到西夏王室手中。"

鹧鸪哨对了尘长老说道："弟子族中亲眷多为鬼洞恶咒所缠，临死之时都苦不堪言。祖上代代相传此祸都是由于当年族中大祭司，并不知道雮尘珠为何物，只是通过神谕知道用一块眼球形状的古玉可以洞悉鬼洞详情，于是自造了个假雮尘珠窥视鬼洞中的秘密，才引发了这无穷之灾。后来族人迁移至中原才了解到世间有此神物，只有找到真正的雮尘珠才能设法消解鬼洞之灾，自此族中人人都以寻找雮尘珠为任，穷尽无数心血始终一无所获。弟子年前获悉在宋代这雮尘珠曾经辗转流入西夏，当年蒙古人也曾大肆搜索西夏王室宝藏，但是那些宫廷重宝被藏得极为隐蔽，终未叫蒙古人找到。传说西夏有一名城黑水城，后被弃为死城，黑水城附近有处寺庙名为黑水河通天大佛寺，寺庙原本是由黑水城外围的一个据点改建而成。

当时西夏有位通天晓地的大臣名为野利戽圣[①]，是野利仁荣之后，他夜晚路经黑水城，在城头巡视，见距城十里的外围土城上空三星照耀，有紫气冲于云霄之间，便大兴土木，将那里改建为通天大佛寺，希望自己死后能埋葬在那里。但是后来这位大臣为李姓王朝所杀，建于寺下的陵墓就始终空着。再后来黑水河改道，整座黑水城大半被沙土吞噬，就成了弃城。末代献宗李德旺在国破之时，命人将王宫中的奇珍异宝都藏进了黑水城附近的那座空坟，雮尘珠极有可能也在其中。那里的地面建筑早已毁坏，埋葬至今，若不以分金定穴秘术，根本无法找到准确的位置。"

了尘长老听罢对鹧鸪哨说道："黑水城位于黄河与贺兰山夹峙之间，头枕青山，足踏玉带，端的是块风水宝地。西夏贵族陵寝吸收了秦汉李唐几朝墓葬之长，规模宏伟，布局严整，再加上西夏人信奉佛法，受佛教影响极深，同时又具有党项人的民族特点，所以说在陵墓构造上别具一格，后人难以窥其奥秘。就如同失传已久的西夏文字，一撇一捺都像是中原文字，却又比之更为繁杂。"

鹧鸪哨应道："正是如此。若干年前曾有大批洋人勾结马贼盗掠黑水城古物，共挖出七座佛塔，掠走塔中珍品无数，其中便有很多用西夏文写成的文献典籍，说不定其中会有关于雮尘珠的记载，只可惜都已流落海外，无法寻查了。倘若能找到西夏典籍中对黑水通天大佛寺中墓穴的方位记载，倒也省去许多周折。"

了尘长老对鹧鸪哨说道："西夏文失传已久，今人无从解读，即使有明确记载也没办法译出。不过有三星辉映、紫气冲天的地方应该是一处龙楼宝殿，以摸金校尉的分金定穴秘术，即便地上没有痕迹也能准确无误地找到那处古墓藏宝洞。"

分金定穴是天星风水的一个分支，也是最难的一项，需要上知天文下晓地理，才可根据日月星辰来查看地脉支干。若想学分金定穴秘术，必先从最基础的风水术逐渐学起。风水之术繁杂奥妙，非是一朝一夕之间所能

[①] 戽，音 hù；圣，音 jīng。

掌握，少说也要学上五六个年头。

了尘长老知道鹧鸪哨心急如焚，便决定先同他一起到贺兰山下的黑水城走一趟，把那雮尘珠拿到手再慢慢传授他分金定穴秘术。

鹧鸪哨见了尘长老欲出马相助，感激不已。二人稍做准备便动身出发。了尘长老是出家人，途中仍是做云游化缘的僧侣装扮，鹧鸪哨一直都充作道士，但一僧一道同行难免惹人注目，于是鹧鸪哨换了俗家的服饰，一路上对了尘长老小心服侍。

从浙江到贺兰山何止山高水远，好在那了尘长老当年也是寻龙倒斗的高手，虽然年迈，但是腿脚依然利索。这一天到了黄羊湾，便准备弃车换舟，乘坐渡船进入黄河，拟定在五香堡下船，那里距离贺兰山下的黑水城便不远了。

在黄羊湾等船的时候，遥望远处黄河曲折流转如同一条玉带，观之令人荡气回肠。了尘长老与鹧鸪哨闲谈当地风物人情，顺便讲述了一段当年在此地的经历。

当年了尘长老还没出家，是摸金校尉中拔尖的人物，有个绰号唤作"飞天欻猊"①，到各地倒斗摸金。有一次要过青铜峡去北面的百零八塔，当地人都传说这黄河的河神是极灵验的，过往的船只必须把货物扔进河中一些才能顺利过去。

可是了尘长老当年搭乘的那条船是贩煮②土的私船，以前没来过这段河道。船老大更是一介盐枭，为人十分吝啬，有船夫劝他给河神献祭，船老大说什么也不肯把煮土扔进河中一袋，只撒了把大盐粒子。

当夜在青铜峡前的一段留宿，来了一个帽子上有绿疙瘩帽刺的老者，平时人们头上帽子的帽刺都是红的，而这位老者头上偏偏戴了个绿的，显得十分扎眼。老者手中端着个瓢，想找船老大讨一瓢煮土，那煮土是非常贵重的香料，船老大如何肯平白给他，就连哄带赶把老者赶走了。

---

① 欻，音 xū，快速之意；猊，音 ní，狻猊指狮子。
② 煮，音 xūn，同熏。

了尘长老年轻的时候便是心善，见那老者可怜便掏出钱向船老大买了一瓢煮土。这煮土可以用来代替石灰垫棺材底，干燥而有持久的异香，当时了尘长老也没问那老者要煮土做什么，就送给绿疙瘩帽刺的老头一瓢，老者千恩万谢地去了。

转天继续开船前行，到了青铜峡可不得了了，从河中突然冒出一只巨鼋①，跟七八间房子连在一起那么大。那巨鼋冲着船就来了，最后把整条船给顶翻了才算完，整船的货物全沉到了河里。然而船上的人一个没死，都被河水卷上了岸，后来人们都说这多亏了尘长老施舍了那瓢煮土，河神祖宗才开恩放了他们。

鹧鸪哨听罢也是心惊，任你多大本事，在这波涛汹涌的黄河之中也施展不得，可见为人处世须留有余地。忽然想起一事，他便问了尘长老："弟子听人说，在江河湖海之上乘船有很多忌讳，比如不能说翻、覆、沉之类的字眼，一旦说了船就会出事。这水上行舟的诸般禁忌讲究，要细数起来恐怕也不比摸金校尉的少几条。"

了尘长老正要回答，忽然等船的人群纷纷拥向前边，船已开了过来，于是二人住口不谈，鹧鸪哨搀扶着了尘长老随着人群上了船。

这时晴空万里，骄阳似火，河面上无风无浪，船行得极是平稳。船上乘客很多，鹧鸪哨与了尘长老不喜热闹，拣人少的地方一边凭栏观看黄河沿岸的风景，一边指点风水形势，也甚为自得。

正说话间，鹧鸪哨忽然压低声音对了尘长老说道："这船上有鬼。"

---

① 鼋，音 yuán。

第二十四章
神父

　　鹞鸪哨所指是船上的几个洋人。他偷眼看了多时，觉得这几个洋人形迹可疑，而且身上都藏着枪，行李中有几把洋铲和铁钎、绳索，聚在一起嘀嘀咕咕。

　　最奇怪的是，这些外国人不像鹞鸪哨平时接触过的那些。他认识一些外国人，也懂得他们的部分语言，但是船上的这几个洋人既不像古板拘谨的英国人、严肃的德国人，也不像散漫的美国人。这些大鼻子、亚麻色头发的洋人全身透着一股流氓气，很奇怪，究竟是哪国人？鹞鸪哨又看了两眼，终于想明白了，原来是大鼻子俄国人。

　　鹞鸪哨觉得这些俄国人有可能是去黑水城挖古董的。俄国国内发生革命之后，很多人从国内流亡出来，其后代就一直混迹于中国，不承认自己是苏联人，而以俄流亡人自居，净是做些不法的买卖。

　　了尘长老也是眼观六路、耳听八方之人，自然是懂得鹞鸪哨言下之意，示意鹞鸪哨不可轻举妄动："咱们做的都是机密之事，须避人耳目，尽量不要多生事端。"

　　鹞鸪哨对了尘长老说道："待弟子过去打探明白，这些洋鬼子倘若也是去黑水城盗宝,那离咱们的目标很近,未免碍手碍脚,找个没人地方顺手把他们做掉,省得留下后患。"

不等了尘长老劝阻,鹞鸪哨就挤进人群到那些俄国人附近偷听他们的谈话。原来这批人一共有六个,五个俄国人,一个美国人。

五个俄国人都是流亡在中国的沙俄后裔,做倒卖军火的生意,听说黑水城曾经出土过大批文物,觉得有利可图,准备去碰碰运气,偷偷挖几箱回来。

美国人是个三四十岁的神父,前几年曾经到宁、青等地传教,旅途中到过黑水城的遗址。神父在中国转了一圈,准备再次去银川等地宣传信上帝得永生,这件事无意中对路上遇到的这五个俄国人提起,那些俄国人就趁机说想去那里做生意,让神父顺便带他们也去黑水城看看。

很少有人会骗神职人员,所以神父也不知是计。他们六人之间语言不通,俄国人不会说英语,美国人不会讲俄语,好在双方在中国待的时间长了都能讲中文,互相之间就用中文沟通。

鹞鸪哨听了几句,只听那些人十句话有三句是在说黑水城。那美国神父不知道这些人是想去挖文物,把自己在黑水城所见所闻事无大小都说了出来,说那里的佛塔半截埋在地下,里面有大批的佛像,个个镶金嵌银,造型精美,还有些佛像是用象牙和古玉雕刻的,美轮美奂,那种神奇的工艺简直只有上帝的双手才可以制作出来。

五个俄国人听得直流口水,掏出伏特加灌了几口,恨不得插上翅膀立刻飞到黑水城,把那些珍贵的文物都挖到手,换成大批烟土、女人、枪支弹药,还有伏特加。

鹞鸪哨听了之后心中冷笑,他也曾去黑水城找过通天大佛寺,所以对那里的遗址十分熟悉。其实这些大鼻子不知道,早在二十世纪初欧洲就兴起了一次中国探险热潮,黑水城的文物大多在那时候被盗掘光了。现在城池的遗址中只剩下一些泥塑的造像和瓦当,而且多半残破不堪。那美国神父又不懂文物鉴赏,看到一些彩色的泥像便信口开河地说是象牙古玉制成的,这帮俄国人还就信以为真了。

但是转念一想，不对，把泥石的造像看作镶金嵌玉的珍宝那得是什么眼神？那美国神父再没眼光也不可能看出这么大的误差来，难道他误打误撞找到了通天大佛寺不成？听美国神父言语中的描述，还真有几分像是一处埋在地下的寺院。

鹧鸪哨想到此处，顿觉事情不对，想要再继续偷听他们谈话，忽然之间船身一晃，整艘巨大的渡船在河中打了个横，船上的百余名乘客都站立不稳，随着船身东倒西歪，一时间哭爹叫娘的呼痛之声乱成一片。

鹧鸪哨担心了尘长老，顾不得那些洋人，在混乱的人群中快步抢到了尘长老身边。了尘长老对他说道："不好，怕是遇上水里的东西了。"

这时候，只见原本平静的河水像突然开了锅一样翻滚起来，船身在河中心打起了转，船上的船夫乘客都乱作一团。船老大跟变戏法似的取出一只猪头扔进河中，又摆出一盘烧鸡，点上几炷香，跪在甲板上对着河中连连磕头。

但是船老大的举动没有起任何作用，这船就横在河里打转，说什么也开不动了。船老大忽然灵机一动，给船上的乘客跪下，一边磕头一边说："老少爷们儿们，太太夫人，大娘大姐们，是不是哪位说了舟子上犯忌讳的话了，龙王爷这回可当了真了，要不应了龙王爷，咱们谁也别想活啊……到底是哪位说了什么话了？别拉上大伙一块死行不行？我这里给您磕头了。"说完在甲板上把头磕得咚咚山响。

众人见船四周的河水都立起了巨大的水墙，惊得脸上变色，即便是有人在船上说了什么说不得的话，这当口也没处找去啊。

正在不知所措之时，有个商人指着一个怀抱小孩的女人喊道："是她……是她……就是她说的，我听见了。"

鹧鸪哨与了尘长老也随着众人一同看去，只见那商人一把扯住一个抱着个三四岁孩子的妇女说："她这娃一个劲地哭，这女子被娃哭得烦了，说娃要再哭就把娃扔进河里去。"

商人这么一说，周围的几个人也纷纷表示确有此事，果然是这个女人，她的孩子自上船之后就哇哇大哭，女人哄了半天，越哄哭得越响，周围的人都觉得烦躁，女人一生气就吓唬小孩："再哭就给你扔河里喂鱼。"吓唬完了也不管用，那孩子还是大哭大闹。也就在这时候，船开始在河中打转，开不动了。那女子没见过什么世面，哪里知道这些厉害，此时见船上众人都盯着她怀中的孩子，也吓得坐在甲板上大哭起来。

船老大给那女人跪下："大妹子啊，你怎么敢在船上说这种没有高低的言语！现在再说什么也晚了，你这话让龙王爷听见了，龙王爷等着你把娃扔下河里呢。你要不扔，咱们这船人可就全完了，你就行行好吧。"说完就动手去抢那女人抱在怀里的孩子。

孩子是那女人的亲生骨肉，她如何舍得，一边哭着一边拼命护住小孩，抵死不肯撒手。但是船老大是常年跑船的粗壮汉子，一个女人哪里抢得过他，只好求助周围的乘客。

船上的乘客人人面如死灰，都对此无动于衷，大伙心里都明镜似的，这孩子要不扔到河里，谁也甭想活，还是自己的性命要紧。这孩子虽然可怜，但是要怪也只能怪他娘，谁让她在船上胡言乱语，当真是咎由自取。一时间，众人纷纷回避，没人过去阻拦。

了尘长老见那船老大要把三四岁的孩子扔进河中，心中不忍，就想同鹧鸪哨出面阻止，这时从人群中抢出一人拦住船老大，鹧鸪哨仔细一看原来是那个美国神父。

美国神父举着《圣经》说："船长，以上帝的名义，我必须阻止你。"

若是旁人伸手阻拦，早被船老大一拳打倒。船老大见是个洋人，也不敢轻易得罪，但是船身在河中打转，随时可能会翻，便瞪着眼对美国神父说："你别管，这娃不扔进河里，龙王爷就得把咱们连人带船都收了，到时候你那个黑本本也救不了你的命。"

美国神父正待分说，却被一个红鼻子矮胖的俄国人拉开："托马斯神父你别多管闲事。这些古老东方的神秘规矩很古怪，他们要做什么就让他们做好了，反正只是个中国小孩，否则这条船真有可能翻掉。"

美国神父怒道："安德烈先生，我真不敢相信你竟然会说出这种话，在上帝眼中人人平等，只有魔鬼才会认为把儿童扔进河里喂鱼是正确的。"

船老大趁着美国神父和那个叫作安德烈的俄国人互相争执不下的机会，抬脚踹倒女人，把那个小孩抛到船下，女人惨叫一声晕了过去。

了尘长老大惊，想出言让鹧鸪哨救人却已经晚了，鹧鸪哨虽然不想多管闲事，但是事到临头终究是不能见死不救，还没等别人看清是怎么回事，鹧鸪哨已经取出飞虎爪掷了出去。

飞虎爪是精钢打造，前边如同虎爪，关节可松可紧，后边坠着长索，可以远距离抓取东西。鹧鸪哨用飞虎爪抓住掉落到半截的小孩，一抖手又把他提了上来。

船上的人们看得目瞪口呆，鹧鸪哨刚把小孩抱起来，那些俄国人用五支黑洞洞的左轮手枪一齐对准了鹧鸪哨的头。

河里的波涛更急，船上的人都被转得头晕眼花，看来这船随时会翻。一众俄国人长期生活在中国，都知道船老大所言不虚，要不把孩子扔进河里喂王八，这船就别想动地方，这时见鹧鸪哨把已经扔下去的小孩又拉了回来，都忍不住掏出枪想解决掉这个横生枝节的家伙。

五个俄国人刚要开枪，忽听一阵机枪声传来，众人吓得一缩脖子，四处张望，心想，是谁开枪？

鹧鸪哨用口技引开他们的注意力，把小孩抛向了身后的了尘长老，同时从衣服里抽出两只德国镜面匣子，在大腿上蹭开机头，"乒乒乒乒乒"，子弹旋风般地横扫过去，五个俄国人纷纷中弹，倒在血泊之中。

船上的人们都看得呆了，一个个面如土色，一瞬间杀了五个人，速度快、枪法准也还罢了，那一身的杀气，杀这么多人连眼都不眨，真跟罗刹恶鬼一样。鹧鸪哨也不管别人怎么看，自己动手把那五个俄国人的尸体都扔进了河里。

不是有这么句话吗，神鬼怕恶人。五个俄国人的尸体一落入河中，那船竟然不再打转，又可以动了，原本开了锅似的河水也慢慢平息下来。鹧鸪哨让船老大立刻靠北岸停船。

船老大惊魂未定，哪里敢不依从，带着众船夫在河流平缓处停泊，放下跳板。

了尘长老已经把小孩还给了那女子，叮嘱她再不可胡言乱语，否则下次就没么好运气了。鹞鸪哨知道在众目睽睽之下杀了五个人这事闹大了，非同小可，必须离开大道赶快往人烟稀少处走。临下船的时候把那美国神父也带了下去，万一碰上军警，这个美国人可以当作人质；而且美国神父和那五个俄国人是同伙，五个俄国人被扔进黄河里毁尸灭迹了，官面上的人找不到他们的同伙，也不好着手追查。

鹞鸪哨同了尘长老挟持着美国神父落荒而走，好在这里已经离贺兰山不远，陆路走三四天便到，而且地广人稀，不容易撞到什么人。

美国神父托马斯开始以为自己被两个杀人犯绑架了，不住口地对他们宣扬上帝的仁慈，劝他们改邪归正，尤其是那老和尚，长得慈眉善目，想不到这么大岁数了还做绑票的勾当，不如改信上帝，信上帝得永生。

走了整整三天，托马斯发现这俩家伙不像是绑架自己，他们不停地往北走，好像要赶去什么地方，动机不明，便出口询问，要把自己带到哪儿去。

鹞鸪哨告诉美国神父托马斯："你被那些俄国人骗了，看他们携带的大批工具就知道是想去黑水城盗掘文物，他们听你说曾去过黑水城，而且见过那里的财宝，就想让你引路，到了目的地之后肯定会杀你灭口。我这是救了你，你尽可宽心，我并非滥杀无辜之人，等我们到黑水城办一件事，然后就放你走路，现在不能放你是为了防止走漏风声。"

美国神父对鹞鸪哨说道："快枪手先生，你拔枪的速度快得像闪电，真是超级潇洒。我也发现那些俄国人有些不对劲，他们说是去开矿做生意，原来是想去挖中国的文物，不过现在上帝已经惩罚他们了。"

鹞鸪哨问那美国神父，让他把在黑水城遗迹见到佛寺的情形说一遍。

美国神父托马斯反问道："怎么？你们也想挖文物？"

鹞鸪哨对这位神父并不太反感，于是对他说："我需要找一件重要的东西，它关系到我族中很多人的生死，这些事十分机密，我就不能再多对你讲了。"

美国神父说道："OK，我相信你的话。前几年我到黑水城遗址，走在附近的时候踩到了流沙，当时我以为受到主的召唤要去见上帝了，没想到掉进了一间佛堂里。那里有好多珍贵鲜艳的佛像，因为要赶着去传教，没有多看就爬出来走了，现在再去也找不到了。不过那个地方离黑水城的遗址很近，有六七公里。"

美国神父的话印证了鹧鸪哨的情报准确，而且看来黑水城通天大佛寺被埋藏得并不太深，只要找准位置，很容易就可以挖条盗洞进去。

传说黑水城通天大佛寺供着一尊巨大的卧佛，佛下的墓穴修了一座玄殿，准备用来葬人，后来被用作秘藏西夏宫廷的奇珍异宝，鹧鸪哨这次的目标就在那里。

黑水城的遗址并不难找，地面上有明显的残破建筑，一座座佛塔都在默默无闻地记录着这里当年的辉煌壮观。鹧鸪哨与了尘长老再加上美国神父托马斯三个人抵达黑水城的时候已将近黄昏，远处贺兰山灰色的轮廓依稀可辨。

矗立在暮色苍茫中的黑水城遗址显得死一般寂静，似乎死神扼杀了这里所有生物的呼吸，荒凉寂静的气氛让人无法想象这里曾经是西夏一代重镇。

了尘长老是个和尚，鹧鸪哨曾经一直扮作在道门的道人，美国人托马斯是个神父，这一僧一道加一个神父要去黑水城附近寻找西夏人的藏宝洞，连他们自己都觉得这实在是一个奇怪的组合。

在黑水城附近，三个人静静等候着清冷的月光洒向大地。这里是西北高原，空气稀薄，天上繁星闪烁，数量和亮度都比平原高出许多倍。

了尘长老抬头观看天星，取出罗盘，分金定穴。天空中巨门、贪狼、禄镰三星劫穴，均已端正无破，辅星正穴如真，吉中带贵，唯独缺少缠护，地上的穴象为蜻蜓点水穴，片刻之间便已找准方位。

了尘长老测罢方位，带着鹧鸪哨与美国神父借着如水的月光前往该处，指着地上一处说道："通天大睡佛寺中的大堆宝殿就在此处，不过……这里好像埋了只独眼龙。"

第二十五章
通天大佛寺

鹧鸪哨不懂风水秘术，所以没听明白了尘长老的后半句话是什么意思，便出言询问什么是独眼龙。

了尘长老看了看天上的月光说道："此处地下确实是贺兰山分出的支脉，端的是条潜行神龙，但是体形小得异乎寻常，并且只有龙头一处穴眼可以聚气藏风，故名为独眼龙，或称蜻蜓点水。紫气三星，若其形秀丽清新则主为忠义士夫，其形若高雄威武则主兵权尊重。紫气如树，最忌枝脚奔窜、山形崎岖、面部臃肿、山头破碎，凡此种种，均为恶形，葬之多生逆伦犯上之辈。由于黑水河改道，这穴的形势早已破了，龙头上的这处宝眼反而成了个毒瘤。如果里面葬了人便应了后者，着实麻烦得紧。"说罢，指了指天上如钩的冷月，接着说道，"你再看那月色，咱们今天出门没看皇历，不料今夜正是月值大破，逢月大破，菩萨都要闭眼。"

鹧鸪哨艺高胆更大，再加上族中寻找了千年的雮尘珠有可能就在脚下的通天大佛寺中，哪里还能忍耐到明天再动手，便对了尘长老说道："传说这通天大佛寺下是座空坟，既然是无主空墓，弟子以为也不必以常情度之，待弟子以旋风铲打开盗洞取了东西便回，咱们小心谨慎就是，料来也

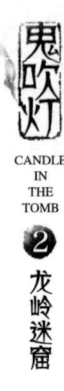

不会有什么差错。"

　　了尘长老一想也对，确实是多虑了，这座墓被西夏人当作了藏宝洞，既然没有主家①，便可以不依常理，什么鸡鸣灯灭不摸金，什么三取三不取、九挖九不挖，都不用考虑了，于是点头同意。

　　鹧鸪哨从包裹中取出一根空心铜棍，里面装有机括，棍身已经被人用手磨得发亮，也不知有多久远的历史了；又拿出九片精钢打造的波浪叶，似九片花瓣一般插在铜棍前端。铜棍前边有专门的插槽锁簧，钢叶一插进去就立刻被锁簧牢牢固定住。最后鹧鸪哨又在铜棍后装了一个摇杆，就组成了一把打盗洞的利器——旋风铲。这种工具可伸可缩，开洞的直径也能够自行调整扩大缩小。

　　鹧鸪哨转动旋风铲，在地下打洞，让美国神父托马斯帮忙把旋风铲带出来的沙土移开。美国神父托马斯无奈，一边干活一边抱怨："不是事先说好到地方就把我放了吗？想不到你们还给我安排了这么多小节目，要知道在西方神父是上帝的仆人，神职人员是不需要从事体力劳动的……"

　　鹧鸪哨同了尘长老也听不明白这美国人唠唠叨叨地说些什么，所以也不去理睬他，全神贯注地用旋风铲打洞。过了约莫一袋烟的工夫，旋风铲就碰到了通天大佛寺宝殿上的屋瓦，全是大片的青鳞琉璃瓦，边缘的瓦当上雕刻着罗汉像，非寻常屋瓦可比，一看就知道是一座大型寺庙的主要建筑。

　　因为那美国神父托马斯以前路过这里的时候，曾经踩塌了某处佛堂陷了进去，所以这么快就打通倒也不出鹧鸪哨的预料，心中却忍不住一阵喜悦。

　　鹧鸪哨在沙窝子里把青鳞琉璃瓦揭起了十几片扔到外边，用绳子垂下马灯，只见一层层木梁下面正是辉煌壮丽的大雄宝殿。"大雄"是佛教徒对释迦牟尼道德法力的尊称，意思是说佛像勇士一样无所畏惧，具有无边的法力，能够降伏"五阴魔、烦恼魔、死魔、天子魔"四魔。鹧鸪哨的马

---

① 指墓里没有死人。

灯看不清远处，只能瞧见正下方就是殿内主像"三身佛"。按佛教教义，佛有法身、报身、应身三身，也称三化身佛，即中尊为法身毗卢遮那佛，左尊为报身卢舍那佛，右尊为应身佛，即释迦牟尼佛。三身佛前有铁铸包泥接引佛像相对而立，两侧是文殊菩萨、普贤菩萨坐像。

　　西夏佛法昌盛，料来这大殿规模不会小到哪儿去。鹧鸪哨对了尘长老点点头，示意可以下去了。鹧鸪哨一向独来独往，本想自己一个人下去，了尘长老担心藏宝洞里有机关陷阱，并且有暗道、暗门之类的障眼物，对付那些东西原本就是摸金校尉们的拿手好戏，便要与鹧鸪哨一同下去，相互间也好有个照应。

　　于是二人各自服了一粒"串心百草丸"，用一壶"擎天露"送下，这些都是防止在空气不流通的环境中产生昏迷的秘药；再把摸金符挂在腕中，以黑布遮脸，穿了水火鞋，带上一应工具，就要动身下去。

　　鹧鸪哨忽然想起那个美国神父还戳在一旁，那托马斯神父虽然不像坏人，但是自己和了尘长老下去干活，上面留个洋人是不太稳妥的；他要万一有什么歹意却也麻烦，倒不如把这厮也带下去，他若乖乖听话也就罢了，否则就让这洋人去滚这藏宝洞中的机关。

　　鹧鸪哨心中计较已定便把美国神父扯了过来，准备给他也吃些秘药，好带他进藏宝洞。托马斯神父死活也不肯吃，认为鹧鸪哨要给他吃东方的神秘毒药，连忙捂住嘴。鹧鸪哨哪儿管他怎么想，用手指一戳神父的肋骨，美国神父痛得一张嘴，便被鹧鸪哨把丸子塞进了口中，他想要吐已经吐不出来了，只好无奈地对着天空说："噢，仁慈的主啊，原谅他们吧，他们不知道自己在做什么。"

　　鹧鸪哨不由分说便把美国神父托马斯推到佛殿屋顶的破洞中，取出飞虎爪要把他先缒下去。托马斯神父大吃一惊，这些野蛮的东方人给自己吃了毒药还不算完，还要搞出什么古怪花样？是要活埋不成？

　　了尘长老在旁劝道："这位洋和尚你尽管放心，老衲与你都是出家人，我佛大慈大悲，咱们出家人是慈悲为本，善念为怀，扫地不伤蝼蚁命，爱惜飞蛾纱罩灯，自然是不会加害于你。只是我们做的事情机密，不能走漏半点风声，所以请你同走一遭。事成之后，一定放你回去。"

托马斯神父听了尘长老这么说，稍觉安心，心想不管怎么说，中国的和尚也算是神职人员，没听过神职人员搞谋杀的，于是让鹧鸪哨用飞虎爪把他从破洞中坠进佛殿。

了尘长老与鹧鸪哨也随后下到大雄宝殿之中，亮起马灯四下里一照，果然是一座雄伟华美的佛殿。殿中供奉的佛祖法身上全是宝石，金碧辉煌，高座与莲花台上宝相庄严，殿内四周用三十六根大柱支撑，极为牢固。

了尘长老见了佛祖宝相立即跪倒叩头，念诵佛号。鹧鸪哨以前是个假道士，现在穿着俗家的服装，也跪倒磕头，祈求佛祖显灵保佑族人脱离无边的苦海，心中极是诚恳。

二人礼毕站起来四周查看，见前殿已经坍塌了，根本过不去，两侧的配殿都供着无数罗汉像，其中一边也塌落了多半间，那些罗汉像无不精美奢华，用料装饰皆是一等一的考究，每一尊都价值不菲，可见当年西夏国力之强，佛教之兴盛发达。

只是这些佛像同鹧鸪哨等人平时在各处寺庙中见到的有些不同，也说不出哪里不同，就是觉得造型上有些古怪。

了尘长老告诉鹧鸪哨："西夏人以党项族为主，党项人起源于藏地，后来辅佐唐王开疆拓土着实立下了不少汗马功劳，被赐国姓李。他们毕竟是少数民族，而且藏传佛教受印度的影响比内地要大许多，这些佛像穿着皆是唐装，形象上更接近佛教发源地的原始形态，不像内地寺庙中的佛像受汉文化影响很深，所以看起来有些许出入。"

鹧鸪哨同了尘长老一致认为西夏国的藏宝洞应该就在离大雄宝殿不远的地方，甚至有可能就在大雄宝殿之中。因为庙下修了座墓，既然是墓穴，当然要修在风水位上，且这条脉的穴位很小，所以范围上应该可以圈定在大殿附近。

美国神父托马斯跟着鹧鸪哨在殿中乱转，越看越觉得奇怪，怎么在这毫不起眼的不毛之地，他们随便一挖就能挖出一座庙宇。而且刚才在偏殿看了两眼，里面那些精美的罗汉造像似曾相识，好像前几年自己掉进去的洞窟就是那里。那是无意中进去的，隔了几年如果再想回去找肯定找不到，这个老和尚怎么看了看天上的星星就找得这么准确，这东方世界神秘而又不可思议的东西实在太多了。想到这些，托马斯神父心中便对了尘长老与鹧鸪哨二人多了几分敬畏之意，不敢再多嘴多舌地废话了。

三人就在通天大佛寺的大雄宝殿中转了两圈，几乎每一块砖瓦都翻遍了，却没有发现什么藏宝洞的入口。

鹧鸪哨对了尘长老说道："正殿之中未见异状，不妨去后殿找找。"

了尘长老点头道："既然已经进来了就不要心急，从前到后细细地寻找。这里名为通天大睡佛寺，可见后殿供的是尊卧佛，咱们这就过去看看。"

连接后殿的通道中彩绘着宋代的礼佛图，图中多以莲花点缀，观之令人清净无虑，出凡超尘，一洗心中的世俗之念。

鹧鸪哨近来常和了尘长老在一起，听了不少佛理，心中那股戾气少了许多，此刻身处这地下佛堂圣地忽然产生了一种乏累的感觉，一时间心中对倒斗的勾当有种说不出的厌倦，只希望这次能够顺顺当当地找到雮尘珠，了却大事，日后就随了尘长老在古刹中清修度此余生最好。

但是这种念头转瞬即逝，鹧鸪哨心中比谁都清楚，这时候万万不能有一丝松懈怠慢，眼下要集中全部精力找到西夏藏宝洞的入口。

这般边走边想就行至后殿，果然不出了尘长老所料，后殿更是宏伟，一座由七宝装点的巨大石佛横睡在殿中。

一般的大型卧佛都是依山势而修，有的是整个起伏的山峰经过加工，更有天然生成的佛态。其大矗天接地，其小又可纳于芥子之内——其大无外，其小无内，无不表示了佛法的无边境界。

然而后殿中的这尊巨大睡佛比起那些以山脉修成的可就小得多了，但是和一米多高的常人相比又显得太大了，其身长足有五十余米，大耳下垂，安睡于莲台之上。

睡佛殿中两侧各有一个青瓷巨缸，里面满是已经凝结为固体的"郁曧龙涎膏"，这种灯油可以连续燃烧百余年不灭，供奉佛祖的长明琉璃盏也是用这种灯油，但是现在早就油尽灯枯了。

睡佛殿中还有许多石碑，刻的全是繁杂无比的西夏文，应该都是些佛教典故之类的碑文。鹧鸪哨前后转了个遍，最后把目光落在大睡佛身上，对了尘长老说道："这睡佛姿势不对，弟子认为其中必有古怪。"

了尘长老看罢多时，也觉得睡佛有问题，说道："嗯……你也瞧出来了，不愧是搬山分甲的高手。这佛头是个机关，看来那藏宝洞的秘道就连在这佛头上了，这机关的构造一时间还瞧不明白，动它的时候小心会有危险。"

鹧鸪哨领了个诺，双手合十对睡佛拜了两拜，然后飞身跳上佛坛。只见那睡佛的嘴唇上有条不太明显的缝隙，似乎可以开合，若不是摸金或搬山的高手根本不会留意到这处细节。

佛口中很可能就是通道的入口，而且一旦触发就会有飞刀暗箭之类的伤人机关。鹧鸪哨仔细端详了一遍就已经对这道机关了如指掌了，入口处应该不会有什么暗器，只不过是一个套桶式的通道接口，于是招呼美国神父托马斯帮忙，两人扳动莲花坛中间一层的花瓣。

猛听"咔嚓"几声闷响，睡佛的巨大佛口缓缓张开，睡佛是面朝大门，佛口中垂直地露出一个竖井。竖井壁上安有悬梯，可以从梯子上攀缘向下。

托马斯神父看得莫名其妙，连连赞叹太神奇了，这回不用鹧鸪哨动手就主动要爬进竖井看看里面还有什么名堂。

鹧鸪哨知道这藏宝洞原本是处西夏重臣的坟墓，后来掩藏了西夏宫廷的奇珍异宝，要是埋死人的地方也就罢了，墓室内放了这么重要的珍宝必定有极厉害的机关，让美国神父先进去等于让他去送死。这位神父为人不错，鹧鸪哨不忍让他就此死在墓道之中，便把他拦在身后，让他跟着自己，了尘长老断后，按这个顺序下去。

西夏古墓具有特殊性，几乎没什么盗墓者接触过，里面的情况谁都不知道，只知道其受汉文化影响深远，只好进去之后凭经验走一步看一步了。了尘长老知道鹧鸪哨是搬山破甲的行家里手，有他在前边开路，步步为营，必不会有什么差错。

鹧鸪哨为了探测下面的气流，将马灯交与了尘长老，自己把磷光筒装在金刚伞上。金刚伞是摸金校尉用来抵御墓中暗器的盾牌，通体钢骨铁叶，再强劲的机弩也无法穿透。磷光筒是一种探测空气质量与照明合二为一的装置，拿现代科学来解释的话可以看作一种生物光，就像萤火虫，还有一些发光的海洋生物。磷光筒里面是用死人骨头磨成粉，配上火绒红艾草的碎末，点燃之后发出蓝色的幽冷光芒，装满了可以维持半个时辰。

鹧鸪哨以磷光筒照明，下面用飞虎爪坠着金刚伞护身，沿着梯子慢慢下行，不多久便觉得胸口憋闷，看来这下边是处封闭的空间，若不是用了秘药，一定会窒息昏迷摔下去跌死。

鹧鸪哨抬头问上面的了尘长老与美国神父怎么样，是否需要先上去等下面换够了气再下来，那二人示意无事，这种情况还在忍受范围之内，已经爬了一多半了，就接着下到底吧。

鹧鸪哨向竖井下爬了约有一盏茶的时间就下到了底。

竖井下四周都是冷森森的石墙，非常干燥，鹧鸪哨举着磷光筒一转，想看看周围的状况，忽然对面悄无声息地转出一位金盔金甲的武士，横眉立目，也不搭话，双手举着锋利的开山大斧对准鹧鸪哨兜头便剁。

第二十六章
白骨

鹞鸰哨应变神速，在竖井中见忽然有一位金甲武士举着开山大斧要劈自己，立刻大叫一声，身体向后弹出，贴在了身后的石壁上，同时撑开了金刚伞护住头脸，二十响的镜面匣子也从腰间抽了出来，枪身向前一送，利用拿金刚伞的左手蹭开机头，摆出一个攻守兼备的姿势，用枪口对准对面的金甲武士。

鹞鸰哨刚才因何要大叫一声？盖因外家功夫练到一定程度，如果做激烈的运动，就会身不由己地从口中发出特异声响，这是和人体呼吸有关，如果不喊出来就容易受到内伤，并不是因为害怕而大喊大叫。

鹞鸰哨吼这一嗓子不要紧，但是把还没爬下梯子的神父托马斯吓了一跳，神父脚下一滑，从梯子上掉了下来。

鹞鸰哨听头上风声一响，知道有人掉下来了，急忙一举金刚伞，把掉下来的美国神父托了一下，好在距离并不太高，托马斯神父被金刚伞圆弧形的伞顶一带，才落到地上，虽然摔得腰腿疼痛，但是并无大碍。

与此同时，鹞鸰哨也借着蓝幽幽的磷光，瞧清楚了那位手举开山大斧的金甲武士，原来是一场虚惊，那武士是画在石墙上的辟邪彩画，不过这幅画实在太逼真了，色彩也鲜艳夺目，那武士身形和常人相似，面容凶恶，须眉戟张，身穿金甲，头戴金盔，威武无比，而且画师的工艺精湛到了极点，金甲武士的动作充满了张力。虽然是静止的壁画，但画中人物，冷眼一看，真就像随时会从画中破壁而出。

这时，了尘长老也从竖井中爬了下来，看了那武士壁画也连连称绝。了尘长老与鹧鸪哨二人仔细看了看那壁画上武士的特征，可以断定这位金甲将军是当年秦国的一员大将，姓阮名翁仲，神勇绝伦，传说连神鬼都畏惧他。唐代开始，大型的贵族陵墓第一道墓墙上都有翁仲将军的画像，就像门神的作用一样，守护陵墓的安全。

但是这种暴露在陵墓主体最外边的彩色画像，很容易受到空气的剥蚀，年代久了，一有空气画中的色彩就会挥发。而且鹧鸪哨等盗墓者倒斗的时候，多半是从古墓的底部或者侧面进入，很少会经过正面墓门，所以对这位传说中的守墓将军翁仲也只是听说过，今日才是第一次看到，便不免多看了几眼。

鹧鸪哨对了尘长老说道："师父，这西夏人的墓穴果然是受中原文化影响深远，连古代秦国的将军都给照搬过来。看来这画有守墓将军的墙壁，应该就是通天大佛寺的古墓石门，咱们现在所处的位置，已经是玄门了。"

了尘长老举起马灯，看了看那面画有翁仲的石墙，点头道："墙上有横九纵七的门钉，确实是道墓门……"话音未落，只见那石门上的金甲翁仲闪了两闪，就此消失。

托马斯神父进了这阴森可怖的地道，正神经紧张，忽见在马灯的灯光下，墙上的金甲武士忽然在眼皮底下没了，大惊失色，连连在胸口画着十字。

了尘长老对托马斯神父说："洋和尚，不必惊慌，这里空气逐渐流通，那些画上的油彩都挥发没了，并非鬼神作怪。"

托马斯神父惊魂未定，只觉得这地方处处都透着神秘诡异的气息，就连全知全能的上帝大概都不知道这石门后边的世界是什么样子的，今天被这两个中国人硬带进来，可真是倒霉透了，说不定这地下的世界是通往撒旦的领地，又或者里面有狼人、吸血鬼、僵尸一类的。托马斯虽然是神父，而且信仰坚定，但是始终改不了面对黑暗的恐惧感，他心里也经常自责，认为大概还是自己的信仰不牢固，今天这次遭遇也许是上帝对自己的一次锻炼，一定要想方设法战胜自己畏惧黑暗的心理，然而这种与生俱来的心理是很难在短时候内克服的。

鹧鸪哨没空去理会那美国神父此刻复杂的心情，仔细察看了一下古墓的玄门，知道这是一道流沙门。这种墓门的设计原理十分巧妙，墓门后有大量的沙子，安葬墓主之后，从外边把石门关上，石门下有轨道，石门关闭的时候，带动门后机关，就会有大量沙子流出，自动回填门后的墓道，用流沙的力量把石门顶死，整条墓道中也被流沙堆满。这样在回填墓道的同时，也给墓门加上了道保险，石门虽然不厚，却再也不可能从外边推开。

不过随即鹧鸪哨与了尘长老发现了一个小小的细节，这个细节很容易被忽视，就是石门下的缝隙，没有散漏出来的沙子。因为玄门不管做得多巧妙精密，门下由于要留条滑轨，所以必定有一点缝隙，流沙门关闭的时候，总会有少量的细沙在缝隙里被挤出来。

这个没有细沙的情况，很明显说明门后的流沙机关没有激活。如果说是按照死者入葬的情况，这就显得有些不可思议。但是这墓里没有葬人，里面全是西夏宫廷的奇珍异宝，西夏人准备将来复国之后，还将这些东西取出来，所以不能把墓门彻底封死。

这就省去了许多手脚，不用再打盗洞进去，直接推开石门就能从墓道进入墓室的藏宝洞，鹧鸪哨、了尘长老与美国神父三人一齐用力推动玄门。

那玄门并没有封死，而且门后的流沙机关被人为地关闭了。虽然石门沉重，但这石门并不是帝陵中那种千斤巨门，只不过是贵族墓中墓道口的一层屏障，也只不过几百斤的力道。三人还未使出全力，就把石门推开了一道缝隙，其宽窄可以容得一人进出。

鹧鸪哨举着金刚伞当先进了玄门，随即射出一只火灵子，火光一闪，把整条墓道瞧了个清楚，之间两侧的蓄沙池中根本就没有装沙，里面空空如也。墓道地面上的墓砖铺得平平整整，鹧鸪哨知道墓道越是这样平整有序，越是暗藏危机，里面很可能有暗箭、飞刀、毒烟一类的机关埋伏。

了尘长老也在后边嘱咐鹧鸪哨要加倍提防,流沙门没有封死,有可能因为西夏人急于奔命,匆忙中无暇顾及。反正这大佛寺已经被恶化的自然环境吞噬,地面没有标记,不知道究竟的人根本找不到,也有可能是个陷阱,令进入玄门的盗墓贼产生松懈的情绪。俗话说"玄门好进,玄道夺命",有些玄门虽然厚重巨大,后面有石球流沙封堵,但那些都是笨功夫,只要有足够的外力介入,就可以打开。真正的机关暗器第一是在墓室中,其次就是墓道,这两个都是盗墓贼必经的地点。

鹧鸪哨自然是不敢大意,毕竟从没进过西夏人的墓穴,凝神屏气,踩着墓砖前行。墓道长度有二三十丈,尽头处又是一道大门。

这道门附近的情况非比寻常,那门又高又宽,造成像城门一样的圆拱形,占据了整个墓道的截面。大门整体都是用白色美玉雕成,没有任何花纹,上面刻着很多西夏文,鹧鸪哨等人虽然不认识这些字是什么意思,但是推想应该是某种佛教经文。玉门上横着一道铜梁,正中挂着一把巨锁,没有钥匙,门后面一定就是作为藏宝洞的墓室了。

奇怪的是,正面的白玉门两侧各有一个很深的拱形圆洞,看样子很深,鹧鸪哨包括了尘长老从来没有见过墓道中有这种形式的洞穴,但是很明显这两个大小完全一样,对称地修在两侧的圆洞是人工的,修砌得十分坚固。四壁的地板平滑如镜,高宽都是丈许,绝非匆忙所为,应该是当初设计整座陵墓之时便预先设计的,与陵墓是一个整体。

凭了尘长老的经验判断,这可能是道机关,同鹧鸪哨分析了一下,鹧鸪哨对了尘长老道:"玉门上有把铜锁,弟子善会拆锁,只恐怕一旦铜锁被破坏,会引发机关埋伏……"

了尘长老一摆手,说道:"依老衲看来这锁开不得,玉门上安装一把铜锁,未免有画蛇添足之嫌,能进到墓室之前的人,怎会被这区区一把铜锁拦住?传说北宋有连芯锁,你且看看这锁身是否同玉门连在一起,若是,一动这把锁肯定会有毒烟这类的机关启动。"

鹧鸪哨没敢去动锁身,小心翼翼地反复看了看,果然铜锁与玉门上的铜梁连为一体,别说开锁,一碰这锁就会引发某种机关,被射在门前。鹧鹧鸪哨看到此处，不由得直冒冷汗，自己一向小心谨慎，今日不知为何心急如火，若不是了尘长老识破机关，此刻自己早已横尸就地了。

了尘长老此刻已经看出端倪，对鹧鸪哨说道："看来玉门就是个幌子，别看用料这么精美，但只是一道假门，绝对不能破门而入，两侧的拱洞肯定也有机关。这座西夏古墓规模不大，却布置精细，若想进墓室只有从墓道的下边进去了。西夏人再怎么古灵精怪，也脱不开风水五行阴阳理论的影响，这条墓道的理论只不过是利用了四门四相，照猫画虎。咱们脚下的石板肯定是活动的，可以从下边进入墓室，如果不出所料，应该是唯一的入口。"

鹧鸪哨按照了尘长老的吩咐，将墓道下的墓砖一块块启下来，果然露出好大一个洞口，直通玉门后的墓室。这西夏人的雕虫小技，确实瞒不过了尘长老这位倒斗元老的法眼。

仍然由鹧鸪哨撑着金刚伞在前面开路，三人从地道钻进了墓室。地道中悬挂着一块巨大的黑色石头，像是个黑色的蜂巢。鹧鸪哨与了尘长老都不知道那是什么，借着磷光筒瞧了瞧，似石似玉，不知道是个什么东西，都觉得还是不碰为好，从侧面慢慢地蹭过去。

一进墓室都觉得眼前一亮，六丈宽的墓室中珠光宝气，堆成小山一样的各种珍宝，在磷光筒的蓝光中显得异常炫目，其中最显眼的是正中间一株嵌满各种宝石的珊瑚树，宫廷大内的秘宝，果真不是俗物。另外无数经卷典籍，大大小小的箱子，西夏皇宫里那点好东西可能都在这里呢。

美国神父托马斯瞧得两只眼睛都直了，跟了尘长老商量，能否拿出一两样，随便一件东西就可以在外面建几所教会学堂，给流浪的孩子们找个吃饭上学信教的去处。

了尘长老对美国神父说道："如此善举有何不可？不过这些东西都是国宝，惊动不得。老衲出家之前也有些家产，如果想建学堂，老衲可以倾囊相助，反正出家人四大皆空，留着那些黄白之物也没有用处。"

鹧鸪哨只对雮尘珠挂心，别的奇珍异宝虽然精美，在他眼里只如草扎纸糊一般，踩踏着遍地珠宝向前走了几步，忽然停下脚步，转头对身后的了尘长老说道:"糟了,这藏宝洞中有个死人。"

之前判断这座空墓里不会有死人,忽然听鹧鸪哨这么说,了尘长老也吃了一惊,快步走到前边观看,只见墓室角落有一具白生生的人骨。那骨架比常人高大许多,白骨手中抓着一串钥匙,身后摆着一尊漆黑的千手佛,非石非玉,磷光筒照在上面,一点光芒也没有,与前面的白骨相映,更是显得黑白分明,令人不寒而栗。

了尘长老见了这等情形,心中一沉:大事不好,今夜月逢大破,菩萨闭眼,所有的法器都会失去作用。如果这西夏藏宝洞中有阴魂未散,我等死无葬身之地了。更奇的是,这里怎么会有一尊千手千眼的……黑佛?

第二十七章
黑佛

鹧鸪哨见到那具死人白骨，便有种不祥的预感，听了尘长老语气沉重，知道非同小可，便问："师父，什么是菩萨闭眼？"

了尘长老说道："月有七十二破，今夜适值大破，出凶偿邪，传说这种天时，地面上阳气微弱，太阴星当头，最是容易有怪事发生，倒斗的哪儿有人敢在这种时候入墓摸金。老衲初时以为这是座无主的空墓，想不到里面竟然有具尸骨，更邪的是白骨后面的千眼黑佛，这尊黑佛不是寻常之物，墓中若有阴藏的邪灵，咱们的黑驴蹄子和糯米等物，在今晚都派不上用场，咱们快退。"

鹧鸪哨虽然不舍，但是也知其中厉害，当下便不多言，同了尘长老与美国神父一起，转身要从玉门下的地道回去。

三人转身向后撤退，后队变作了前队，美国神父托马斯就走在了最前边。托马斯神父见那二人要出去，实在是求之不得，立马找到地道口，点亮了鹧鸪哨先前给他的一支蜡烛照明，要跳进去跑路。

走在第二位的了尘长老大叫一声："不好。"伸手拉住托马斯神父的衣领，把他扯了回来，只见地道中忽然喷出一团浓重的黑雾，要是了尘长老动作稍微慢上半拍,托马斯神父必然被那黑雾碰到,只要晚一步,大概现在虔诚的神父已经去见他的上帝了。

鹧鸪哨与了尘长老都知道这是古墓中的毒烟。唯一的通道都设置了如此歹毒的机关,可见西夏人之阴狠狡诈,不知道三人中是谁碰到了机括,这才激活了毒烟机关。多亏了尘长老虽然老迈,但经验极其丰富,这才救了托马斯神父的命。

这种黑色毒烟可能是用千足虫的毒汁熬制的,浓而不散,就像凝固的黑色液体。黑雾从地道中越喷越多。鹧鸪哨等三人虽都服了克毒的秘药,但摸金校尉的秘药多半是为对付尸毒所制,对付这么浓的毒烟,能不能有什么效用殊不可知。

眼见浓烈的黑色毒烟来得迅猛,三人不敢大意,只好退向墓室中有人骨的角落。但是这里无遮无拦,退了几步就到了尽头,如何才能想办法挡住毒烟,不让其进入古墓后室?

鹧鸪哨与了尘长老对于没有退路并不担心,身上带着旋风铲,大不了可以反打盗洞出去,但是挡不住毒烟,一时片刻便会横尸就地。

纵然是以鹧鸪哨的机智与了尘长老的经验,也束手无策,若是普通的毒烟只需要屏住呼吸,借着红奁妙心丸的药力,硬冲出去即可,然而这黑色毒烟之浓前所未见。三人自从进了墓道便小心谨慎,不可能触发什么机关,谁也想不通这些黑烟究竟是怎么冒出来的。

身后就是墓室的石壁,鹧鸪哨等三人后背贴住墙壁,任你有多大的本领,在这里也无路可退,只好眼睁睁地看着黑色浓烟慢慢迫近过来。

托马斯神父见了这等骇人的毒雾,惊得面如死灰,一时间也忘了祈求上帝保佑。鹧鸪哨在旁边推了推托马斯神父的肩膀问道:"喂,拜上帝的洋和尚,现在火烧眉毛,你主子怎么不来救你?"

托马斯神父这时候才想起来自己是个神职人员,强作镇定地说道:"全能的天父大概正在忙其他的事情,顾不上来救我。不过我相信我死后必定会上天堂,活着并不重要,重要的是死后能上天堂,信上帝得永生。"

鹧鸪哨冷笑道:"哼哼,原来你家主子这么忙。我看既然他忙不过来,说明他不太称职,那还不如让一只猴子来做上帝,猴子的精力是很充沛的。"

托马斯神父听鹧鸪哨说上帝还不如猴子,立即勃然大怒,刚要出言相向,却听鹧鸪哨接着说道:"洋和尚,你要是现在肯皈依我佛,不再去信那上帝,我就有办法让你不死。如果你不答应,最多一分钟,毒雾就会蔓延到这里。除非你不是血肉之躯,否则最多一分钟,你就会被毒烟熏得七窍流血而死。"

托马斯神父说道:"现在死到临头,你还能如此镇定,我对你表示敬佩,不过也请你尊重我的信仰……不过……不过,信菩萨真的可以活下去吗?你莫不是在骗我?"

了尘长老也已经发现了毒烟的关键所在,听鹧鸪哨言下之意,他应该也想出脱身之策了。了尘长老见在这种千钧一发的紧要关头,鹧鸪哨还有心思和那美国神父开玩笑,也不由得佩服他的胆色。

原来鹧鸪哨眼见前边已经完全被黑雾覆盖,下意识地贴住墙壁,感觉身边一凉,碰到一物。侧头一看,却是墓室壁上的一个灯盏,这位置应该是在棺椁顶上悬着的长明灯。

如今墓里没有棺椁,只是在壁上嵌着一盏空灯,鹧鸪哨和了尘长老的眼是干什么使的,一眼就看出来这灯的位置有问题。依照常规,长明灯都是在三尺三寸三的位置,而这盏灯的高度显然低了一块,也就是低了那么半寸,灯台的角度稍稍向下倾斜,这肯定是个暗墙的机关。只要把灯台向上推动,整个墓墙就会翻转,打开藏在后室中的密室。密室修得极为隐蔽,这地方又名"插阁子",那里是用来放墓主最重要的陪葬品的。即使古墓遭到盗墓贼盗窃,这密室中的明器也不容易被盗墓贼发现。

鹧鸪哨胆大包天,间不容发之时,仍然出言吓了吓那洋神父,见他宁死不屈,不肯舍弃上帝改信佛祖,倒也佩服他的虔诚,心中颇有些过意不去。前边墓室中的黑雾越来越浓,鹧鸪哨也不敢过于托大,抬手抓住长明灯,向上一推,那盏嵌在墙壁上的长明灯果然应手而动,耳中只听咯噔一串闷响,三人背后贴住的墙壁向后转了过去。石壁上的尘土飞扬,落得众人头上全是灰土。

墙后是一间仅有两丈宽高的古墓插阁子，带有机关的活动墙一转，把那千手黑佛与倒在墙边的白骨都一并带了进来。这间插阁子不像外边墓室中有那么多珍奇珠宝，只有一只上了锁的箱子。

鹧鸪哨顾不上细看，便把墓室地砖启掉两块，把下面的泥土抹到机关墙的缝隙上，以防外边的黑色毒烟从墙缝进来，而且发现这间插阁子地下的土质相对来讲比较松软，有把握一个时辰之内反打盗洞出去，这里的空气维持这么短的时间应该不成问题。

了尘长老倒了一辈子斗，对于这种狭窄的墓室一点都不陌生，见鹧鸪哨一刻不停，马上用旋风铲开始反打盗洞，于是手捻佛珠，便盘膝坐下静思。

托马斯神父见鹧鸪哨与了尘长老一静一动各行其是，谁也不说话，便忍不住问了尘长老："你有没有发现，外边的黑色雾气里有东西？我看好像不太像毒气。"

了尘长老闭目不语，过了片刻才缓缓睁开眼睛，对托马斯神父说道："怎么，你也看见了？"

托马斯神父点头道："我最后被翻板门转进来的那一刻，离黑烟很近了，看那黑烟里面好像是有一个人形，特别像是尊佛像，那究竟是……"

鹧鸪哨正在埋头反打盗洞，听了托马斯神父和了尘长老的话，也忍不住抬起头来，在墙壁转进插阁子的一瞬间，他也看到了黑雾中的那种异象。

了尘长老想了想，指着靠墙的那尊多手黑佛造像，说道："那黑佛传说是古汝怯供奉的邪神，专司操控支配黑暗，信奉黑佛的邪教早在唐末就已经被官府剿灭，想不到西夏宫廷中还藏了一尊黑佛造像，这尊黑佛的原料有可能是古波斯的腐玉。传说这种腐玉是很罕见的一种怪石，有个玉名，却不是玉，任何人畜一旦触碰到腐玉，顷刻间就会全身皮肉内脏都化为脓水，只剩下一副骨架，死者的亡灵就会附到黑佛上，从而阴魂不散。"

鹧鸪哨看了看那副白森森的人骨，对了尘长老说道："看来这具白骨生前可能是个忠心的侍卫，自己选择留在藏宝洞中，触摸腐玉而死，守护着洞中的宝物。咱们三人遇到突如其来的黑色浓烟，也许根本不是毒烟，而是……"不说下去，大伙也都明白什么意思。

了尘长老让鹧鸪哨与托马斯神父千万不可让自己的皮肤接触到黑佛造像，赶紧打穿盗洞离开，若真有黑佛邪灵作祟，这区区一间插阁子肯定挡它不住。了尘长老想起来那具人骨手中抓着一串钥匙，便顺手取下。插阁子里有个箱子，说不定里面就是雹尘珠，这串钥匙是不是有一把是开这口箱子的？不妨开个试试。

　　了尘长老点亮了蜡烛，在这插阁子里也用不着寻什么东南角落了，只要能有些许光亮便好，拿起钥匙一试，果不其然，其中一把钥匙刚好可以打开箱子上的锁头。鹧鸪哨的盗洞已经反打出去一丈有余，上来散土的时候见了尘长老把箱子打开了，也忍不住要看看里面是否有雹尘珠，便停下手中的旋风铲，与了尘长老一起揭开箱子，然而箱中只有一块刻满异文的龟甲。

　　鹧鸪哨本来满心热望，虽然心理上有所准备，但仍然禁不住失落至极，似乎是三九天被当头淋了一盆冰水，从头到脚都寒透了，愣在当场，觉得嗓子眼一甜，哇地吐出一口鲜血，全喷在龟甲之上。

　　了尘长老大惊，知道鹧鸪哨这个人心太热，事太繁，越是这样的人越是对事物格外执着，心情大起大落就容易呕血，担心鹧鸪哨会晕倒在地，连忙与托马斯神父一同伸手把他扶住。

　　却在此时，了尘长老发现，墙边上那尊黑佛，全身的眼睛不知什么时候竟然全都张了开来，黑佛身上的百余只眼睛，在黑暗中注视着三个闯入藏宝洞的盗墓者，散发出邪恶怨毒的气息。

第二十八章
虫玉

那黑佛说是千手千眼，实际上只是名目，并不是造像上当真有一千只手、一千只眼。腐玉制成的黑佛造像高如常人，背后有数十只或持异型法器或掐指诀的手臂。造像全身有百余只眼睛，原本都是闭合着的，这时突然睁了开来；那些眼睛没有瞳仁，却像有生命一般纷纷不停地蠕动。

托马斯神父被黑佛身上无数蛆虫一样的眼睛吓得手足无措，忙问了尘长老："这……这是什么？这些眼睛什么时候睁开的？这是眼睛还是虫子？"

了尘长老虽然见多识广，但是那腐玉与黑佛他从未亲眼见过，只是听前辈们提起过世间有这么两样东西，而且绝迹已久，那些前辈也不知道其中究竟，所讲述的内容十分有限。难道这黑佛中当真有死者不散的亡灵吗？否则黑佛怎么像有生命一样……

只见黑佛造像的数百只怪眼中冒出一股股浓得像凝固的黑色雾气，这些黑雾在插阁子中凝聚为一体，借着蜡烛闪烁的光芒，可以看到黑雾的轮廓像是一尊模模糊糊的黑佛造像。

这时候，刚吐过血的鹧鸪哨也恢复了神志，见了这恐怖的黑雾，与了尘长老、托马斯神父都是一般吃惊。古墓中奇怪诡秘的事物一向不少，鹧鸪哨在盗墓生涯中见过很多，很难有什么再让他感到惊奇的事物，然而这黑雾实属出人意料，要不是亲眼见到，哪里会相信世上有如此邪门的事情。

托马斯神父觉得那就是恶灵，取出一瓶圣水，拨开瓶盖，抬手泼向黑雾。那股泼墨般的黑雾原本移动得十分缓慢，见有水泼来，黑雾突然迅捷无伦地由中间裂开一个大洞。托马斯神父的圣水都泼了个空，穿过黑雾中的大洞落在了墓室的地上。黑雾中裂开的大洞刚好在佛像轮廓的中间，好像是黑佛张开了黑洞洞的狰狞大口，在无声地对着三个人咆哮。

鹧鸪哨见黑雾好像惧怕托马斯神父的圣水，便让托马斯神父再泼一些，托马斯神父耸了耸肩说道："没了，就这么半瓶。"

了尘长老手持佛珠说道："洋和尚的手段倒也了得，原来这邪雾惧怕法器。看来大破之刻已过，歪魔邪道安能奈我何，且看老衲来收它。"说完把手中的佛珠串绳扯断，将佛珠劈头盖脸地砸向黑雾。

没想到这次那浓重异常的黑雾没有任何反应，被佛珠砸中浑如不觉，继续缓缓向前推进。了尘长老暗自纳罕："这当真怪了！难道我佛无边法力竟然不如西洋圣水？唉，这……这是什么世道啊！"

鹧鸪哨见了尘长老发呆，连忙拉了他一把，三人被黑雾所迫不得不向后退避。这种黑雾自腐玉中放出，碰上它有两种可能：一种是像那具白骨架子一样，全身皮肉内脏即刻腐烂，化为脓水，只剩一副骨架；另一种可能是那黑雾就是了尘长老所说的其中有阴魂作祟，生人一碰到即被恶灵所缠。不管是哪一种都是惨不可言。

身体已经退到了墙角，再无任何退路，望着缓缓逼近的黑雾，鹧鸪哨心知大限已到，对了尘长老说道："弟子今日拖累恩师，百死莫赎。"

了尘长老刚要对鹧鸪哨说些精妙佛理以表示自己对生死之事早已超然，却发现面前不远处像堵墙一样的黑雾不是奔着他们三人来的，而是扑向另一边墙角的蜡烛而去。摸金校尉对蜡烛有种本能的反应，心中打了个突："这些黑雾为什么移向蜡烛……"

鹧鸪哨也发现了这一情况："黑雾……"

第二十八章 虫玉

　　了尘长老、托马斯神父与鹧鸪哨几乎异口同声地说道："蜡烛！"

　　初进古墓之时，鹧鸪哨用的是金刚伞上的磷光筒照明，磷光散发的是蓝光，是一种冷光源，没有任何温度，所以自从进了古墓一直到见到黑佛与那副白骨都没发生什么异常。只是想退回去的时候，原本走在最后的托马斯神父就变成走在最前面的人，他当时点燃了鹧鸪哨给他的蜡烛照路，突然从玉门下的地道中冒出黑雾。众人被黑雾逼进插阁子躲避，直到了尘长老点了蜡烛照明打开箱子，那尊多手多目黑佛就突然出现变化，佛身上睁开眼睛，冒出一股股的黑烟。

　　没错，一定是温度，虽然不知道什么原理，但是这些黑雾便像是扑火的飞蛾一般被蜡烛的温度引了出来。一定是墓室中的空气达到一定温度它才会出现，而且必须是足够高的温度，如果不点蜡烛、火把之类，这种黑雾很可能根本不会出现。这些黑雾似乎是处于一种沉睡状态，一旦被火焰的高温唤醒，就会把墓室中所有超过物质温度的目标都消灭才会平息。

　　黑雾果然是先以地面的蜡烛为目标。浓重的黑色雾气看似无形，实则有质。顷刻间，蜡烛的火苗就被黑雾吞没，墓室中立即漆黑一团。

　　鹧鸪哨等人见此情景，知道黑佛中散出的黑雾在吞没蜡烛之后立刻就会寻找温度次于蜡烛的目标，那肯定就是插阁子中的三个活人。

　　（书中插文：腐玉，又名蟦[①]石，或名虫玉，产自中东某山谷，是种很奇怪的东西。这种虫玉本身有很多种古怪的特性，一直是一种具有传奇色彩的神秘物质，极为罕见。古代人认为这种有生命的奇石是有某种邪恶的灵魂附在上面，只要在虫玉附近燃烧火焰，就会从中散发出大量浓重得如同凝固在一起的黑色雾气；黑雾过后，附近所有超过一定温度的物质都被腐蚀成为脓水。并不是了尘长老听说的那样一触摸虫玉人体就会化为脓水，而必须先由高温引出黑雾，黑雾才会对附近的物质产生腐蚀作用，虫玉本身并没有这种效果。

[①] 蟦，音 féi，古代指某些昆虫的幼虫。

古代曾有一个邪教利用虫玉中散发出的黑雾会形成一个模糊的多臂人形轮廓这一特点，将那个人头的轮廓具象化，造成暗黑佛像，宣称黑暗终将取代光明，吸纳了大批信徒，后来此教遭到彻底剿灭。从那以后，本就十分罕见的虫玉也一度随之从世间消失，直到一九八六年才在一次联合考古活动中，在土耳其卡曼卡雷霍尤克遗迹中重新发现了这种在古代文献记录中才存在的奇石。至于这尊黑佛为什么会出现在卡曼卡雷霍尤克遗迹已不可考证，只能判断有可能是古代流传到那里的。

虫玉的秘密在十九世纪末被美国科学家破解，其实这层神秘的窗户纸一捅即破，就是类似中国的冬虫夏草。所谓冬虫夏草，是真菌冬虫夏草寄生于蝙蝠蛾幼虫体上的子座与幼虫尸体的复合物，正如其名，冬天为虫，夏天为草。而虫玉则是常温如石似玉，有火焰引发高温就会变成虫，一大团聚集在一起的黑色虫子极为细小，单个的蟥虫用肉眼勉强可以分辨，大批聚集在一起就很像黑色的浓烟。平时处于一种僵死状态，大批的蟥虫尸体叠压在一起就好像黑色的玉石，外壳内部的虫尸在感应到附近空气温度的急剧变化时会有一个加速蜕变的过程，脱去白色的尸皮，聚集在一起飞出来。这些破茧而出的蟥虫会通过不断死亡来分泌出大量具有腐蚀性的液体吞噬附近所有高温的物体，包括火焰，都可以被虫尸的液体熄灭。

从某种程度上讲，虫玉可以说是很犀利的陵墓守护者，从石中出现的无数蟥虫形成一张虫帐，足可以覆盖整个墓室的面积。

当然鹧鸪哨与了尘长老两个人都是迷信思想十分严重的摸金校尉，第一次见到传说得很邪的虫玉，加上那个时代还没有破解虫玉之谜，所以在他们看来眼前这种现象一定就是有恶灵作祟。）

鹧鸪哨等三人已经识破了黑雾会优先攻击温度高的目标，为了引开这团黑雾，随手点燃了几支蜡烛，那黑雾被蜡烛的热量引到墙角，墙角与古墓插阁子中的翻板墙露出一大块间隙。

了尘长老等人进古墓之前吃了红奁妙心丸，这种秘药可以降低人体体温和延缓人体呼吸节奏，所以黑雾在被蜡烛的温度吸引之时不会轻易察觉这三个活人。鹧鸪哨见眼下反打盗洞是来不及了，只好贴着墙壁避过黑雾准备从插阁子中回到主墓室，引开那里的黑色鬼雾，从玉门下的通道出去。

了尘长老临出去的时候顺手把箱子里的异文龙骨拿到手中，龙骨上刻了很多古怪符号，有不少符号形状就像雮尘珠，说不定那枚"凤凰胆"雮尘珠的下落终会着落在这块异文龙骨之上。这块龙骨骨甲藏在插阁子里如此隐蔽，一定有它的价值。

这时，鹧鸪哨与托马斯神父已经推动翻墙上的长明灯机关，招呼了尘长老快走。了尘长老连忙赶上，机关墙咔咔一转，却在半截停住了，好像是哪里卡死了。

第二十九章
黑雾

　　机关墙就这么不当不正地停在半路，主室中那团正在打转的黑雾立刻有了目标，像一面长有五官的黑墙压向三人；插阁子中的黑雾也已经吞没了蜡烛，尾随而至；来去的道路都被堵死，前后两大团黑雾对三人形成了前后夹击的态势。此时传来一阵细密的骚动声，了尘长老急道："快点蜡烛引开黑佛的恶灵。"鹞鸪哨伸手一摸百宝囊，叫苦不迭，身上带着的蜡烛全用光了。

　　这时，两边浓重的黑雾已经渐渐逼近，稍稍碰上一点大概就会变成墙角那具骨架的样子。鹞鸪哨忽然目露凶光，心里起了杀机，想把美国神父托马斯踢出去，然后踩在这洋和尚身上跃向玉门下的地道。

　　了尘长老见鹞鸪哨顶梁上青筋跳动，知道他起了杀心，想拿托马斯垫路，连忙按住鹞鸪哨的手臂："万万不可，难道你忘了老衲一再地劝告你了吗？倒斗损阴德，手下须留情……"

　　鹞鸪哨本来心意似铁，但是这些时日追随在了尘长老之侧，听了尘长老灌输禅机，对自己过往的所作所为也有所顿悟，这时见了尘长老劝解，心下立时软了，再也狠不下心来杀人，说道："罢了，此番真是折了。"

第二十九章 黑雾

但是鹧鸪哨几乎是他们族中剩下的唯一能有所作为的人，实在不甘心就此死在墓室里化为白骨。可是面临的局面实属绝境，前后都被鬼气森森的黑雾包夹，如果点火引开其中一团黑雾，势必被另一团吞噬。面前的墓室空间很高，黑雾高度在从地面起三尺左右，上面还有大片空隙，不过若想越过去，除非肋生双翅。

有些人遇到危险会下意识地进行自我保护，比如闭上双眼、用手抱着头什么的，这样做就和鸵鸟遇到危险就把脑袋扎进地下一样，根本起不了作用。但是另有些人越是到生死关头，脑子转得越比平时快数倍，鹧鸪哨与了尘长老就是这样的人，他们仍然没有放弃求生的希望。

鹧鸪哨想起墓室正中有一株高大的珊瑚宝树，可以用飞虎爪抓住珊瑚树的树冠从黑雾上边荡过去。飞虎爪的链子当然足够结实，别说是三人，便是有十个八个的成人也坠不断这条索链。不过最担心那珊瑚宝树有没有那么结实，可能承受不住三个人的重量。倘若只有自己一个人，凭自己的身法，便是棵枯枝也足能拽着飞虎爪荡过去；但是要再带上了尘长老与托马斯神父实在是没有半点把握，半路上珊瑚树断了，可就得全军尽没了。

这当口也容不得再细想了，鹧鸪哨对准珊瑚宝树掷出飞虎爪，爪头抓住珊瑚宝树最高的枝干上缠了几匝，伸手一试，已经牢牢抓住。鹧鸪哨知道了尘长老早已看破生死关，若不带上托马斯神父，了尘长老便是死也不会先行逃命。而且刻不容缓，也来不及一个一个地拽着飞虎爪荡过去逃生，只有赌上性命，三个人同时过去。

鹧鸪哨拽紧飞虎爪，让了尘长老同托马斯神父也各伸一只手抓住索链，另一只手抱住鹧鸪哨的腰。鹧鸪哨让他们尽量把腿抬高，别碰到下边的黑雾，还未等了尘长老与托马斯神父答话，便大喊一声："去也。"手上使劲，借着抓住珊瑚宝树的飞虎爪绳索，跃离了卡在半路的机关门。

三人双脚刚一离地，身后的两团黑雾就已经在下面合拢在了一起。托马斯神父吓得闭起了眼睛，想念一句上帝保佑，但是牙齿打战，半个字也吐不出来，拼了命地把双腿抬高，避开下面的黑色鬼雾，心中只想要是这绳索在半路不断，绝对是上帝的神佑。

鹧鸪哨身在半空，初时还担心珊瑚宝树不够结实，但是凭飞虎爪上传来的着力感发现足能应付三个人的重量；但是这也几乎就是极限了，再加上一点重量，非断不可。

　　只要跃过脚下这一大片黑雾，前边就是玉门下的地道。三人悬在半空，见即将摆脱黑色鬼雾的围困都不禁全身振奋。眼看就要拽着飞虎爪荡到一半的距离了，忽然三人都觉得身后一紧，似乎有什么东西趴在大腿上，冷冰冰，阴森森，而且很硬。托马斯神父不敢睁眼，了尘长老与鹧鸪哨二人知道脚下有东西，都在半空中回头一望，只见原本在墙角边的那具白骨不知何时抱住了了尘长老的大腿。这一惊非同小可，连了尘长老这样的高人也被这突如其来的白骨吓了一跳，免不了倒吸了一口凉气。

　　大概是刚才被黑雾逼得进退维谷，都挤在一起拽着飞虎爪从机关门那里荡开的时候，了尘长老一脚踩中了白骨的胸腔，把它的肋骨踩断，别住了脚踝，悬在半空把脚蜷起来，把那具人骨也带到半空，这才感觉到不对。

　　鹧鸪哨的轻功是从还没记事起就开始练的，师父把他装在一个抹满油的大缸里，让他自己想方设法往外爬，随着身体长大，油缸也逐渐加大。了尘长老是老牌的摸金校尉，也是自幼便学轻功身法。他们这种轻功全仗着提住一口气，这口气一旦提不住就完了。

　　鹧鸪哨此刻与了尘长老见了腿上挂着的白骨，胸腹间一震，这口气说什么再也提不住了，身体立即变得沉重，珊瑚宝树的树枝承受不住他们的重量，咔嚓一声断了开来。

　　三人失去依凭，立刻与脚下的白骨一起落在地上，比较走运的是已经躲过了大部分黑雾。三人做一团滚在了黑色鬼雾的边缘。鹧鸪哨刚一落地，马上使出鲤鱼打挺跃起身来，抓住了尘长老与托马斯神父急忙向后边躲避。

　　鹧鸪哨觉得自己左手上麻痒难当，左手已经被黑色鬼雾碰到。他不知道鬼雾中的蟥虫原理——蟥虫一旦接触温度高于常温的物体立刻会死亡，死亡后马上就变成一种腐蚀液，虫尸的腐蚀液与被其腐蚀的物体融合，立刻会再生出新的蟥虫继续侵蚀附近的高温物体，数量永远不会减少。

　　鹧鸪哨以为是中了恶鬼邪神的毒素，抬手一看，整只左手都只剩白森森的指骨，手臂上的肌肉也在慢慢被熔化，痛得抓心挠肝。他见再任由其蔓延下去，自己整个身体都要变成白骨，而且一旦越过胳膊再想办法也晚了；但是现在黑雾近在咫尺，如果不立刻离开，马上就会再次落入黑色鬼雾的包围圈中。

鹧鸪哨强忍着剧烈的疼痛，把托马斯神父与了尘长老向后拖开，见了尘长老双目紧闭，也不知道他是死是活，心中焦急。又眼见那些黑色鬼雾又觅到他们的踪影，重新凝聚在一起慢慢追近，也亏得这些鬼雾速度不快，否则即便是有九条命的猫此刻也玩完了。

托马斯神父忽然大叫一声，跳将起来，伸手在自己身上乱摸，他全身上下竟然没有任何地方接触过鬼雾。托马斯神父看到鹧鸪哨的左手已经化为白骨，了尘长老倒在地上昏迷不醒，大概是从半空跌下来撞到了什么地方，昏迷了过去，连忙帮鹧鸪哨抬着了尘长老往玉门下的地道退却。

鹧鸪哨手臂上的伤势很重，痛得额头上全是黄豆大小的汗珠，手臂上的皮肉已经烂至肘关节，这时候只好用那毒蛇噬腕、壮士断臂的办法了，但是眼下即便想砍掉自己的胳膊也没有足够的时间。三个人这一折腾，动作激烈，身体的温度明显增高，眼瞅着黑雾快到眼前了，鹧鸪哨只好用右手取出德国二十响镜面匣子对准墓室角落的黑佛一个长射，五发枪弹都钉在了黑佛身上，然后立刻把刚刚射击过的匣子枪扔向墓室角落。

浓重的黑色鬼雾都被枪口的温度吸引，转向扑了过去，鹧鸪哨已经痛得快昏迷过去了，对托马斯神父说了一声："快走。"

二人抬起了尘长老跳下了地道。地道中有一块悬在中间的黑石，进来的时候不知道这是什么东西，现在明白了，地道里冒出的那团鬼雾就是从这块腐玉的原石中冒出来的，肯定是托马斯神父在地道口点蜡烛使它感应到空气燃烧才放出鬼雾。

鹧鸪哨与托马斯神父拖着了尘长老从腐玉旁蹭了过去，一出地道，鹧鸪哨立刻让托马斯神父把地道口封上，防止那些鬼雾追出来，然后在口中咬下一块衣襟，紧紧扎在臂上血脉处，用旋风铲的精钢铲叶对着自己胳膊一旋，把被鬼雾咬噬的半条胳膊全切了下去。虽然扎住血脉，鲜血仍像喷泉一样从胳膊断面冒了出来，还来不及止血，眼前一黑，便晕了过去。

托马斯神父见鹧鸪哨流了这么多血而昏死过去，了尘长老自从在墓室中就昏迷不醒，只剩下自己一个人完好无损，暗想果然信上帝是正途，但此时不能见死不救，先想办法把他们弄到外边去再说。他刚要动手拖拽鹧鸪哨，眼前却出现了一幕恐怖的情形——鹧鸪哨自己割掉的那多半条手臂上边的皮肉已经全部化为脓水，只剩下白森森的骨头，从那脓水中飞出很多密密麻麻的小小黑点在墓道中盘旋。

托马斯神父被这些飘浮在半空的黑色颗粒吓得灵魂都快出窍了。在磷光筒蓝幽幽的光线下，这些黑色颗粒若隐若现，似乎想要慢慢聚集成一团。托马斯神父知道，这大概就是《圣经》上所说的"魔鬼的呼吸"。

怎么样才能对付"魔鬼的呼吸"？《圣经》上好像写了，用圣水？圣饼？还是用十字架？糟糕，一时半会儿想不起来，托马斯神父暗自责怪自己没用，被撒旦的使徒吓破了胆，现在死了也没脸去见天父，必须拿出点作为神父的勇气来。

托马斯神父想尽办法让自己冷静下来，想到这狗娘养的"魔鬼的呼吸"喜欢温度高的东西，但是现在身上没有火柴、蜡烛之类的道具了，如何才能引开这些邪恶的黑雾？

上帝保佑，这些"魔鬼的呼吸"并不太多。托马斯神父猛然想到——它们好像惧怕圣水之类的液体，可是身上没有水壶，不知道吐口水管不管用，撒尿的话又恐怕尿液是有温度的，一时间转了七八个念头，都没有什么用处。

面对着已经凝聚成一团的黑雾，托马斯神父心急如焚。这时只听身后有人轻哼了一声，转头一看却是鹧鸪哨苏醒了过来，急忙去扶住他，指着那一小团黑雾，紧张得话也说不出来。

鹧鸪哨刚才是痛晕了过去，流了不少血，面色惨白，多亏自己提前扎住了血脉，胳膊上的血流光了之后就不再大量流血；要是等着托马斯神父这个笨蛋帮忙，此刻早已死了多时了。

鹧鸪哨被托马斯神父一扶住，神志就恢复了七八分，见白玉拱门前飞舞着一小团黑色的鬼雾正循着人血的温度要向自己逼过来,连忙取出另一把枪,拨开机头,对准玉门上的铜锁就是一枪。

先前了尘长老与鹧鸪哨已经探得明白,玉门上的铜锁是连芯锁,一旦受到外力接触引发了里面的机关就会使玉门两侧的门洞中放出暗器。这种门洞形的机关大敞四开,不会是小型暗器,以鹧鸪哨的经验判断应该是滚石、流沙一类的大型机括,目前只有借助外力赌上一把了。如果门洞中放出的是毒烟,那就大家同归于尽;倘若是木桩、流沙一类的,可以利用它们挡住在洞口的鬼雾。好不容易逃到这里,总不能最后眼睁睁地被这碰不得摸不得的鬼雾害死在墓道里。

子弹击中铜锁触动了连芯锁中的机关,只听两侧的门洞中轰隆隆的巨响震耳欲聋,无数的流沙像潮水一样倾泻了出来,沙子里面明显有很多红色的颗粒,是毒沙。

说时迟那时快,从鹧鸪哨开枪击中铜锁到两侧的洞中喷涌出大量挨上就死、沾着就亡的毒沙,总共还不到几秒钟的时间,那片鬼雾完全被毒沙埋住。毒沙越喷越多。如果这时候是站在玉门前开锁的人,任你是三头六臂也必定闪躲不及,一瞬间就会被两道毒沙冲倒,活活地埋在下边。

鹧鸪哨与托马斯神父拖拽着了尘长老拼命往墓道外边跑,也无暇顾及身后的情况。只听见流沙激烈地倾泻,两个门洞中间都堆满了,还听得隆隆之声不绝于耳。

三人跑出了墓门,在竖井中站定,这才有机会喘口气。鹧鸪哨把云南白药撒在断臂处,多半截胳膊算是没了,以后也别想再倒斗了,想到这里,觉得胸口发闷,又想要吐血,急忙又吞下了两粒红奁妙心丸,延缓血流的速度。

鹧鸪哨最为挂心的便是了尘长老的伤势,人家是为了自己才大老远跑到贺兰山下,这要是连累了老和尚的性命,罪过可就大了。于是他与托马斯神父一起把了尘长老扶起来,查看他的伤势。

托马斯神父去托了尘长老的后背,谁想到用手一扶了尘长老的后背见满手都是血迹,惊叫一声:"哎呀……是血……老和尚受伤了。"

从墓室到竖井，三人一路奔逃，鹧鸪哨与托马斯神父谁也没顾得上看了尘长老到底伤在哪里，这时候才看明白，原来珊瑚宝树折断的时候，了尘长老跌在地上，他脚下挂着的一具人骨也一起跌得散了架，其中一根折断的骨头从了尘长老后背刺了进去。这下扎破了肝脏，伤得极深，九成九是救不得了。

　　鹧鸪哨把身上带的云南白药全倒在了尘长老后背的伤口上，却都被鲜血立刻冲掉了。鹧鸪哨束手无策，心中难过，禁不住垂下泪来，取出百宝囊中的北地玄珠放在了尘长老的鼻前，用手指一搓，捻出一点硝石粉末，想把了尘长老救醒，听他临终的遗言。

　　了尘长老的鼻腔被硝石一呛，咳嗽两声，悠悠醒转，见鹧鸪哨与托马斯神父都双目含泪地在身旁注视着自己，便自知命不长久，一把握住鹧鸪哨的右手对鹧鸪哨说道："老衲马上就要舍去这身臭皮囊了，你们也不用难过，只是……只是有些话你须记住。"

　　鹧鸪哨垂泪点头，听了尘长老继续说道："老衲早已金盆洗手多年，不再算是摸金校尉了，身上这枚摸金符也一并交付于你。只可惜你我缘分不够，这分金定穴秘术不能传你了。你若有机会，可以去寻找老衲昔日的一位同行，他有个绰号叫作金算盘，平时做商贾打扮，只在黄河两岸做倒斗摸金的勾当。此人最擅星相风水数术天干地支那一类门道，近代能与他相提并论的只有晚清时期的阴阳风水撼龙高手张三链子，不过那张三爷早已作古。到了现如今，分金定穴之术除老衲之外，天下再无人能出金算盘之右，你拿着老衲的摸金符去找金算盘，他一定能帮你。另外，这块龙骨上刻有凤凰胆的标记，又藏在西夏藏宝洞最深处，里面可能有极其重要的线索，说不定可以给寻找雮尘珠提供一些参考……"

　　鹧鸪哨心想自己左手都没了，这辈子恐怕别想再倒斗了，就算知道雮尘珠在哪儿恐怕也取不到了。眼见了尘长老呼吸越来越弱，想对他说几句话，却哽咽着张不开嘴，只是咬住嘴唇，全身颤抖。

　　了尘长老用尽最后的力气说道："你须谨记，绝不可以再随便开杀戒，倒斗损阴德……手下须留情……老衲……老衲这便去了。"说完之后，一口气倒不上来，就此撒手西去。

鹧鸪哨跪倒在地，不停地给了尘长老尸身磕头，托马斯神父死说活劝才把他拉了起来。这竖井不是久留之地，二人携带着了尘长老的尸身爬回通天大佛寺的宝殿之内，就于佛祖宝相面前，把了尘长老的尸身焚化了，这才挥泪离去。

从那以后的几年中，鹧鸪哨按照了尘长老的遗嘱到处寻找那位出没在黄河两岸、山陕之地的摸金校尉金算盘，然而踏遍了各地，全无此人的踪迹。从西夏藏宝洞中带出来的异文龙骨也请很多饱学之士看过，但无人能够识得其中写的究竟是什么内容。

当时恰逢乱世，正酝酿着一场席卷天下的巨大战争，鹧鸪哨受到美国神父托马斯的帮助，把亲眷都移居到了遥远的美利坚合众国。鹧鸪哨心灰意冷，就在美国田纳西州隐居起来，不理世事。

扎格拉玛人本来在四十岁后身体就会逐渐衰弱，血液中的铁元素逐渐减少，十余年后血液逐渐变成黄色，凝为固态，才会受尽折磨而死。很多人承受不住这种痛苦，都在最后选择了自杀。但是这种症状离鬼洞越远，发作得越慢，在地球另一端的美国，大概时间向后推迟了二十年。

随后的中国战火连天，再想找"凤凰胆"雮尘珠就不容易了，而且鹧鸪哨一族人口凋零，实在没什么能担当大任之人。鹧鸪哨心也冷了，心想再过百余年，这最后的几条血脉都断了，这个古老的部族也就完了。

这些事后来被鹧鸪哨的女婿、Shirley杨的父亲杨玄威知晓了。杨玄威不仅喜欢考古，更热衷于冒险，为了想办法救自己的妻子和女儿，他决定展开行动。由于龙骨上的密文无法破解，想寻找雮尘珠是希望十分渺茫的。杨玄威年轻时就研究西域文化，不过他研究的范围是汉唐时期，也就是西域繁荣达到最顶峰的这一个阶段。西域早在四千五百年前就已经有若干次文明出现了，扎格拉玛绿洲就是其中一支，后来发现的小河墓葬群也是有着四千年历史的古老文明。所以杨玄威对扎格拉玛山精绝国之前的事所知有限，他估计在精绝国的鬼洞中一定有某些重要线索，而且杨玄威是认定科学掌控一切的那种人。

当时正赶上中国改革开放，兴起了第二波沙漠科考热潮，借着这场东风，杨玄威顺利地组成了一支职业探险队。没想到自从进入沙漠之后，就一去不返。随后，Shirley杨为了寻找下落不明的父亲参加了陈教授及他的助手、学生所组成的考古队，在黑沙漠，穿过黑色的扎格拉玛山谷，在精绝古城的地下宫殿深处，终于见到了无底的鬼洞。

第三十章
决意

　　陈教授以及他的助手、学生为主组成的考古队进入沙漠寻找精绝遗迹，死在黑沙漠里的就不说了，剩下口气活着走出来的也就都那样了。最惨的人肯定是陈教授，受到太大的刺激，导致了他的精神崩溃。那是一场噩梦一样的经历，在当时Shirley杨还不知道自己与黑色的扎格拉玛神山之间有着如此多的纠缠羁绊。

　　从沙漠中回来后Shirley杨带着陈教授去美国治疗，没过多久，两人背后便都长出了眼球形状的红色淤痕，而且陈教授的情况比较严重，患上了罕见的铁缺乏症，各个医疗机构都对此束手无策。Shirley杨在扎格拉玛神山中从先知默示录中得知自己有可能是扎格拉玛部族的后裔，于是对此展开了一系列的深入调查。对过去的宿命了解得越多，越明白无底鬼洞的事远比想象中要复杂得多，目前对无底鬼洞的了解甚至还不到冰山一角。

　　Shirley杨发现了最重要的一件东西，便是黑水城通天大佛寺中的异文龙骨，上面的异文无人能识，唯一能够确认的是龙骨上刻了许多眼球符号。那种特殊的形状让人一目了然，与在新疆打破的玉石眼球，还有长在背后的深红色痕迹，都是一模一样。

这块异文龙骨一定是记载有关疣尘珠的重要记录，如果能破解其中的内容，说不定就可以找到疣尘珠，否则Shirley杨、胖子，还有我，将来临死的时候就免不了受那种血液凝固变黄的折磨。而精神崩溃了的陈教授身上，这种恶疾已经开始滋生，天晓得那老头子能撑多久。

打从陕西回来以后，我始终寝食不安，就是因为不知道背后长的究竟是什么东西。现在从Shirley杨口中得到了证实，果然是和那该死的无底鬼洞有关，心中反而踏实了。也并非我先前想象的那么可怕，人生一世，草木一秋，反正那种怪病要好多年后才会发作，那时候大不了我也移民去美国避难就好了。不过陈教授怎么办？难道就看着老头子这么死掉不成？

有些时候不得不相信冥冥中自有宿命的牵引。恰好我在不久前曾在古蓝县得知孙教授曾经破解过这种龙骨天书，天书中的内容绝对保密，孙教授一个字不肯泄露。而且目前掌握天书解读方法的，全世界恐怕暂时只有孙教授一个人，因为这项研究成果还没有对外公开。我把这些事也详详细细地对Shirley杨说了一遍，孙教授虽然不通情面，守口如瓶，但是毕竟他也是凡人，如果跟他死磕，让他开口应该不是问题。可是然后呢？按照线索去倒斗，把那颗大眼球一样的疣尘珠倒出来？这可不是上嘴唇一碰下嘴唇说说那么容易的。那些搬山道人找了这么多年都没有找到，我们这些人去找可以说也是半点把握没有，而且古墓中的危险实在太多，搞不好还得搭上几条性命，那可就有点得不偿失了。

Shirley杨见我在走神，以为我心中对找疣尘珠有所顾虑，便问我道："怎么？你害怕了？我只想等有了线索之后请你把我带到地方，进去倒斗只有我一个人就可以了……"

我打断了她的话："怎么着？小看人是不是，真是笑话，你也不打听打听，胡爷我还能有害怕的时候？那个，越南人你知道吧？怎么样？别看又黑又瘦又矮的，但是够厉害的吧，把你们美国人都练跑了，结果还不是让我给办了。当年,我可是大军的前部正印急先锋，要不是中央军委拦着我，我就把河内都给占了。算了，反正跟你说了你也觉得我吹牛，我会用实际行动来证明自己不是那种贪生怕死的人；更何况这里边还有你和陈教授的

第三十章 决意

事,我绝没有袖手旁观的道理。"我说完拉着 Shirley 杨要离开公园的长椅。

Shirley 杨问我要去哪儿,我对她说:"咱俩都在这儿侃一下午了,现在天色也不早了,胖子他们还在潘家园等着我呢。我回去让他收拾收拾,咱们明天就去陕西找孙教授,不管他说不说,一定要把他的嘴撬开,然后咱们就该干什么干什么。"

Shirley 杨叹了口气,对我说道:"你就是太容易冲动,想什么是什么,这些事哪儿有这么简单,你说孙教授为什么不肯说呢?是不是怕泄露天机给他自己带来危险?"

我对 Shirley 杨说:"其实……怎么跟你这洋妞说呢?中国人有些为人处世的道理很难解释。别听孙教授对我连吓唬带诈唬,没那么邪乎,以我察言观色的经验来判断,姓孙的一定是被上级领导办了。"

Shirley 杨摇头不解:"什么办了?"

这些事要让我对 Shirley 杨解释清楚还真不容易,我想了想对她说道:"给你举个例子吧,比如在中国有某位权威人士说 1+1=3,后来孙教授求证出来一个结果是 1+1 应该等于 2,但是就由于先说 1+1=3 的那位爷是权威人士,所以即使他是错的,也不允许有人提出异议。孙教授可能从龙骨天书中发现了某些颠覆性的内容,不符合现在的价值观或者世界观,所以被领导下了禁口令,不许对任何人说。因此,他才会像现在这么怪僻,我看多半是被憋得有点愤世嫉俗了。"

我心中的打算是先找到孙教授问个明白,若是这龙骨天书中没有雮尘珠的线索那也就罢了;倘若真有,多半也是与扎格拉玛先人们占卜的那样,终归是要着落在某个大墓里埋着。我一直有个远大的理想,就是要凭自己的本事倒个大斗,发一笔横财,然后再金盆洗手;否则空有这一身分金定穴的本事,没处施展,岂不付诸流水,白白可惜了?

眼前正是个合适的机会。救别人也顺便救自己,正好还可以还了欠 Shirley 杨的人情债。其实就算不欠她的人情,凭我们之间一同患过难的交情,加上她救过我的命,我也不能不帮她和陈教授的忙。

等找到雮尘珠,我就不要了。那个物件不是俗物,不是凡人可以消受的。

但是这次行动可不是考古了,是名副其实的倒斗。现在我用钱的地方很多,如果倒斗的过程中遇到别的明器,到时候俺老胡可就再也不客气了,好坏也要顺上它两样。

我打定主意,对Shirley杨说道:"咱们现在先去找胖子,还有大金牙,这些事也少不了要他们帮忙。正好我们请你吃顿饭,北京饭店怎么样?对了,你有外汇吗?先给我换点,在那儿吃饭人民币不管用。"

我带着Shirley杨回到潘家园的时候,胖子和大金牙刚做完一大单一枪打的洋庄,卖出去五六块绿头带判眼[①]。最近生意真是不错,照这么倒腾下去,过不了几天,我们又要奔陕西"铲地皮"了。

我让胖子和大金牙收拾收拾,大伙一道奔了北京饭店。席间,我把Shirley杨的事说了一遍,说我打算跟她去找雮尘珠。

大金牙听明白之后对我说道:"胡爷,我说句不该说的,要依我看,不去找没准还能多活几年。现在咱们在潘家园的生意太火了,犯不上撇家舍业地再去倒斗,古墓里可有粽子啊!"

胖子对大金牙说道:"老金啊,这个斗还是要倒的。咱得摸回几样能压箱子底的明器来,这样做起买卖来底气才足,让那些大主顾不敢小觑了咱们。你尽管放心老金,你身子骨不行,扛不住折腾,不会让你去倒斗的。不过你也不用担心我们,万一要是真有粽子,老子就代表人民枪毙了它。"

我也学着领导人的四川口音对大金牙说道:"是啊老金,不要怕打破这些坛坛罐罐,也不要去计较一城一地的得失,我们今天之所以放弃这个地方,正是因为我们要长久地保存这个地方嘛。"

大金牙听罢,龇着金光闪闪的金牙一乐,对我们说道:"行,我算服了二位爷了,拿得起放得下,轻生死,重情谊,真是汉子。其实也不光是我,现在在潘家园一提您二位,哪个不竖大拇指?都知道是潘家园有名的惯卖香油货,不缴银税,许进不许出,有来无往的硬汉。"

胖子边吃边搓脚丫子,听大金牙称赞我们,连连点头,听到后来觉得

[①] 判眼,古玩行话。新货作伪叫做旧,做得好是高仿,做得不好是判眼。

不对劲，便问道："老金，你是夸我们呢，还是骂我们呢？我怎么听着不对呢？"

大金牙急忙对胖子说道："愚兄可没这个意思……"

我见 Shirley 杨在一旁低头不语，满面愁容，容颜之间很是憔悴，我知道她是担心陈教授的安危，觉得我和胖子、大金牙凑一块说不了正事，说着说着就侃开了，于是赶紧对胖子、大金牙说道："好了好了，咱们也该说些正经事了。我把咱们今后的任务布置一下。我说这位王凯旋同志，这是高级饭店，请你在就餐的时候注意点礼貌，不要边吃边用手抠脚丫子，成何体统！"

胖子漫不经心地对我说道："搓脚气搓得心里头舒服啊！再说我爹当年就喜欢一边搓脚丫子一边吃饭抽烟，这是革命时代养成的光荣传统，今天改革开放了，我们更应该把它发扬光大，让脚丫子彻底翻身得解放。"

我对胖子说："你没看在座的还有美国友人吗？现在这可是外交场合。我真懒得管你了，你就是块上不了台面的料。"

Shirley 杨见我说了半天也说不到正题，秀眉微蹙，在桌子底下踢了我一脚，我这才想到又扯远了，连忙让胖子和大金牙安静下来，同 Shirley 杨详细地商议了一番怎么才能找到那颗真正的雮尘珠。

别看胖子平时浑不吝，什么都不放在心上，这要说起找宝贝摸明器的勾当，他现在比我都来劲。当然也怪不得他，这是真来钱，既然是去倒斗，不管能不能找到雮尘珠，那古墓里价值连城的陪葬品是少不了的，所以现在胖子也认真起来了。

大金牙更是格外热心，又不用他去倒斗，但是既然参与进来了，明器少不了他一份。我之所以拉大金牙入伙是因为大金牙人脉最广，在黑市上手眼通天，几乎没有搞不到的东西，倒斗需要的器材装备都免不了要他去上货。

四个人你一言我一语商量了大半天，最后决定要找雮尘珠必定要先从刻满天书的这块异文龙骨入手，拿这拓片到陕西去找孙教授，死活也要套出来这异文龙骨中究竟记载着什么内容，然后与我们所掌握的情报相结合，以此为线索继续追查，一旦有了确切的目标，就该开始行动了。

去陕西古蓝越快越好，由Shirley杨和我两个人去，明天就立刻动身，把黑水城通天大佛寺中的这块异文龙骨查他个底掉。由于胖子有恐高症，坐不了飞机，所以就让胖子留下来同大金牙采买各种装备。

Shirley杨把了尘长老遗留下来的摸金符给了我，我喜出望外，这回倒起斗来心中便有底了；而且现在三个人每人一枚正宗的摸金符，看来上天注定要我们三人同心合胆，结伙去倒斗了。

另外Shirley杨还把她外公留下的一些摸金校尉的器械也都一并带了来，包括金刚伞、捆尸索、探阴爪、旋风铲、寻龙烟、风云裹、软尸香、摸尸手套、北地玄珠、阴阳镜、墨斗、桃木钉、黑折子、水火鞋等等，还有摸金校尉制造各种秘药的配方。

这些摸金校尉千百年中依靠经验与技术制成的器械，对我们来说都是宝贝中的宝贝，有很多是我只听说过，从来没亲眼见过的家伙。有了这些传统器物，再加上让胖子与大金牙置办的我们惯用的一些装备——工兵铲、狼眼手电筒、战术指北针、伞兵刀、潜水表、防毒面具、防水火柴、登山盔、头戴射灯、冷烟火、照明信号弹、固体燃料、睡袋、过滤水壶、望远镜、温度计、气压计、急救箱、各种绳索安全栓……应该说不管去哪儿，都差不多足够应付了。如果环境特殊，需要一些特殊的器材，可以再进行补充。

工兵铲最好能买到我们最初用的那种二战时期装备德军山地师的，如果买不到的话，美国陆军的制式也可以。

伞兵刀只买苏联的，俄式的我们用着很顺手，因为各种伞兵刀性能与造型都有差距，割东西或者近战防身还得是苏联106近卫空降师的伞兵刀用着最顺手。

有了这些半工具半武器的装备，不需要枪械也没问题。不过以往的教训告诉我们，我们的失败常常是由于轻敌。倒斗这行当，经验远比装备重要，没有足够的经验和胆略，就算武装到牙齿也照样得把小命送掉。从黑风口野人沟，到沙漠中的精绝古城，再到龙岭中的墓中墓，虽然野人沟的墓只是个落魄将军，精绝古城那次有考古队的人跟着，不能算是倒斗，龙岭中是处空坟，但是这三次深入古墓的经历，可以说都是极其难得的经验。

不过大型古墓都是古代某种特权阶级的人生终止符，对古人来讲意义非常。古墓里面往往除了铜棺铁椁，还要储水积沙，处处都是机关，更有无数意想不到的艰险之处。所以事前的准备必须万全，尽量把能想到的情况都考虑进去。

众人商议已定，各自回去休息，第二天一早分头行动。我跟 Shirley 杨一起兼程赶到了西安，然后怀着迫切的心情搭车前往孙教授带领考古工作组驻扎的古蓝县，却没想到在古蓝县又发生了意外，孙教授已经离开了古蓝县招待所。

孙教授长年驻扎在古蓝，负责回收各种有关古文字的出土文物，他要是不在县城，肯定是下到农村去工作了，那想找他可就很难了，没想到事先计划好的第一步就不顺利。

正当我左右为难之时，碰见了招待所食堂的老熟人刘老头，他告诉我们在古蓝县城附近的石碑店某家棺材铺里发现了一些不得了的东西，还不到半天，这件事在整个古蓝县都传遍了。孙教授现在带着人去看现场了，我们可以去那里找他，至于棺材铺中是什么不得了的东西，我们去了一看便知。

第三十一章
石碑店

刘老头说："孙教授他们也就刚去了半天，石碑店离古蓝县城并不远，但是那地方很背，没去过的人不一定能找到，我找个人带你们去吧。"于是喊过来街上一个十岁大小的憨娃，那是他孙子，平时跟父母在河南，每年学校放暑假都到古蓝县来玩。石碑店离县城很近，这小子经常去那边玩。

刘老头招呼那小孩："二小，别耍了，带你叔和你姨去趟石碑店，他们要寻那位考古队的孙教授。"

二小的脑袋剃了个瓜皮头，可能刚跟别的小孩打完架，身上全都是土，拖着一行都快流成河的清鼻涕，见刘老头让他给我们带路，就引着我和Shirley杨二人去石碑店。

到石碑店的路果然十分难行，尽是崎岖不平的羊肠小道。二小告诉我们说离得不远，就是路不好走，走过前边最高的那个山坡就到了。

Shirley杨见这孩子身上太脏，看不过去，便掏出手帕给他擦了擦鼻涕，和颜悦色地问他："你叫二小？姓什么？"

二小抹了抹鼻涕，答道："小名叫二小，姓王，王二小。"

我一听这小孩的名字有意思，便同他开玩笑说："你这娃叫王二小？

你小子该不会把我们当鬼子引进伏击圈吧？"

王二小傻乎乎地对我说："叔啊，啥是伏击圈？对咧，那女子是你啥人哩？咋长得恁好看！"

我偷眼一看Shirley杨走在了后边，便悄声告诉二小："什么好看不好看？你这小屁孩，小小年纪怎么不学好？她是我老婆，脾气不好，除了我谁都不让看，你最好别惹她。"

Shirley杨走在后边，虽然我说话声音小，但还是被她顺风听见了，问道："老胡，你刚说别惹谁？"

我赶紧拍了拍王二小的头，对Shirley杨说："我刚说这小鬼很顽皮，这么丁点小就知道花姑娘好看的干活。现在的这帮小孩啊，别提了，没几个当初跟我似的，从小就那么胸怀大志、腹有良谋……"

我话音未落，突然从山坡后转出一个头扎白羊肚毛巾的农村壮汉，腰里扎了条皮带，手里拎着根棍子，对我们喝道："站住！甚花姑娘的干活？你们是不是日本人？"

我被他吓了一跳，虽然这是山沟里，但是这光天化日难道还有剪径的强人不成？赶忙把二小与Shirley杨挡在身后，对那汉子说道："老乡，别误会，都是自己人。我们不是日军，我们是八路军武工队。"

头扎白毛巾的老乡对我们三人上上下下地打量一番："啥八路军嘛，我看你们不像丝（是）好人。"然后说着就拿棍子赶我们，说这里被民兵戒严了，不许进。

我心想这没灾没战的戒哪门子严，再说没听说民兵拿木头棍子戒严的，这孙子疯了是怎么着。于是挽起袖子，打算把他手中的棍子抢下来，以免这莽撞的农夫伤了人。

我正要过去放对，却想不到这位自称是石碑店民兵排排长的乡民竟然认识我们三人中的二小。原来二小总跟他儿子一起玩，这样一来双方就不再动手，都站定了说话。

那民兵排长拙嘴笨腮，乡音又重，跟我们说了半天，我才大概听明白怎么回事。原来这石碑店的名字得自附近的一座不知名石碑，那石碑十分

215

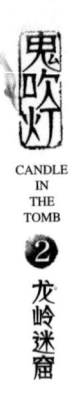

高大，顶天立地，也不知道是哪朝哪代遗留下来的，风吹雨打，碑上的字迹早已模糊不清了。

提起石碑店，最著名的不是那块破石碑，而是村中的一家老字号棺材铺。附近十里八村，包括古蓝县城，都只有这一家棺材铺，因为其余卖棺材的生意都不如它。传说这家老棺材铺最早的时候，掌柜的是个木匠活的好手，刚开始营业的是家木工作坊。

有一次，这位木匠师傅给一户人家打了一口棺材，这口棺材刚做完还没上漆——按规矩还得给人家走十八道大漆——当时这口半成品的棺材就在他的木匠铺里摆着。晚上的时候，木匠师傅坐在中堂，喝了几杯老酒，一想到生意不好做，半个多月就接了这一个活，心中免不了有些许憋闷。于是他拍着棺材长吁短叹，酒意发作，不知不觉就趴在棺材上睡着了。

当天晚上，木匠师傅做了一个梦，梦见棺材里有一团寒冰，冻得他全身打战，如坠冰窖一般。忽然一阵急促的敲门声把他惊醒了，开门一看，原来是同村有户人家夜里有人过世，赶来他这里定做一口棺木。难得一个活没完立刻又来个新活，木匠师傅心中大喜，但是又不好表露出来，毕竟是给人家操办白事的打寿材，表面上也得表现得沉痛一点。为了对村邻的故去表示深切的同情，木匠师傅又顺手拍了一下那口半成品的棺材，然后收了订金，开始忙活起来。

日头刚升到头顶，木匠师傅正在赶工打造寿材，忽然又有人来定棺木。这可真是奇怪，村里一年也只不过死十来个人，这一会儿工夫连着死了两个人。

木匠越想越不对，回忆起自己夜里做的梦来，难道那些人死是因为自己用手拍棺材？于是又试着拍了拍那口半成品棺木。不到天黑，果然又有人死了。

木匠又惊又喜：惊的是不知道这究竟是怎么回事，为什么用手一拍棺木，附近就有人死掉；喜的是这回不愁没生意做了。这位木工师傅本就是个穷怕了的主儿，这时候哪儿管得了别人死活，难道就因为那些互不相干的人，放着发财的道不走？当然不行。木匠一看活太多，做不过来，连夜去别的棺材铺买了几口现成的寿材回来。

从那以后，木匠师傅这家铺面就彻底变成了棺材铺。而且他还发现一个秘密，拍这口棺材的时候，越用力拍，死人的地方离这儿越远。这死人钱是很好赚的，他赚钱越多，心也就越黑，把附近所有的棺材铺都吞并了，只要拍打两下那口半成品的棺材就等着数钱了。

但是也不敢拍起来没个完，谁知道这里边究竟是怎么回事。这个秘密他也从没泄露过。但是没有不透风的墙，这些事还是被大伙知道了。但是这种捕风捉影的事很难说，也没有证据，所以也没办法拿他见官，只是人人见了他都跟避瘟神似的，躲得远远的，他到老连个媳妇都没娶上。

前不久，这位曾经的小木匠，现在的棺材铺老掌柜，死在了自己家里。人们发现他尸体的时候，已经烂得臭气熏天了。这附近只有他这一家棺材铺，店中的寿材都卖光了，只有堂中摆放着的那口半成品棺木。村里人想起那些风言风语，也都提心吊胆，但是村委会不能不管，总不能任由棺材铺老掌柜烂在家中，这天气正热，万一起了尸瘟可不得了。虽然当时实行了火葬，但是在农村，土葬的观念仍然是根深蒂固。于是村长找了几个胆大的民兵，用编织袋兜了尸体准备放进棺木中下葬。

没想到刚把棺木挪开，就发现棺木下边的地面上裂开一道细缝。这缝隙很深，把手搁上边，感觉凉风嗖嗖地往外冒，下边好像是个大洞。有些好奇的人就把地面的砖石撬开，发现下边果然是个洞穴，而且里面寒气逼人。

民兵排长自告奋勇地想下去一探究竟，让人用筐把他吊下去。但没下去多久，他就拼命摇绳，让人把他拉上来，这一趟吓得差点尿了裤子。说下面都是长大青砖铺就，下边有一个石床，上边摆着一个石头匣匣，这石匣不大，又扁又平，上边刻了很多奇怪的字，民兵排长顺手把这石匣拿了上来。大伙把石匣打开一看，里面是殷红似血的六尊不知名玉兽。据民兵排长说，那洞穴下边好像还有一层，但是太黑太阴森，不敢再进去看了。

由于有村里的干部在场，村民们表现得觉悟都很高，立刻通知了古蓝县的考古工作队。孙教授闻讯后，知道此次发现可能非常重大，一刻没敢耽搁，立即就带人赶了过来。

在这种乡下地方，一年到头都没什么大事发生，所以消息传得很快，连县城里的人都赶去看热闹。为了维持秩序，孙教授让村里的民兵拦住村外的闲杂人等，不让他们进去围观。因为这洞穴的范围、规模以及背景都还不清楚，一旦被破坏了，那损失是难以弥补的。所以民兵排长就拿着鸡毛当令箭，带人在各个入口设了卡子，宣称本村进入军事戒严状态，这才把我和Shirley 杨拦住盘问。

我听了民兵排长的话，知道对付他们这种势利的小农不能硬来，得说点好话，给他点好处，就能进去找孙教授了，于是对民兵排长说："连长同志，我们都是孙教授的熟人，找他确实有急事，您给行个方便。"说着塞给民兵排长五块钱。

民兵排长接过钱，还没来得及看清楚面额，忽然村里来人招呼他，说带着考古队来的那个老干部，死了。

第三十二章
瞎子算命

赶来通知民兵排长的村民说考古队中老干部死了,我和 Shirley 杨闻听此言,脑中都"嗡"了一声。那老干部怕不是别人,多半便是我们要找的孙教授;他要是死了,我们也要大势去矣。怎么早不死晚不死,偏偏赶在这个紧要关节?

听那村民对民兵排长继续汇报情况,原来考古队只来了两个人,让村民用筐把他们吊进棺材铺的洞穴中看看下面究竟是什么所在。两个人下去一个多小时了,怎么招呼也不见动静。村长担心他们出现意外,便想送几个胆子大的村民下去找他们。但是大伙都吓坏了,联想起棺材铺的传说,一时间人心惶惶,谁都不敢下去送死,说这洞八成是通着阴曹地府,下去就上不来了。

只有民兵排长这个壮汉曾经下去过一趟,所以村长无奈之下,就派人来找他回去帮忙。

民兵排长上次下到地洞之中也是硬充好汉,回想起那个阴冷的洞窟,此时站在太阳底下都要全身抖上三抖。现在看村长派人来找自己,说不定是打算再让他下去一回。一想到此处,民兵排长腿肚子转筋,暗地里叫得

219

一声命苦，想转身回去，却说什么也迈不开腿了。

　　Shirley 杨见这是个机会，便对我使了个眼色，我心中会意。既然孙教授生死不明落在地洞中，我们生要见人，死要见尸，必须冒险下去把他救上来。这里穷乡僻壤，等到别人来救，孙教授必定无幸。

　　于是我紧握住民兵排长的手，对他说道："连长同志，原来首先下地道的英雄就是你啊，此等作为非等闲之辈。能和你握手我实在是太荣幸了。"

　　民兵排长虽是个糙汉，但是非常虚荣，否则他也不会搞出什么民兵戒严的闹剧，见我如此说话，心中大为受用。

　　我趁热打铁，接着对他说道："我知道那种地洞，任你是铁打的好汉，时间长了也抵御不了洞中的阴寒气息。你既然已经下过一次地洞探险，我们同考古队的孙教授，就是那个快秃顶的倔老头，是老熟人，不如你带我们过去，我替你走上一遭。当然我这种举动，一是为了救我的老朋友，二来也是为了深入学习你的英雄事迹。不但我个人要向你学习，我还要号召全国人民，持续开展一场轰轰烈烈的向你学习的运动，所以你快快带我们去村中的棺材铺。"

　　民兵排长有些为难："兄弟，你看这……不是我不肯放你进村，只是组织上对民兵们有过交代，今天不得令闲杂人等进去。"

　　我听得心头起火，五内生烟，看来这孙子还他娘的吃硬不吃软，给了钱、说了好话还不让进。那我可就跟你不客气了，于是一把抓住民兵排长手中的棍子，板起脸来对他说道："你看见我身后那位小姐了吗？她是美国特派员，实话告诉你，我们是中美合作所的，你要是再耽误我们的大事，她就要照会咱们国家外交部，让组织上把你这排长的职务给撤了。我说你大小也是个国家干部，怎么就这么瞧不出眉眼高低，你没看出来她都不耐烦了吗？这也就是她看在我的面子上。我若不敬佩你是条好汉，就不会对你说这些道理，你到底让不让我们过去？"

　　民兵排长听得稀里糊涂，也没听明白我说的话具体是什么意思，但是听说可以找什么官让组织上处理他，心中立时虚了，当即答应带我们进村。

　　我拿了两块钱给了刘老头的孙子，让他买糖吃，告诉他回去的路上别贪玩，就打发他回家去了。

我与 Shirley 杨也不敢耽搁，匆匆跟着民兵排长进了山坡后的石碑店村。一转过山坡，眼前豁然开朗，原来这石碑店位于一处丘陵环绕的小盆地。这里得天独厚，地理环境十分优越，冬暖夏凉。旱季的时候，像这种小盆地由于气压的关系也不会缺少雨水；黄河泛滥之时，有四周密密匝匝的丘陵抵挡，形成了一道天然屏障。而且这石碑店的人口还着实不少，少说也有五六百户，从山坡上俯瞰，村中整顿得颇为齐整有序。

前行不远，就看见一处山坡上立着块巨大的石碑。当年我看过泰山上的无字碑，就已经巨大无比了，这石碑店村口的石碑比起泰山无字碑也小不了多少。石碑上的字迹早就没有了，由远望去像块突兀的大石板。碑下有个无头的大力石兽，看那样子倒有几分像负碑的赑屃[①]，不过又似是而非。

我和 Shirley 杨赶着进村去救孙教授，途中见这石碑奇特，不由得多看了几眼，却又都瞧不出这石碑的来历。她问我道："这倒并不像是墓碑，你看这附近像是有古墓的样子吗？"

我边走边四处打量，这里环境不错，气候宜人，适合居住。但是这四周尽是散乱丘陵，不成格局，排不上形势理气，不像是有古墓的样子。即便有，也不会是王侯贵族的陵寝。听那民兵排长说在村中棺材铺下发现的地洞里面阴气逼人，第一层又有青砖铺地，中间有石床，而且再下边还另有洞天，那会是个什么地方？

不管怎么说，现在我们唯一的希望就寄托在孙教授身上。他在地洞中生死不明，管他下边是什么龙潭虎穴，我一定要想办法把他救上来，当下和 Shirley 杨一起加快脚步前行。

民兵排长在前边引路，来到村东头的一家棺材铺前停下。这里不仅卖寿材，还卖香锞纸马。门前挂着块老匾，门前围着很多看热闹的村民，堂前有三五个膀大腰圆的民兵把持着不让众人入内。其实就算让进去看，现在也没人敢进了，大伙都是心中疑神疑鬼，议论纷纷。有的说这个洞大概

[①] 赑，音 bì；屃，音 xì。相传赑屃为龙之九子之一。

通着黄河底下的龙宫，这一惊动可不得了，过几天黄河龙王一怒，就要淹了这方圆千里；有的说那洞里连着阴曹地府，如果拖到了晚间还不填死封好，阴间的饿鬼幽魂便要从洞中跑出来祸害人了。还有个村里的小学老师说得更邪乎："你们这些驴入的懂个甚，就知道个迷信六四球的。那下边阴冷冷的，一定是通着南极洲。过一会儿，地球那一端的冰水就倒灌过来，淹死你们这帮迷信驴入的。"

村里的几个大大小小的头脑正急得团团乱转，省里派来的两名考古人员下了洞后就没了动静，拉上来的大筐也是空的，又没人敢下去探上一探，回头上级怪罪下来，委实难以开脱。

村长等人正没理会处，见民兵排长回转了来。这位排长是全村有名的大胆，既然村民们都不敢下洞，只好再让民兵排长给大伙带个头。

民兵排长不等村长发令就把我与Shirley杨引见出来，说这二位是中美合作所的，也是考古队的，与下面生死不明的那两个考古工作者都认识。

村长连忙把我紧紧抱住："我的个同志啊，我们盼星星盼月亮似的，总算把组织上的人给盼来了。"随后诉说了一大堆面临的困难，不是村委会不想救人，但是村里人都被这棺材铺的传说吓怕了。本来有一个排的民兵，但是从一九七九年开始，编制就没满过，满打满算就七八个乌合之众，都没受过什么正规的训练，遇到这种突发情况，不知该如何应对。"既然有上级派来的同志，那民兵就全归你指挥。"

我听明白了村长的意思了，他是把责任都推到我身上，现在我也顾不上跟他掰扯这个。我进屋看了一眼地穴——棺材铺堂中的地砖被撬开了很多，下边露出一条巨大的缝隙，里面黑洞洞的，也看不清究竟有多深。我什么家伙都没带，只凭我和Shirley杨下去救人十分困难，必须有人帮忙。

于是我先让村长派一个腿脚快的村民到县城去搬救兵，公安也好，武警也好，还有医务人员，让他们越快赶来越好。不过这种乡下县城的职能部门一旦运转起来需要层层请示，级级批复，效率极低，不能完全指望着他们能及时赶来。

我知道孙教授等人已经下去时间不短了，真要是有危险，多半早就死了，只能祈求祖师爷保佑，他们只是被困在下边，这样我们下去救援还有一线机会。但是欲速则不达，这回不能再贸然行动了，而且这些民兵都是乌合之众，必须提前做好准备，要是再出意外就麻烦大了。

随后让民兵排长集合全体民兵，算上那位民兵排长一共有八个人，都拎着烧火棍和红缨枪站成横向一列。我站在前边对他们说道："同志们，我们有两位同志在下面遇到困难了。我现在要带着你们去救他们，大伙都听我指挥，不要有太多的顾虑。这下边绝不是什么阴曹地府，有可能是个古代的某种遗迹。我请你们去救人，也不会是义务劳动，你们每人有一百块钱的劳务费，把人救上来，每人再多给一百，怎么样？同志们有没有决心？敢不敢去？"

众民兵刚开始都没精打采的，不想去冒险，但是村长发了话，又不能不听，有几个人甚至打算装肚子疼不去。但是听到后来，说是一人给两百块钱劳务费，立刻精神百倍，一个个昂首挺胸，精神面貌上为之一变，齐声答应。

我见金钱攻势奏效，就让大伙把村里武装部的几把步枪带上，又让村长准备了蜡烛和手电筒。农村有那种用树皮做的胡哨，一人发了一个。

Shirley 杨提醒我说："这地穴至少有两层，孙教授他们可能想看看下面的一层空气侵蚀的受损程度，在那里遇到了什么。而且两层之下还不知更多深，地下环境中盐类、水分、气体、细菌等化学、生物的作用，遇到空气有一个急剧的变化，对人体造成的伤害极大。咱们每人都应该再用湿毛巾蒙住口鼻，点上火把，火把熄灭就立即后退。"

我点头称是，让大伙按照她的话进行准备。留下三个民兵在上边专门负责升降吊筐，另外让村长带领村委会的人把住大门，不要让不相干的人进来。

看差不多准备就绪，我正要当先下去，忽然听门外一阵喧哗，有个瞎子趁乱挤了进来。此人戴一副双元盲人镜，留着山羊胡子，一手拿着本线装旧书，另一只手握着竹棍，焦急地询问棺材铺里一众人等："哪位是管事的？快请出来说话。"

我不耐烦地对村长喊道:"不是不让闲杂人等入内吗?怎么把这瞎子放进来了,快把他赶出去,别耽误了我们的要紧事。"

瞎子听见我说话的方位,用棍棒戳了我一下:"小子无礼,量你也不知老夫是何许人,否则怎敢口出狂言,老夫是来救尔等性命的……"

村长也赶过来对我说:"胡同志,这位是县里有名的算命先生,去年我婆姨踩到狐仙中了邪,多亏这位先生指点才保住性命。你们听听他的话,必定没错。"

我心中焦躁异常,急于知道孙教授的生死下落,便破口对瞎子骂道:"去你大爷的,当年我们横扫一切牛鬼蛇神的时候怎么没把你给办了,你那时候躲哪儿去了,现在冒出来装大尾巴狼,我告诉你赶紧给我起开,别在这儿碍事。"

瞎子把嘴一撇,冷哼一声:"老夫昔日在江西给首长起过卦,有劫难时自有去处,那时候还没你这不积口德的小辈。老夫不忍看这些无辜的性命都被你连累,一发断送在此地,所以明示于你,这地穴非寻常的去处可比,若说出来里面的东西,怕把尔等生生吓死。"

我忍无可忍,真想过去把瞎子扔进地穴里,但是看这算命瞎子在村民们的眼中很有地位,真要呛起来,免不了要得罪很多人。最可恨的是我好不容易用金钱糖衣炮弹打消了民兵们的迷信思想,偏在此时冒出个瞎子胡说一通,说得这些民兵一个个地又想打退堂鼓了。

我气急败坏地对瞎子说道:"这地穴中是什么所在?你不妨说出来让我们听听,要是吓不死我,你趁早给我到一边凉快去。"

算命的瞎子神色傲然,对我说道:"你看你看,意气用事了是不是?吓死了你这小辈,老夫还得给你偿命,过来,让老夫摸摸你的面相。"说罢也不管我是不是愿意,伸手就在我脸上乱捏。

瞎子边捏我的脸边自言自语:"历代家传卦数,相术精奇怪匪夸,一个竹筒装天机,数枚铜板卜万事,摸骨观人不须言,便知高低贵贱……"

他忽然奇怪道:"怪哉,凡人蛇锁灵窍,必有诸侯之分,看来大人您还是个不小的朝廷命官……"

我被瞎子气乐了。我现在属于个体户，在这冒充国家干部，这消息不知怎么被他知道了，就拿这话来唬我，我们家哪儿出过什么诸侯——搁现在来算，够诸侯级别的封疆大吏在地方上是省长，在军事上少说也得是大区的头头，我最多当过一连之长，真他妈的是无稽之谈。

只听瞎子继续说道："你如果不走仕途，注定没有出头之日啊！你们如果想下地穴必须带上老夫，没了老夫的指点，尔等纵然是竖着进去，最后也会横着出来。"

Shirley 杨在旁听了多时，走过来在瞎子旁边说道："您是不是觉得这下边是个古墓，打算跟我们这些穿山甲下去沾点光，倒出两件明器来？是就是，不是就不是，我们没时间陪你再兜圈子了。你若再有半句虚言，立刻把你赶出去。"

瞎子被 Shirley 杨说得一怔，压低声音说道："嘘！小声点，原来姑娘也是行里的人？听你这话，这莫不是摸金校尉？老夫还当尔等是官面上的，看来你们摸金的最近可真是人才辈出啊。既然不是外人，也不瞒尔等了，嘿，老夫当年也是名扬两湖之地的卸岭力士。这不是年轻的时候去云南倒斗把这对招子丢了吗？如今流落到这穷乡僻壤，借着给人算命糊口，又是孤老，所以……想进去分一杯羹，换得些许散碎银两，也好给老夫仙游之时置办套棺材板子。"

Shirley 杨也被瞎子气得哭笑不得，看了我一眼，我对她摇摇头，坚决不同意。这老小子危言耸听，说到最后原来也是个倒斗的，这地穴下不像古墓，再说就算有明器也不能便宜了他。

瞎子眼睛虽然看不见，但是心思活络，对我和 Shirley 杨的意思知道得一清二楚，急忙对我说道："老夫这里有部《鞑子宓地眼图》，尔等若是肯见者有份，把倒出来的明器匀给老夫一件，这部图谱就归你们了。"

我问瞎子道："这图我听说过，是部地脉图，由于制造工艺的原因，好像世间仅有一部——既然是本宝书，你怎么不拿去卖了，非要拿来同我们打仗（交换物品）？多半是部下蛋的（假货），老头你当我们是傻子不成？"

瞎子对我说道："怎么说老夫也是前辈，你小子就不能尊重尊重老夫吗？

一口一个老头，逞这口舌之快，岂不令旁人取笑你不懂长幼之序？咳，这部青乌神图当年也是老夫拿性命换来的。不过自古风水秘术都是不传之秘，除了懂寻龙诀的正宗摸金校尉，哪里还有人看得懂这图中的奥秘？落到俗人手中，祖师爷岂不要怪老夫暴殄天物，怎么样？成与不成，就看尔等一言出决。"

我心想现在时间已经耽误得太多了，再跟这瞎子蘑菇下去对我们没有好处，先稳住他，有什么事等把孙教授救回来再做计较，便对瞎子说道："咱们一言为定，就按你说的办，下面就算没有明器，我也可以出钱买你这部《弹子宓地眼图》。不过你不能跟我们下去，另外你还得配合一下我，给民兵们说几句壮胆的话，别让他们提心吊胆的不敢下去，坏了我们的大事。"

瞎子非常配合，立即把那些民兵招呼过来，对他们说道："这地穴非同一般——当年秦始皇出游，曾在此洞中见到仙人炼丹，故此在山前立石碑以记此事；日后西楚霸王项羽，汉高祖刘邦，也都在洞中躲避过朝廷严打，那时候他二人皆是布衣，只因为进过这个仙人洞，日后才称王图霸，平定了天下大好基业。此乃先秦的出迹，自古便有的成规。诸位兄弟，王侯将相宁有种乎？老夫看尔等虽是一介民兵，却个个虎背熊腰，鹰视狼顾，皆有将军之相。不妨下这地穴中一探究竟，日后免不了飞黄腾达……"

我看差不多了，再由瞎子说下去就不靠谱了，赶紧一挥手，让先前指派的三个民兵备好吊筐，把我和民兵排长先放下去，后面的四个民兵与Shirley杨再陆续下去。

第三十三章
水潭

我和排长点了一支火把,各持了一支步枪,下到了棺材铺下面。我举起火把抬头看了看,这地穴距离棺材铺约莫有二十米,那裂缝是自然产生的,看不出人工的痕迹。下边是非常宽大的一条通道,高七八米,宽十余米,遍地用长方大石铺成,壁上都渗出水珠,身处其间,觉得阴寒透骨。

古蓝这一带水土深厚,轻易见不到地下水,这里才到地下二十几米,渗水就比较严重,是同石碑店村的特殊地理环境有关系。盆地本就低洼,又时逢雨季,所以才会这样。如果这里真是古墓,那地宫里面的器物怕也被水损坏得差不多了。

大地的断层非常明显,除了我们下来的裂缝之外,地道中还有很多断裂,似乎这里处于一条地震带上。好在这条地道虽然构造简单朴拙,却非常坚固,没有会塌方的迹象。

民兵排长指着不远处告诉我,他第一次下来的时候就在那里看见有个石头台子,上面摆着个长方的石头匣匣,有二十来斤的分量,拿出去一看,里面是六尊殷红似血的古玉奇兽。那套石匣玉兽我没见过,现在正由村委会的人保管着,我问民兵排长:"再往里是什么样子?"

民兵排长摇头道:"石台是在一个石头盖的房子里,再往前就没有路了,但是石屋地面上还有个破洞,下面很深,用手电往里照了一照,什么也没看见。就觉得里面冒出来的风吹得起了一层鸡皮疙瘩,没敢再看,就抱着石匣跑回来了。对了,下边有水声。"

这时,后边的人也都陆续下到地穴中,我看人都到齐了,清点了一遍人数,叮嘱他们不要随便开枪,一定要等我命令——先看清楚了,别误伤了孙教授和另一位考古人员。

我和 Shirley 杨,外加民兵排长带着的四名民兵,共有七人,带着四支步枪,点了三支火把。这人多又有枪,加上以两百块钱的劳务费为目标,众人胆气便壮了,跟着我向地道深处走去。

这条很宏伟但并不算长的地道很干净,没有任何多余的东西,甚至连老鼠都没有一只。我们边走边把手拢在口边呼喊孙教授,然而空寂的地道中,除了阵阵回声和渗出的水滴声,再没有半点其他的动静。

走到头果然是像民兵排长说的那样有间石屋,与寻常的一间民房大小相差无几,是用一块块的圆形石头垒砌而成。门洞是半圆形,毫无遮拦,虽然一看便是人为修造的,却有种浑然天成的感觉。历史上很少看到这样的建筑物,难不成真让那瞎子说着了,这是什么神仙炼丹的地方?

我问 Shirley 杨能否看出来这间石屋是做什么用的,她说她也从未见过这样的屋子。我们从门洞中穿过,进到屋中,这里除了有张石床之外,也是一无所有。石床平整,光滑似镜,不像古墓中的石床。看了半天,我们也瞧不出什么名堂。石屋地面上有个方方正正的缺口,是个四十五度倾斜地道的入口。下边很深,我用手电筒往里边照了照,看不到尽头,只见有条人工的缓坡可以走下去。孙教授很可能就从这儿下去了,我对里面喊了几声,没有人回应。

我只好当先带着众人下去,留下两个民兵守着入口,以防万一。沿着乱石填土垫成的坡道向下走了很久,听见水声流动,我担心孙教授掉进水中淹死了,急忙紧走几步。大伙到下边一看,这里是个人工开凿的洞穴,中间地上有个不大的水潭,手电筒照射下,潭水是深黑色的,深不见底,

第三十三章 水潭

不知是不是活水。上面有几个大铁环，吊着数条沉入深潭中的大铁链，奇怪的是这链子黑沉沉的，不像是铁的，但是一时看不出是什么材质所打造，因为上面没有生锈的迹象。

巨链笔直沉入潭中的一端好像坠着什么重物，我们欲待近前细看，那几条粗大的链子突然猛烈地抖动了一下，把平静的潭水激起串串涟漪。

进入到洞穴深处的除了我和Shirley杨之外，还有民兵排长带着的两个民兵，我们忽然见垂直坠入水潭的链条一阵抖动，都不禁向后退了数步。

这洞中无风，潭中无波，如此粗重的链子怎会凭空抖动？难道被巨链吊在水潭下的东西是个活物？是什么生物需要用如此粗的链条锁住？

我望了Shirley杨一眼，她也是一脸茫然，对我摇了摇头。我自问平生奇遇无数，也算见过些稀奇古怪的东西，但是面对这地道下的水潭，还有这粗大的铁链，实在是找不到什么头绪。但是事关孙教授的下落，只有冒险把铁链拉上来，看看下面究竟有些什么。

这时候，民兵们开始紧张起来了。自古以来，三秦之地便是民风彪悍，对于这些当地农民出身的民兵，如果让他们面对荷枪实弹的敌人也未必会退缩。但是他们这些人几千年来的迷信思想根深蒂固，再加上下地穴之前村民们议论纷纷，说什么的都有，我们身临其境，这些民兵见了这怪异的情况，自然不免疑神疑鬼。

民兵排长对我说道："钱首长……不不……胡……胡首长，这水洼洼里怕不是锁着甚怪物嘞？这可是惊动不得，否则咱村就要遭殃嘞。"另外两个民兵也说："是啊是啊，怕是镇锁着黄河中的精怪，莫要轻举妄动，免得招灾惹祸。"

我耳朵里听着民兵们对我说话，眼睛始终没闲着，必须找些理由把民兵们说服，否则他们都被吓跑了，只剩下我和Shirley杨又济得甚事。

我四下打量周遭的情况。石碑店村是一个小型盆地，离黄河不远，我看风水形势从未走过眼，这里绝对不会有什么贵族的墓葬。虽然这里环境很好，甚至可以说是处神仙洞府，但是这里地下水太多，不可能有人傻到把墓修在这里。

那条宽阔的地道以及地道尽头的石屋也不像是墓室，我只是对古墓很熟，别的古代建筑都不太懂。但是石屋中的石床又有几分古怪。古墓中的石床有两种，一种是摆放墓主棺椁的叫作墓床，另有一种是陈列明器的叫作神台——石屋中的那个更像是摆放东西的神台。

这有个小小潭口的洞穴，到了这里就算是到头了，已经没有任何岔路暗道。孙教授和另一名考古队员肯定是进了这个洞穴，这里却全无他们的踪影，莫非他们遭到什么不测，掉入水潭中了？

整个洞有明显的人工开凿拓展痕迹，规模也不是很大，数条粗大铁链穿过洞顶连接着角落里的一个摇辘，明显是可以升降的，看来潭中的铁链可以被拉上来。我伸手摸了摸链条，里面确实是铁的，不过外层上涂了防锈的涂料，显得黑沉沉的，毫无光泽。

我再看沉入潭中的铁链还在微微抖动，这样的情况应该不会是被潭下暗涌所冲，肯定是有活的东西，难道被铁链拴着的是巨鼋老龙之类？这种事万不能对那些民兵讲，我忽然想起算命瞎子的话来。那老儿信口开河，不过对这些村民却有奇效，我不妨也照猫画虎，以迷信思想对付迷信思想，反正当务之急是把潭中的东西拽上来，尽快找到孙教授。

于是我一脸坚毅的表情对民兵们说道："同志们，现在祖国和人民考验我们的时候到了。头可断，血可流，大无畏的革命精神不能丢，咱们一起动手，把铁链从潭中拽出来……"

民兵排长不等我把话说完就抢着对我说："胡首长，我的胡大首长，拽不得，万万拽不得呀！这链链拴着黄河里的老怪，这等弥天大事可不敢随便做。"

说实话，我心里也没底，不过表面上却要装得镇定自若，拿出点首长的感觉来，便对民兵排长说道："排长同志，你不记得那位有名的算命先生是怎么说的吗？你们村那位瞎子先生是古时姜太公、刘伯温、诸葛亮转世，前知八千年，后知五百载，他说这里是个仙人洞，我看多半没错。因为我在研究古代资料的时候看到过这种描述。这潭中坠的一定是太上老君炼丹的香炉，里面有吃了长生不老、百病不生的灵丹妙药。咱们肯定是先发现这些仙丹的，按国际惯例，就应该……应该……"

国际上对于个人首先发现的东西好像会让发现者享有什么权利，但是我一时想不起来了，赶紧问 Shirley 杨："国际惯例是什么来着？"

Shirley 杨替我说道："按国际惯例，首先发现的人享有命名权。"

我一听光命名哪儿行，于是接着对民兵们讲："同志们，命名权你们懂吗？"我一指其中一个民兵，"比如兄弟你叫李大壮，那只要你愿意，咱们发现的仙丹就可以叫大壮丹。一旦咱们国家的科研工作者把这种仙丹批量生产，造福人民，咱们就算是对党和人民立下了大功啊！另外最重要的是先到先得，咱们五个人是先发现的，每个人都可以先尝几粒嘛，这事我做主拍板了。"

三个民兵让我侃得都晕了，三人你看看我，我瞅瞅你，一则在上面的时候瞎子说的话他们都十分相信，二则又爱慕这种建功立业的虚荣，三则那长生不老的仙丹谁不想吃上一把。但是还有一个顾虑没有清除，既然铁链下坠着的是太上老君的丹炉，为何铁链会不时地抖动？

我暗道不妙，夜长梦多，再由着这帮民兵瞎猜，我这谎就撒不圆了："这个铁链为什么会动呢？对啊，它会动那是因为……因为这炉中仙丹的仙气流动啊！这种吃了长生不老、万病皆除的仙丹，你们以为跟那中药丸子似的又黑又臭吗？这每一粒仙丹都有灵性，毕竟不是世间凡物。"

民兵们听了我的话都连连点头，觉得是这么个道理。看来这链子拴着的东西不是什么黄河中的精怪，肯定是太上老君的丹炉，于是纷纷卷起袖管准备动手。

民兵排长突然想到些什么，走到我身边，对着我的耳朵说了几句悄悄话，我听后笑着对他说道："排长同志，你尽管放心，仙丹神药没有治不好的病，就你这点事根本不算什么。这仙丹是专治阳而不举……"

另外两个民兵在一旁听了都哈哈大笑，弄得民兵排长有点脸红，对那两人大声呵斥："驴人的笑个甚？快干活！"

Shirley 杨觉得有些不太稳妥，低声对我说道："老胡，我看被铁链拴在潭中的像是些有生命的东西，就这么冒冒失失地拽出来，是不是……"

我趁着民兵们过去准备转动摇辘,便对她说道:"难道还信不过我吗?你尽管放心,我和你一样,只有一条性命,岂能拿咱们的安全开玩笑?我看过这么多形势理气,从未走过眼。纵观这里的风水形势,我敢以项上人头担保,绝不会有什么古墓,所以不用担心有粽子。而且这里的自然环境得天独厚,又不是什么深山老林,料来也不会有什么凶恶异兽;就算是有,也有铁链拴着,咱们又有步枪防身,怕它什么。万一孙教授是在下面,咱们迟迟不动手,岂不是误了他的性命?当然现在动手怕也晚了三秋了,就听天由命吧。"

Shirley 杨说道:"我不是对你不放心,是你从来就没办过让我放心的事。你对那些乡民怎么讲不好,偏说什么长生不死的仙丹妙药,我看你比那算命的瞎子还不靠谱。等会儿万一把铁链提上来没有什么仙丹,我看你怎么跟他们交代。"

我对 Shirley 杨说道:"我可没瞎子那两下子,那老儿能掐会算,满嘴跑火车。现在我是没办法了,要不这么说,那些民兵不肯出死力。我看那绞盘非得有三人以上才转得动,只有咱们两个可玩不转了。等会儿万一没有仙丹,你可得帮我打个圆场,别让我一人作难。"

民兵排长准备完毕,在一边招呼我,我和 Shirley 杨便不再谈论,将火把插在潭边,各端步枪,拉开枪栓,对民兵排长一挥手:"动手。"

民兵排长带着另外两个民兵转动摇辘,像在井中打水一样,在绞盘上卷起一圈圈铁链。没想到这绞盘与摇辘铁链之间的力学原理设计得极是巧妙,根本不用三个人,只一个人使八成力气就可以把铁链缓缓卷进绞盘。

随着沉入水潭中的铁链升起,我与 Shirley 杨等人也都捏了把冷汗。潭下的东西是活的还是什么别的,马上就要见分晓了,心也不由得跟着粗大的铁链慢慢上升而提了起来。

铁链卷起十余米,只见潭中水花一分,有个黑沉沉的东西从潭水中露了出来。

民兵排长大叫道:"我的祖宗哎,真个被胡首长说着嘞,恐怕真个是那太上老君烧丹的炉炉。"

第三十四章
缸怪

在铁链的拖动下,一个巨大的黑色物品"哗哗"淌着水,被从水潭中吊了上来,因为火把的光源有限,那物体又黑,初时只看得到大概的轮廓,又圆又粗,跟个大水缸似的,但可以肯定一点,不是什么水中的动物,是个巨大的物品。

我们谁也没见过太上老君的丹炉,难道真被我言中了?这世上哪儿有如此凑巧的事。我为了看得清楚些,让 Shirley 杨举着手电照明,我自己举起插在地上的火把,凑到近处细看。

这时,整个黑色的巨大物体都被吊出了水面,民兵排长等人把绞盘固定住,也都走过来观看。水潭的直径不到三米,更像是一口大一些的井眼。我们站在潭边,伸手就可以摸到吊上来的东西。

在火把手电筒的照射下,这回瞧得十分清楚了,只见一口"巨缸",至少外形十分像水缸,缸身上有无数小孔,刺了不少古怪的花纹。我和 Shirley 杨见过很多古物,这种奇特的东西尚属首次目睹,实在搞不明白这是个什么东西,年代历史出处全看不出来,更不知道是什么人大费周折把它用数条铁链吊在水潭里,这口破缸值得这么机密吗?

缸口是封着的，盖子是个尖顶，显得十分厚重，边上另有六道插栓扣死，想打开缸盖，只要拆掉这六道插栓就可以。

"巨缸"四周全是小指大的孔洞，一沉入水潭中，"巨缸"就可以通过这孔洞注满潭水，但是只要用摇辘和绞盘把铁链提拉上来，一超出水潭的水面，"巨缸"中储满的水就会漏光，天底下的水缸都是用来盛水的，但是这口怪缸的功能好像不是那么简单，是另有他用。

就连民兵排长那等粗人，也看出来这不是什么太上老君的炼丹炉了，忍不住问道："胡首长，这怎么不像是太上老君装丹药的炉子，倒有几分像是我家里漏水的那口破缸。"

我对民兵排长说："排长同志，这就是你不懂了，你家的水缸上面有这么多花纹吗？你看这许多花纹造型古朴奇特，一定是件古物，你就等着文物局来给你们村民兵发奖状吧。"

Shirley 杨看罢这口怪缸，也是心下疑惑，说道："这也不像是水缸，我看更像是折磨人的刑具。"

我对 Shirley 杨说道："我知道你的意思，你是说把活着的囚犯装进漏眼的缸里，浸入水潭中，等他快淹死的时候，再把缸吊出水面，把里面的水放光。那样的刑具倒是有的，以前我在电影里看过，反动派就经常用那种酷刑折磨我们英勇不屈的地下党。不过我看这口怪缸不太像刑具，折磨人的刑具哪儿用得着这么精雕细刻，这缸上的花纹极尽精妙之能事，一看就是有些年头的东西。咱们乱猜也没用。上去把插栓拔掉，看看里面究竟有什么东西再说，搞不好就是仙丹。"

民兵排长拦住我说道："胡首长，可不敢乱开，万一要是缸里封着甚妖魔，放出来如何是好？"

我对民兵排长说："跟你说了多少遍了，这种地方不可能有怪物，刚才咱们看到潭中的铁链抖动，可能是水潭下连着地下湖，湖中的大鱼大虾撞到了这口缸。不要疑神疑鬼！你要是现在还这么想，我也没办法，咱们让事实说话，你们都向后退开掩护我就可以了，看我怎么单枪匹马上去把缸盖拆掉。里面便真有猛恶的妖怪，也是先咬我，我他娘的倒要看看谁敢咬我！"

他们拦我不住，只好搭起手梯，把我托到怪缸的顶上。这口奇特的怪缸与铁链之间甚是坚固，我站在上面，虽然有些晃悠，但是铁链却没有不堪重负断掉的迹象。

我爬到怪缸的顶上，一摸，才发现这口缸外边包着三层刷有生漆的铁皮，非常结实，不是寻常的瓦缸，心中暗道：这么结实的缸是装什么的？搞不好还真是封着什么鬼怪，打开之后只看一眼，要有情况立刻把盖子封上就是。

Shirley 杨和民兵们站在下面，仰起头望着我，都替我捏了把汗，他们不住口地提醒我多加小心。我拆了两个插栓，抬手向下边的众人挥手致意："同志们好，同志们辛苦了。"然后继续低头拆卸下一个插栓，这些插栓在水中泡得久了，却并没有生锈，用力一拔就可以拔掉。

我刚拆到第五个插栓，忽然脚下的怪缸一阵晃动，似乎缸中有什么东西在大力挣扎，我站在上面，立足不稳，险些一头掉下来。我急忙用手抓住上边的铁链，把失去重心的身体牢牢固定住。

其实悬挂在半空的怪缸里面有东西在动，这口缸毕竟沉重，摇摆的幅度不大，只是我没有准备，倒被它吓了一跳，我攀住铁链，只听缸中"噼里啪啦"地乱响，真像是什么东西在使劲挣扎。

难道孙教授被困在里面了？在潭中泡了这么久还没淹死？下面的 Shirley 杨与三个民兵也听见了声音，都对着怪缸大喊孙教授的名字，让他不要着急，我们马上就会把他救出去。

缸中声响不绝，却无人回答，我救人心切，哪里还管得了许多，立刻把最后的插栓拔掉，缸上回旋的空间有限，我便用手攀紧铁链，想用脚踢开缸盖。

这时候，我脑中突然出现一个念头：古时候有种缸棺，以缸为棺，把死人装进里头掩埋，不过十分少见，我从来没遇到过。难道这口奇特的漏眼大缸，就是一口缸棺，里面有死而不灭的僵尸作祟？

我与 Shirley 杨这次来陕西，也带了两只手电筒，不过都在 Shirley 杨的包里。我现在爬到缸顶，身上除了摸金符之外，什么器械都没有携带，连个黑驴蹄子也没有，真有粽子倒也难缠。不过我随即打消了这种念头，我对我那半本《十六字阴阳风水秘术》非常信任，既然按书中记载，这种地方不会有僵尸，就肯定不会有，他娘的这里要真有粽子，我回去就把那半本书撕了，当下一咬牙关，硬着头皮把缸盖踢开。

洞中本就黑暗，Shirley 杨和三个民兵都举着火把在下头，我上来的时候没带手电。此刻人在半空，只见怪缸中黑咕隆咚，再加上被下边的火把将眼睛一晃，更是什么也看不见。我俯下身去想让下边的人抛个手电筒上来，刚一弯腰，只闻得一股腥臭直冲鼻端，呛得喘不过气来。

我连忙捂住鼻子，向怪缸中扫了一眼，黑暗中有只白色的人手从缸中伸了出来，我惊声叫道："孙教授？"连忙伸手去握那只手，想把他拉上来。

可是我的手一碰到缸中的那只手臂，就觉得不太对头，又湿又硬，是手骨而不是活人的手。想到这一点的时候，已经晚了，因为太着急，已经拽着手骨把一具张着大口的骷髅人骨扯了上来。

虽然怪缸在半空，光源在更靠下的地方，缸中的东西看不见，但是骷髅被我扯了出来，看得却是真切，白森森，水汪汪。这事情完全超出预料，心理落差太大，吓得我大叫一声，从缸上翻了下来，大头朝下摔进了水潭。

那深潭中的水冰冷刺骨，阴气极重，我头朝下脚朝上摔了进去，被那潭水呛得鼻腔疼痛难忍。好在我自小是在福建海边长大，不管是军区带跳台的游泳池，还是风高浪急的海边，都是我小时候和胖子等人游泳的去处，水性就是那时候练出来的。因为小时候不知道什么叫危险，多少次都差点淹死在水里。

此时落入潭中，心中却没慌乱，在水中睁开眼睛，没有光源，必须立刻游回潭口，否则就要活活呛死在水里。但是四周一片漆黑，我摔下来的时候头都晕了，完全失去了方向感，在水里又听不到声音，真好像已经死了一样，最多还能再坚持半分钟，看来是回不去了。

正在我快要绝望的时候，忽然眼前一亮，有人拿着防水手电筒朝我游了过来，不是旁人，正是 Shirley 杨见我落入潭中——这潭口上小下大，一旦掉下去，两分钟之内不游回来，就得淹死在下边——不敢耽搁，从民兵身上抓起一根绳子，拿着手电筒跃入了水潭。

我知道这时候再也不能逞能了，赶紧握住Shirley杨的手，民兵们在上头拉扯绳索把我们两个拽了上去。

Shirley杨脸色刷白："你个老胡，这回真是危险，我再晚上几秒钟……没法说你，简直是不堪设想。"

我也是缓了半天才回过神来，对Shirley杨又是感激又是惭愧："又差点去见马克思，不过一回生二回熟，在鬼门关前转悠的次数多了，也就不害怕了。再晚几秒也没关系，大不了你们把我拽上来，再给我做几次人工呼吸……"

我正要再说几句，那口悬在半空的怪缸又传出一阵阵声响，似乎有人在里面敲大缸壁求救……

众人一起抬头望向吊在半空中的怪缸，心里都有一个念头：活见鬼了。

我对Shirley杨说道："别担心，我再上去一趟瞧瞧。倘若我再掉进水里，你记得赶紧给我做人工呼吸，晚了可就来不及了。"

她白了我一眼，指着民兵排长对我说："想什么呢！要做人工呼吸，我也会请那些民兵给你做。"

我对她说："你怎么这么见外呢？换作你掉到水里闭住了气，需要给你做人工呼吸，那我绝对义不容辞啊……"

Shirley杨打断我的话，对我说道："我发现一个是你，还有一个是那个死胖子，从来不拿死活当回事，什么场合了还有心情开玩笑。对了，我问你，你在上边看到什么东西了，能把你吓得掉进水里？孙教授在里面吗？"

我一向以胡大胆自居，这一问可揭到我的短处了，怎么说才能不丢面子呢？我看着悬在半空的怪缸告诉Shirley杨等人："这个……我刚一揭开缸盖，里面就嗖嗖嗖射出一串无形的连环夺命金针，真是好厉害的暗器。这也就是我的身手，一不慌二不忙，气定神闲，一个鹞子翻身就避了过去，换作旁人，此刻哪里还有命在？"

Shirley杨无奈地说："算了，我不听你说了，你就吹吧你，我还是自己上去看好了。"说罢将自己湿漉漉的长发拧了几拧，随手盘住，也同样让两个民兵搭了手梯，把她托上缸顶。

怪缸中还在发出声响，民兵们又开始变得紧张起来，惧怕缸中突然钻出什么怪物。我告诫他们千万别随便开枪，接着在下面将手电筒给Shirley杨扔了上去，告诉她那口怪缸里有个死人的骨头架子，让她也好有个心理准备，别跟我似的从上边掉下来。

Shirley杨在上面看了半天，伸手拿了样东西，便从怪缸上跳了下来，举起一个手镯让我们看。我和民兵排长接过玉镯看了看，更是迷惑不解。

我在潘家园做了一段时间生意，眼力长了不少。我一眼就能看出这只玉镯是假的，两块钱一个的地摊货，根本不值钱，而且是近代的东西。难道那口怪缸中的白骨是个女子？而且还是没死多久，那她究竟是怎么给装进这口怪缸的？是死后被装进去的，还是活着装进去淹死的？以缸棺安葬这一点可以排除。中国人讲究入土为安，绝不会把死者泡在水里，眼前这一团乱麻般复杂的情况果然是一点头绪都没有。

Shirley杨对我说："老胡，你猜猜那口缸里是什么东西发出的响声？"

我说："这莫不是骨头架子成精？中国古代倒是有白骨精这么一说。不过那白骨精在很多年前已被孙悟空消灭了呀，难道这里又有个新出道的？想让咱老百姓重吃二遍苦，再受二茬罪？"

她笑道："你真会联想，不是什么白骨精。刚才我看得清楚，缸中共有三具人骨，都是成年人；底下还有二十多条圆形怪鱼，虽只有两三尺长，但是这种鱼力气大得超乎寻常，缸中的潭水被放光了，那些怪鱼就在里面扑腾个不停，所以才有响声传来。把这口怪缸吊起来之前，咱们看见铁链在水潭中抖动，可能也是这些鱼在缸中打架游动造成的。"

我对她说："这就怪了，那些鱼是什么鱼？它们是怎么跑进封闭的缸里的？它们吃死人吗？"

Shirley杨摇头道："这我就不知道了，我从来都没见过这样的怪鱼。我想这种鱼不是事先装进去的，有可能……有可能这些鱼本身就生长在这地下洞穴的水潭里，有人故意把死尸装进全是细孔的缸中沉入水潭，没长成的小鱼可以从缸身的细孔游进去……"

我听了她的话，吃惊不小："你的意思我懂了。你是说这是用死人肉养鱼？等人肉被啃光了，鱼也养肥了，大鱼不可能再从缸壁的孔洞中游出去。不过这样养鱼有什么用呢？这也太……太他妈恶心了。"

民兵排长突然插口道："一号、二号两位首长，我看了半天，这只镯镯我好像在哪里见过，颇像是村里的一个女子戴的。她嫁出去好多年了，也从不同家里来往，前几个月才第一次回娘家。当时她戴着这只镯子让我们看，还跟我们说这是她在广东买的，值个上千块，村里的婆姨们个个看着眼红，回去都抱怨自家的汉子没本事，买不起上千块的首饰。"

我一听这里可就蹊跷了，忙问民兵排长后来怎么样。

他说："后来就没后来了，那女子就不声不响地走了，村里人还以为她又和家里闹了别扭跑回外地去了。现在看这只镯镯，莫不是那女子被歹人给弄死了？"

我们商议着，忽听地穴的坡道上脚步声响起。我以为是外边守候的两个民兵见我们半天也没回去，不太放心，就下来找我们。谁想到回头一看，下来的几个人中为首的正是孙教授。

我又惊又喜，忙走过去对孙教授说："教授，您可把我吓坏了。我为了一件大事千里迢迢来找您，还以为您让食人鱼给啃了，您去哪儿玩了？怎么突然从后边冒出来？"

孙教授看见我也是一愣，没想到我又来找他，而且会在此相见。听我把前因后果简略地说了一遍，才明白是怎么回事。

孙教授仔细看了看这洞穴中的情景，对我们说道："这缸是害人的邪术啊，我以前在云南见到过。看来这件事已经不属于考古工作的范畴了，得找公安局了。此地非讲话之所，大伙不要破坏现场了，咱们有什么话都上去再详细地说。"

于是一众人等都按原路返回，村长等人见所有的人都安然无恙自是十分欢喜。我把事先许给民兵们的劳务费付了，民兵们虽然没吃到仙丹，但是得了酬劳，也是个个高兴。

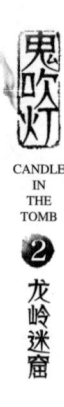

孙教授请村委会的人通知警察，然后带着我与Shirley杨到村长家吃晚饭。我心中很多疑问，便问孙教授这地穴究竟是怎么回事。

孙教授对我与Shirley杨讲了事情的经过。原来他先前带着助手下到地穴里，也看到了沉入潭中的铁链，当时他们没有动绞盘，上来的时候，在第一层地道的尽头又发现了一条暗道，里面有不少石碑。

地道的构造是"⊢⊣"形，一共有两条道。一条明道配一条暗道，高低落差为两米，双线是明道，单线是暗道，中间有一条横向的明道相连。石碑都在暗道中。所谓的暗道就是比明道低一截，有个落差，不走到跟前看不太容易发现。明道与暗道的尽头各有一间石屋。

孙教授带着助手进了单线标注的下面一层暗道，查看里面的古代石碑保存程度。没想到由于这里地势更低，渗水比上面还要严重许多，连接两条地道中间的部分突然出现了塌方，他们二人被困在了里面。

下去救援的人们没发现这两条平行的地道，好在塌方的面积不大，孙教授二人费了不少力气才搬开塌落封住通道的石头出来。一出来便刚好遇到留守的民兵，知道有人下到石屋地穴里去救他们，半天没回来，便跟着两个留守的民兵一起下去查看。

经过勘察，石碑店地下的地道属于秦代的遗址，这种地方在附近还有几处，都是秦始皇当年派方士炼药引的地方，后来大概废弃了，除了里面还残存着一些石碑外，再没有其余的收获了。不过这些石碑还是有重大的研究价值的。

我问孙教授："那个石匣中的六尊玉兽，以及地穴水潭中悬吊的怪缸，又是用来做什么的？难道也是秦代的遗物？"

孙教授摇头道："不是，石匣玉兽，还有石屋下的地洞，包括铁链吊缸，与先秦的地道遗址是两回事，都是后来的人放进去的。我在古蓝县就听说这些年隔三岔五就有人口失踪，很可能与这件事就有关系。我不是做刑侦的，但是我可以根据我看到现场这些东西做出的推断给你们讲讲，当然这也不是什么国家机密了，所以对你们说说也没关系。"

孙教授是这么分析的：这套石匣玉兽价值连城，极有可能是出自云南古滇国。古滇国是一个神秘的王国，史学家称之为失落的国度。史书上的记载不多，据传国中人多会邪术，《橐歔①引异考》有过对献王六妖玉兽的记载，这是一种古代祭祀仪式用的器物。石碑店村棺材铺的老掌柜是村中少数的外来户之一，是从哪一代搬来的已经查不出来了，他现在已经去世了，所以这套宝贝他是如何得到的，我们也无法得知了。

---

① 橐，音 tuó，一种口袋。歔，古同"呼"。

第三十五章
线索

古滇国灭亡于西汉。在古滇国中期的时候，国内发生了很大的内乱，有一部分人从滇国中分裂了出来。这些人进入崇山峻岭中，过着与世隔绝的生活。从那以后，这些人就慢慢在历史上消失了，后世对他们的了解也仅仅是来自《橐歔引异考》中零星的记载。

这批从古滇国中分离出来的人自然而然形成了一个部落集团，他们有一种很古怪的仪式，就是用那种悬吊在水中的怪缸将活人淹死在里面，以死人养鱼。天天吃人肉的鱼，力气比普通的鱼要大数倍。等鱼长成后，要在正好是圆月的那天晚上，把缸从水中取出，将里面的人骨焚毁，用来祭祀六尊玉兽，然后再把缸中的鱼烧汤吃掉。据说吃这种用死人喂养的鱼，可以延年益寿。

棺材铺的老掌柜不知怎么得到这些东西，是祖传的还是自己寻来的，暂时还都不知道。很可能他掌握着这套邪恶的仪式，又在棺材铺地下发现了先秦的遗址，这就等于找到了一个非常隐蔽的场所。为了更好地隐蔽而不暴露，便利用一拍棺就死人的传说，使附近的村民对他的店铺产生一种畏惧感，轻易不敢接近。直到他死后，这些秘密才得以浮现出来。不过这位棺材铺的老掌柜究竟是不是杀人魔王,这些还要等公安局的人来了之后再做详细的调查取证。

听了孙教授的话,刚好饭菜中也有一尾红烧鱼,我恶心得连饭都快吃不下去了,越想越恶心,干脆就不吃了。我对孙教授说:"您简直就是东方的福尔摩斯,我在下边研究了半天,愣是没看出个所以然来。高啊,您实在是高!"

孙教授这次的态度比上次对我好了许多,当下对我说:"其实我以前在云南亲眼看到过有人收藏了一口这样的怪缸,是多年前从南洋那边买回来的,想不到这种邪术在东南亚的某些地方流毒至今。你还记得我上次说过老陈于我有恩吗?那也是在云南的事。"

这种恶心凶残的邪术虽然古怪,但是毕竟与我们没有直接关系,我们能找到孙教授就已经达成目的了,所以刚才孙教授说的那些话,我们也就是随便听听。我与Shirley杨正要为了陈教授的事有求于他,一时还没想到该如何开口,这时听孙教授提到陈教授,便请他细说。

孙教授叹道:"唉,有什么可说的,说起来惭愧啊,不过反正也过去这么多年了。当时我和老陈被发到云南接受改造,老陈比我大个十几岁,对我很照顾。我那时候出了点作风问题,和当地的一个寡妇相好了,我不说你们也应该知道,这件事在当时影响有多坏。"

我表面上装得一本正经地听着,心中暗笑:孙老头长得跟在地里干活的农民似的,一点都不像个教授,想不到过去还有这种风流段子。连这段罗曼史都交代出来了,从这点上可以看出来他是个心里藏不住事的人,想套他的话并不太难,关键是找好突破口。

只听孙教授继续说:"当时我顶不住压力,在牛棚里上了吊,把脚下的凳子踢开才觉得难受,又不想死了,特别后悔,对生活又开始特别留恋。但是后悔也晚了,舌头都伸出来一半了,眼看就要完了,这时候老陈赶了过来,把我给救了。要是没有老陈,哪里还会有现在的我。"

我知道机会来了。孙教授回忆起当年的事,触着心怀,话多了起来,趁此机会我赶紧把陈教授现在的病情说得加重了十倍,并让Shirley杨取出异文龙骨的拓片给孙教授观看，对他说了我们为什么来求他，就算看在陈教授的面子上，给我们破例泄点密。

孙教授脸色立刻变了，咬了咬嘴唇，踌躇了半天，终于对我们说："这块拓片我可以拿回去帮你看看，分析一下这上面写的究竟是什么内容，不过这件事你们千万别对任何人吐露。在这里不方便多说，等咱们明天回到古蓝县招待所之后，你们再来找我。"

我担心他转过天去又变卦，就把异文龙骨的拓片要了回来，跟孙教授约定，回县招待所之后再给他看。

当天吃完饭后，我与Shirley杨要取路先回古蓝县城。还没等出村，就被那个满嘴跑火车的算命瞎子拦住。瞎子问我还想不想买他那部《弹子宓地眼图》，货卖识家，至于价钱嘛，好商量。

我要不是看见瞎子，都快把这事给忘到九霄云外去了。我知道他那本《弹子宓地眼图》其实就是本风水地图，没什么大用，真本的材料比较特殊，所以值钱，图中本身的内容和《山海经》差不多，并无太大的意义。况且瞎子这本一看就是下蛋的西贝货，根本不是真品，我对他说："老头，你这部图谱还想卖给识货的？"

瞎子说道："那是自然，识货者随意开个价钱，老夫便肯割爱；不识货者，纵然许以千金也是枉然。此神物断不能落入俗辈之手。老夫那日为阁下摸骨断相，发现阁下蛇锁七窍，生就堂堂一副威风八面的诸侯之相。放眼当世，配得上这部《弹子宓地眼图》者，舍阁下其谁？"

我对瞎子说道："话要这么说，那你这部图谱恐怕是卖不出去了。因为这根本就是仿造的，识货的不愿意买，不识货的你又不卖，您还是趁早自己留着吧。还有，别再拿诸侯说事了行吗？我们家以前可能出过属猪的，也可能出过属猴的，可就是没出过什么猪猴，我要是猪猴我就该进动物园了。"

瞎子见被我识破了这部假图谱，便求我念在都是同行的情分上把他也带到北京去，在京城给人算个命摸个骨，倒卖些下蛋的明器什么的，也好响应政府的号召，奔个小康。

我看瞎子也真是有几分可怜，动了恻隐之心，与Shirley杨商量了一下，就答应了他的请求，答应回到北京给他在潘家园附近找个住处，让大金牙照顾照顾他。而且瞎子这张嘴跑得开航空母舰，可以给我们将来做生意当个好托。

但是我嘱咐瞎子，首都可不比别处，你要是再给谁算命都捡大的，说对方将来能做什么诸侯王爷元首，那就行不通了，搞不好再给你扣个煽动群众起义的帽子办了。

他连连点头道："这些道理不须你说，老夫也自然理会的。那个罪名可是万万担当不起，一旦上面追究下来，少说也问老夫个斩监侯。到了京城之中，老夫专拣那见面发财的话说也就罢了。"

于是我带着瞎子一起回到了古蓝招待所。有话便长，无事即短。且说第二天下午，好不容易盼到孙教授回来，立刻让瞎子在招待所里等候，与Shirley杨约了孙教授到县城的一个饭馆中碰面。

在饭馆中，孙教授说："关于龙骨异文的事，我上次之所以没告诉你们，是因为当时顾虑比较多。但是昨天我想了一夜，就算为了老陈，我也不能不说了。但是我希望你们一定要慎重行事，不要惹出太大的乱子。"

我问孙教授："我不太明白，您究竟有什么可顾虑的呢？这几千年前的东西，为什么到了今天还不能公开？"

他摇头道："不是不能说，只是没到说的时机。我所掌握的资料十分有限，这些异文龙骨都是古代的机密文件，里面记录了一些鲜为人知甚至没有载入史册的事情。破解天书的方法虽然已经掌握了，但是由于相隔的年代太远了，对于这些破解出来的内容，怎样去理解，怎样去考证，都是非常艰难复杂的。而且这些龙骨异文有不少残缺，很难见到保存完好的，一旦破解的内容与原文产生了歧义，哪怕只有一字不准，那误差可就大了去了……"

我对孙教授说："这些业务上的事，您跟我们说了，我们也不明白。我们不远万里来找您就是想知道雮尘珠的事，还有Shirley杨带着的龙骨异文拓片是希望您帮我们解读出来，看看有没有雮尘珠具体着落在哪里的线索。"

孙教授接过拓片，看了多时，才对我说道："按规定这些都是不允许对外说的，上次吓唬你也是出于这个原因；因为这些信息还不成熟，公布出去是对历史不负责任。不过这次为了老陈，我也顾不上什么规定，今天豁出去了。你们想问耗尘珠，对于耗尘珠的事我知道得很少，我觉得它可能是某种象征性的礼器，形状酷似眼球，最早出现于商周时期。在出土的西周时期龙骨密文中，关于耗尘珠是什么时期、由什么人制作、又是从哪里得来的材料，都没有明确的信息。像你们所拿来的这块拓片也和我以前看过的大同小异，我不敢肯定龙骨上的符号就是耗尘珠。但是我可以肯定地告诉你们，这个又像眼球又像旋涡的符号在周代密文中代表的意思是凤凰，这拓片上记载的信息是西周人对凤鸣岐山的描述。"

我满脑子疑问，于是出言问道："凤凰？那不是古人虚构出来的一种动物吗？在这世上当真有过不成？"

孙教授回答说："这个不太好说，由于这种龙骨天书记录的都是古代统治阶级非常重要的资料档案，寻常人根本无法得知其中的内容，所以我个人十分相信龙骨密文中记录的内容。不过话说回来，我却不认为世界上存在着凤凰，也许这是一种密文中的密文，暗示中的暗示。"

我追问道："您是说这内容看似描写的是凤凰，实际上是对某个事件或者物品的替代，就像咱们看的一些打仗电影里有些国军私下里管委员长叫老头子，一提老头子，大伙就都知道是老蒋。"

孙教授说："你的比喻很不恰当，但是意思上有几分接近了。古时凤鸣岐山预示着有道伐无道，兴起的周朝才取代了衰落的商纣。凤凰这种虚构的灵兽可以说是吉祥富贵的象征，它在各种历史时期不同的宗教背景下都有特定的意义。但是至于在龙骨天书里代表了什么含义，可就不好说了。我推断这个眼球形状的符号代表凤凰，也是根据龙骨上同篇中的其余文字来推断的，这点应该不会搞错。"

我点头道："这是没错，因为耗尘珠本身便另有个别名唤作凤凰胆，这个名字也不知是从什么时候开始流传出来的，看来这眼球形状的古玉与那种虚构的生物凤凰之间存在着某种联系。教授，这块拓片的密文中有没有提到关于古墓或者地点之类的线索？"

孙教授说："不是我不肯告诉你们，确实是半点没有，我帮你们把译文写在纸上，一看便知，这只是一篇古人描述凤鸣岐山的祭天之文。这种东西一向被帝王十分看重，祈求得到凤鸣的预示便可受命于天，成就大业。这就像咱们现在饭馆开业，放鞭炮，挂红幅，讨个吉利彩头。"

我与Shirley杨如堕五里雾中，满以为这块珍贵的拓片中会有雹尘珠的下落，到头来却只有这种内容。我让孙教授把拓片中的译文写了下来，反复看了数遍，确实没有提到任何地点。看来这条搁置了数十年的线索，到今天为止，又断掉了。如果再重新找寻新的线索，那不亚于大海捞针。我想到气恼处不禁咬牙切齿，脑门子的青筋都跳了起来。一旁的Shirley杨也咬着嘴唇，全身轻轻颤抖，眼泪在眼眶里打转。

孙教授见我们两人垂头丧气，便取出一张照片放在桌子上："你们先别这么沮丧，来看看我昨天拍的这张照片，也许你们去趟云南的深山老林，会在那里有一些收获。"

我接过孙教授手中的照片，同Shirley杨看了一眼。照片上是六尊拳头大小的血红色玉兽，造型怪异，似狮又似虎，身上还长着羽毛，都只有一只眼睛，面目狰狞。玉兽身上有很多水银斑，虽然做工精美，却给人一种十分邪恶阴冷的观感。

不知为什么，我一想起这是棺材铺掌柜的物品就说不出地厌恶，不想多看，一看就想起用死人养鱼的事情，恶心得胃里翻腾。我问孙教授："教授，这张照片是昨天在石碑店拍的吗？照片上莫非就是在棺材铺下找到的石匣玉兽？"

孙教授点头道："是啊，我想你们会用得到这张照片，所以连夜让我的助手回到县城把底片洗了出来。你们再仔细看看照片上有什么特别的地方。"

Shirley杨本也不愿多看这些邪兽，听孙教授此言，似乎照片中有某些与雹尘珠有关的线索，于是又拿起照片仔细端详，终于找到了其中的特征：

"教授，六尊红玉邪兽都只有一只独眼，而且大得出奇，不符合正常的比例，而且……而且最特别的是玉兽的独目，都与雮尘珠完全相同。"

孙教授对我们说道："没错，正是如此。所以我刚才劝你们不要沮丧，柳暗花明又一村。"

我与Shirley杨惊喜交加，但是想不通——古滇国地处南疆一隅，怎么会和雮尘珠产生联系？难道这么多年以来下落不明的雮尘珠一直藏在某代滇王的墓穴里？

第三十六章
献王墓

孙教授虽然对凤凰胆毫尘珠了解得不多，但是毕竟掌握了很多古代的加密信息，而且对历史档案有极深的研究。孙教授认为毫尘珠肯定是存在的，这件神器对古代君主有着非凡的意义，象征着权力与兴盛，而且不同的文化背景与地缘关系，使得对毫尘珠的理解也各不相同。

在棺材铺中发现的石匣玉兽可以肯定地说出自云南古滇国。滇国曾是秦时下设的三个郡，秦末时天下动荡，这一地区就实行了闭关锁国的政策，自立为王，从中央政权中脱离了出来，直到汉武帝时期才重新被平定。

据记载，古滇国有一部分人信奉巫神邪术，这些信奉邪神的人为了避乱离开了滇国，迁移到澜沧江畔的深山中生活。这部分人的领袖自称为献王，像这种草头天子在中国历史上数不胜数，史书上对于这位献王的记载不过只言片语。这些玉兽就是献王用来举行巫术的祭器。

六尊红色玉兽分别代表东、南、西、北、天、地六个方向，每一尊都有其名称与作用。献王在举行祭祀活动的时候需要服用一些致幻的药物，使其精神达到某种无意识的境界，同时六玉兽固定在六处祭坛上产生某种磁场，这样就可以与邪神图腾在精神意识层面进行沟通。

献王祭礼时使用的玉兽要远比棺材铺下面的这套大许多，我们在棺材铺下面发现的这套应该是国中地位比较高的巫师所用的——至于它是如何落入棺材铺老掌柜手中的，而老掌柜又是怎么会掌握这些邪法的，就不好说了。可能性很多，也许他是个盗墓贼，也许他是献王手下巫师的后裔。

至于这六尊红色玉兽，有可能是献王根据他们自己的理解将雮尘珠实体化了，或者是做了某种程度上的延伸。而且这位献王很可能见过真正的雮尘珠，甚至有可能他就是雮尘珠最后的一任主人，不过没有更多的资料，只有暂时做出这种推断。

我听了孙教授的分析，觉得十分有道理，只要还有一分的机会，我们就要做十分的努力。但是再询问孙教授献王的墓大概葬在哪里，他就半点都不知道了。献王墓本就地处偏远，加上献王本身精通异术，选的陵址必定十分隐秘，隔了这么多年，能找到的概率十分渺茫。

另外孙教授还嘱咐我们不要去盗墓，尽量想点别的办法，解决问题的途径很多，现在医学很发达，能以科技手段解决是最好的。不要对雮尘珠过于执着，毕竟古人的价值观不完善，对大自然理解得不深，风雨雷电都会被古人当作神仙显灵，其中有很多凭空想象出来的成分。孙教授承诺只要他发现什么新的线索，立刻会通知我们。

我满口答应，对他说："这您尽管放心，我们怎么会去盗墓呢，再说就算想去不是也找不着吗？"

孙教授点头道："这就好，我这辈子最恨盗墓的。虽然考古与盗墓有相通的地方，但是盗墓对文物的毁坏程度太严重，国家与民族……"

我最怕孙教授说教，他让我想起了小学时的政教处主任，动不动就上纲上线，动不动就把简单的事件复杂化，动不动就上升到某种只能仰望的高度。我一听这种板起面孔的大道理就全身不自在。我见孙教授能告诉我们的情报基本上已经都说了，剩下再说就全是废话了，便对孙教授再三表示感谢，与Shirley杨起身告辞，临走的时候把那张玉兽的照片要了过来。孙教授由于要赶回石碑店继续开展工作就没有回县城招待所，与我们告别之后，自行去了。

我跟Shirley杨回了县招待所，见瞎子正在门口给人算命，对方是个当地的妇女。瞎子对那女子说道："不得了呀，这位奶奶原是天上的王母娘娘，只因为在天上住得腻了，这才转世下凡到人间闲玩一回。现在该回天庭了，所以才得了这不治之症。不出三个月，但听得天上仙乐响动，便是你起驾回宫的时辰……"

那女子哭丧着脸问道："老神仙啊，你说我这病就没个治了？可是我舍不得我家的汉子，不愿意去和玉皇大帝过日子，我跟他没感情啊，再说我家里还有两个娃。"

瞎子显得很为难，对那女子说道："娘娘您要是不想回宫倒也不是没有办法，只是老夫……"

那女子不住催促瞎子，往瞎子手里塞了张十元的钞票，求瞎子给自己想个办法，再多活上个五六十年。

瞎子用手捻了捻钞票，知道是十块钱的，立刻正色道："也罢，老夫就豁出去了，替你请玉皇大帝通融一下。反正天上一日，地下一年，就让玉帝多等你三两个月，你就在凡间多住上几十年。不过这就苦了玉皇大帝了，你是有所不知啊，他想你想得也是茶饭不思，上次我看见他的时候，发现足足瘦了三圈，都没心思处理国家大事了，天天盼星星盼月亮似的盼着你回去呢。"

我担心瞎子扯得没谱，回头这女子的汉子再来找麻烦，告他个挑拨夫妻感情都是轻的，便在旁边招呼瞎子到食堂吃饭。瞎子见我们回来了，就匆匆把钱揣了，把那女子打发走了，我牵着他的竹棍把他引进食堂。

我们准备吃了午饭就返回西安，然后回北京。我们三人坐了一桌，Shirley杨心事很重，吃不下什么东西，我边吃边看那张玉兽的照片。

目前全部的线索都断了，只剩下这些眼球酷似毛尘珠的红色玉兽。看来下一步只有去云南找找献王墓，运气好的话能把凤凰胆倒出来，顶不济也能找到一二相关的线索。

不过最难的是如何找这座献王墓，只知道大概在云南境内，澜沧江畔——那澜沧江长了，总不能翻着地皮，一公里一公里地挨处找吧。

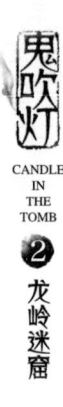

Shirley 杨问我道："你不是经常自吹自擂说自己精通分金定穴吗？这种小情况哪里难得倒你，到了江边抬头看看天上的星星就能找到了，这话可是你经常说的。"

我苦笑道："我的姑奶奶，哪儿有那么简单。分金定穴只有在一马平川、没有地脉起伏的地区才能用，那云南我在前线打仗的时候是去过的，山地高原占了整个云南面积的百分之九十以上。云南有三大水系，除了金沙江、怒江之外就是澜沧江，从北到南，贯穿全省。而且地形地貌复杂多变，自北发于横断山脉，山脉支干多得数不清。咱们要是没有具体的目标，就算有风水秘术，恐怕找上一百年也找不到。"

Shirley 杨对我说道："可真少见，怎么连你也开始说这种泄气的话，看来这次真是难了。"

我对她说："我并没有泄气。我觉得可以给咱们现在的状况概括一下——有信心没把握——信心永远都是足够的，但是现在把握可是一点都没有，大海捞针的事没法干。咱们可以先回北京，找大伙合计合计，再尽可能多地找些情报，哪怕有三成把握，都比一成没有强。"

瞎子忽然插口道："二位公母，听这话，难道你们想去云南倒斗不成？老夫劝你们还是趁早死了这条心吧。想当年老夫等一众卸岭力士为了图谋这一笔天大的富贵，便想去云南倒献王的斗，结果没料到那地方凶险重重，平白折了六条性命；只有老夫凭着一身的真功夫才侥幸得脱，这对招子就算留在云南了。现在回想起来，还兀自心有余悸。"

瞎子平平常常的几句话，听在我耳中如同六月里一声炸雷，我把吃在嘴里的饭菜喷了他一脸："你刚说什么？你去云南找过献王墓？你倘若信口雌黄，有半句虚言，我们就把你扔下，不带你进京了。"

瞎子擦了把脸说道："老夫是何等样人，岂能口出虚言？老夫曾在云南李家山倒过滇王的斗，不过去得晚了些，斗里的明器都被前人顺没了。那墓里除了一段人的大腿骨，只剩下半张人皮造的古滇国地图，但是字迹也已经模糊不清。老夫一贯贼不走空，此等不义之财焉有不取之理，当下便顺手牵羊捎了出来。后来在苏州，请了当地一位修补古字画的巧手匠人用冰醋擦了十六遍，终于把这张人皮地图弄得完好如初。谁知不看则已，原来这图中竟是献王墓穴的位置。"

Shirley 杨对瞎子说道："献王带着一批国民从滇国中分离了出来，远远地迁移到深山里避世而居，滇王墓中又怎么会有献王墓的地图？你可不要骗我们。"

瞎子说道："老夫自是言之有物。这两国原本就是一家，据说献王选的是处风水宝地，死后葬在那里，那地方有很特殊的环境，永远不可能被人倒了斗。想那唐宗汉武都是何等英雄，生前震慑四方，死后也免不了被人倒了斗，尸骸惨遭践踏——自古王家对死后之事极为看重，最怕被人倒斗。献王死后，他手下的人就分崩离析，有人想重新回归故国，便把献王墓的位置画了图呈给滇王，声称也可以为滇王选到这种佳穴。这些事情就记载在这张人皮地图的背面，不过想必后来没选到那种宝穴，要不然老夫又怎能把这张人皮地图倒出来？"

瞎子从怀中取出一包东西，打开来赫然便是一张皮制古代地图。虽然经过修复，但是仍然十分模糊，图中山川河流依稀可辨。

瞎子说道："非老夫唬你二人，这图老夫随身带了多年，平日里从不示人，今日见尔等不信才取出来令尔等观之。不过老夫有一言相劝，你看这图中的虫谷有一块空白的地方，那里多有古怪之处，直如龙潭虎穴一般，任你三头六臂，金刚罗汉转世，进了虫谷，也教有去无回。"

献王墓在瞎子口中是个很邪的地方，说着话他将自己的双元盲人镜摘了下来。我与 Shirley 杨往他脸上一看，心里都是咯噔一下——只见瞎子的眼眶深深凹陷，从内而外，全是暗红色的疤痕，像是老树枯萎的筋脉从眼窝里长了出来。原来瞎子这对眼睛是被人把眼球剜了出去，连眼皮都被剥掉了一部分。

瞎子把盲人镜戴上，长叹了一口气，对我和 Shirley 杨说道："过去了这么多年，往事虽如过眼云烟，却仍历历在目。那最后一次去倒斗，老夫还记得清清楚楚，什么叫触目惊心啊？那便是触目惊心。"

我知道虽然瞎子平时说话着三不着两，以嘴皮子骗吃骗喝，但是他说当年去盗献王墓的经历多半不会有假，毕竟这些事情不是谁都知道的。不过在虫谷深处的献王墓究竟有没有瞎子说的那么厉害，还有值得推敲的地方，我可从来没听说过有什么永远不可能被倒了斗的风水宝穴。

但是想起孙教授告诉我们的一些信息，献王行事诡秘、崇敬邪神，又会异术，料来不是一般的人物。那棺材铺掌柜的用人尸养鱼以求延年益寿，这法门便是从几千年前献王那里传下来的，由此可见当年献王行事之阴邪凶恶，不是常人所能想象到的。

Shirley 杨想从侧面多了解一些献王墓的情况，对瞎子约略讲了一些我们在棺材铺下发现漏缸装人尸养鱼的事，并把孙教授的推断说了，很可能是从云南献王那里遗留下来的古老邪术。

瞎子听罢冷哼一声，捻着山羊胡子说道："那孙教授是个什么东西！教授教授，越教越瘦，把秀才们都教成瘦子了，想必也是老匹夫一个。那厮知道个什么！不知者本不为过，然而不知又冒充知道，就是误人子弟。"

我问他道："你这话是什么意思？难道孙教授说得不对吗？"

瞎子说道："据老夫所知，献王的邪术得自南方夷地，最早发源于现在的缅甸，是最古老的痋[①]术。痋术、蛊毒、降头并列为滇南三大邪法，现在痋术失传已久，蛊毒与降头等在云南山区、南洋泰国、寮国（即老挝）等地仍有人会用，不过早已式微，只余下些小门小法。"

我对瞎子问道："依你这样讲，原来棺材铺老掌柜用铁链吊住铁缸，在里面用死尸把鱼喂大，是痋术的一种？他这样做有什么意义呢？当真能延年益寿？现在说起来那掌柜已经死了，他的来历好像很模糊，说不定他就是古滇国的遗民，活了几千年了。"

瞎子笑道："世上哪里有那种活了几千年的妖人？老夫现在都快成你的顾问了，也罢，索性一并告诉尔等知道。当年老夫与六个同行到云南深山里去倒斗，安全起见，事先多方走访，从一些寨子中的老人口中多多少少了解了一些。你们所讲的怪缸的确是痋术的一种，将活人淹死在缸中，

---

① 痋，音 téng。

这个务必是要活人，进水前死了便没有用了；缸上的花纹叫戡魂符，传说可以让人死后灵魂留在血肉中不得解脱，端的是狠毒无比。水中的小鱼从缸体孔洞中游进去，吃被水泡烂的死人肉，死者的怨魂也就被鱼分食了，用不了多久就被啃成了干干净净一架白骨；而那些吃了死人肉的鱼长得飞快，二十几天就可以长到三尺。用这种鱼吊汤，滋味鲜美无比，天下再没有比这种鱼汤更美味的美食了……"

我正在边吃饭边听瞎子说话，越听觉得越是恶心，只好放下筷子不吃，我对他说："这鲜鱼汤味道如此超群绝伦，你肯定是亲口喝过的，否则怎么会知道得如此清楚？"

瞎子咧了咧嘴："老夫可没那个福分。喝了那神仙汤，哪里还活得过三日？缸中的鱼养成之后就已经不是鱼了，而叫蛊——这蛊就是把冤死的亡灵作为毒药，杀人于无形之中。喝了鱼汤被害死的人，全身没有任何中毒的迹象，临死时面孔甚至还保持着一丝笑容，像是正在回味鲜鱼汤的美味。害死的人越多，他的邪术就越厉害，至于最后能厉害到什么程度，这就不得而知了。老夫纵然渊博，毕竟也有见识不到之处。"

Shirley 杨也在一旁听得直皱眉头："原来棺材铺的传说着落在这邪术之上，那位黑心掌柜有了这害人的阴毒伎俩，只要棺材卖不出去了，便用蛊术害人性命。想必会这套邪术的献王也不是什么善类。"

瞎子说道："这棺材铺掌柜一介村夫，虽然会这套蛊术，他的手段只是皮毛而已，又怎么能够与献王相提并论？所以老夫劝你二人尽早打消了去云南倒斗的念头，老夫就是前车之鉴，尔等不可不查。"

Shirley 杨如何肯信瞎子危言耸听，继续追问他："能否给我们讲一讲当年你去云南找献王墓的经过？如果你的话有价值，我可以考虑让老胡送你件明器。"

瞎子闻言立刻正色道："老夫岂是贪图明器之人？不过也难得尔等有此孝心，老夫自是不能拒人于千里之外。这说起当年的恨事，唉，那当真是烦恼不寻人，人自寻烦恼啊……"

当年瞎子在苏州城中使匠人修复了人皮地图，经过仔细验证，得知这是记录献王墓位置的地图，心中不胜欢喜。先前他连倒了几个斗都没什么收获，这献王毕竟曾是一代枭雄，他墓中的明器也应该少不了。

于是瞎子召集了几名相熟的卸岭力士。这批盗墓贼遇到大墓都是集体行动，盗大墓的手段不论是摸金发丘还是搬山卸岭，也无外乎就是这么几种。喇叭爆破式，用大铲大锄，或者用炸药破坏封土堆和墓墙，直接把地宫挖出来，这是最笨的一种办法。

再不然就是切虚位，从墓室下面打盗洞进去，这要求盗墓者下手比较准，角度如果稍有偏离，也挖不进去。

瞎子早年间就是专挖南方的墓，他们这批人不懂风水秘术，只能找有县志记载的地方，或者找那些有石碑、封土堆残迹的古墓。这次有了人皮地图作为线索，这批人经过商量，觉得这活做得，说不定就是天大的富贵，便决定全体出动，去挖献王墓。

据这批人中最有经验的老盗墓贼分析，献王墓规模不会太大，因为毕竟他们的国力有限；按人皮地图中所绘，应该是在一条山谷中，以自然形成的形势为依托，在洞穴中建造陵墓。当时的滇国仿汉制，王葬于墓中，必有铜车马仪仗，护军百戏陶俑，玄宫中两椁三棺盛殓，上设天门，下置神道，六四为目，悬有百单八珠，四周又列六玉三鼎。瘦死的骆驼比马大，绝对可以断定，献王墓中肯定有不少好东西。

人皮地图虽然年深日久，有些地方模糊不清了，但是仍然可以辨认出献王墓的位置。澜沧江一条叫作蛇河的支流，由于其形状弯曲似蛇，故此得名。蛇河绕过大雪山，这座雪山当地人称为哀腾，正式的名称叫作遮龙山，海拔三千三百多米。蛇河辗转流入崇山峻岭之中，形成一条溪谷，地势低洼。由于这条溪谷终年妖雾不散，谷中又多生昆虫，所以溪谷被当地人称为虫谷。

虫谷地处深山之中，人迹罕至。过了大雪山，前边一段山清水秀风景如画，经常可以见到成群结队、色彩艳丽的大蝴蝶。然而中间一段开始就经常出现白色瘴气，终年不散，中者即死，人莫能进。有传说这些白色的瘴气妖雾是献王所设镇守陵墓的"蛊云"，环绕在王墓周围，除非有大雨山岚使妖云离散，否则没有人和动物能够进去——人皮地图上这片空白的白圈，就代表了这些妖雾。

再往深处，便是一个巨大的瀑布，风水中所说的水龙就是指瀑布，献王墓的墓道入口就在水龙的龙眼处。人皮地图背面有详细的记载，说这处穴眼是献王手下大巫所选，名为水龙晕——缠绕穴前的迷蒙水汽所形成的微茫隐湿的圆环，以其朦胧如日月之晕环，故名曰龙晕，又作龙目。这水龙晕隐隐微微，仿仿佛佛，粗看有形，细看无形，乃生气凝聚灵光显露之处，盖因其为善势之首，葬于其中，生气不泄，水蚁俱不得侵。

献王墓的风水形势更有一个厉害之处，就是永远不可能被人倒了斗——没人能进去，这种自信恐怕天下再无第二人了。

那里的情况具体是怎么一个样子，瞎子就说不出来了，因为他根本没进去过。

他们那伙人当时财迷心窍，虽然知道献王墓极不好倒，但仍然决定干上一票，于是雇了一位当地的白族向导，冒险越过雪山进了溪谷，在虫谷边守候了十多天，终于赶上一次阴云翻滚、大雨冰雹的时机。四周的白色妖云都被山风吹散，瞎子等人大喜，可等到这机会了。

为了赶在风雨过后冲过这条死亡地带，他们便玩了命地往前跑。没想到刚走了一半，风雨忽歇，阴云被风吹散，风住的时候，太阳光洒将下来，四周立刻缓缓升出淡淡的白雾。

这帮人往前跑也不是，往后跑也不是，当时便乱了阵脚，纷纷四散逃命。溪谷中的瘴气生得极快，一旦吸入人体，立刻会致人死命。

瞎子仗着年轻时练过几年轻功，屏住了呼吸，撒开两条腿就往外跑，总算跑了回来，眼睛却被毒瘴毁了。多亏在谷口等候他们的白族向导发现了昏迷倒地的他，当机立断，把瞎子的两只眼球生生抠了出来，才没让毒气进入心脉，使得他侥幸活了下来。

我和Shirley杨听了瞎子的叙述，觉得瞎子那伙人失手折在了虫谷，是因为他们这些人缺少必要的准备，只要有相应的预防措施，突破这片毒气并不算难。说什么进去之后有来无回，未免夸大其词。

Shirley 杨说道："这么浓的瘴气倒是十分罕见，有可能是特殊的地理环境使得溪谷中生长着某种特殊植物，谷中环境闭塞，与空气产生了某种化学作用。戴着防毒面具或者用相应的药物就可以不受其影响了，不见得就是什么巫虫邪术。"

　　瞎子说道："非也，切不可小觑了虫谷中的献王墓。这只是在外围，里面都多少年没有活人进去过了，那瘴气里面的世界是什么样的，你们可以瞧瞧这人皮地图背面是怎么描述的。"

　　Shirley 杨展开人皮地图与我一同观看，只见地图背后有不少文字与图画。

　　在王墓四周，另设有四处陪葬坑，还有几位近臣的陪陵，想不到这小小的一个南疆草头王排场还当真不小。

　　其中有一段记载着献王生前引用天乩对自己墓穴的形容：王薨，殡于水龙晕中，尸解升仙，龙晕无形，若非天崩，殊难为外人所破。

　　我自言自语道："要是天空不掉落下来，就永远不会有人进入王墓？天空崩塌，是不是在说有天上流星坠落下来，还是另有所指？难道说只有等到某一个特定的时机，才有可能进入王墓？"

　　瞎子摇头道："都不是，凭老夫如此大智大慧，这么多年来，也没搞明白这天崩是指的什么哑谜。料想那位献王在生前不尊王道，信奉邪神，荼害了多少生灵，他的墓早晚会被人盗了。不过可能天时不到，难以成事。恐怕献王生前也知道自己的王墓虽然隐蔽，但早晚还是会被倒斗的盯上，所以选了这么块绝地——不仅谷中险恶异常，可能在墓室中另有厉害之处，说不定有妖兽拱卫。当年老夫年轻气盛，只奔着这天大的富贵下手，当事者迷，现在回想起来，那时真是入了魔障，只想着发财，最后却吃了大亏。所以良言相劝，献王墓不盗也罢。"

　　怎奈我们主意已定，这趟云南是去定了的；而且这其中的详情还要到蛇河虫谷中亲眼看看才有分晓，只听瞎子上嘴唇一碰下嘴唇说出来，实在难以服人。

　　Shirley 杨把瞎子的人皮地图买了下来，然后我们收拾东西上路返回北

第三十六章 献王墓

京,拟定会合了胖子,便一同南下云南,把那座传得神乎其神、建在龙晕之中的献王墓倒了。

(三人此去云南,一路险恶奇诡超越常识。雮尘珠是否真藏于献王墓中?难道天崩地裂龙晕方破并非传说?孙教授掌握的图言到底蕴藏着什么天机……《鬼吹灯3云南虫谷》即将揭秘。)

图书在版编目（CIP）数据

鬼吹灯.2, 龙岭迷窟/天下霸唱著.— 长沙：湖南文艺出版社, 2019.7（2025.9 重印）
ISBN 978-7-5404-9265-6

Ⅰ.①鬼… Ⅱ.①天… Ⅲ.①长篇小说—中国—当代 Ⅳ.① I247.5

中国版本图书馆 CIP 数据核字（2019）第 094597 号

上架建议：神秘·探险小说

GUI CHUI DENG. 2, LONGLING MIKU
鬼吹灯.2, 龙岭迷窟

作　　者：	天下霸唱
出 版 人：	陈新文
责任编辑：	薛　健　刘诗哲
监　　制：	毛闽峰　李　娜
特约策划：	代　敏　张园园　杨　祎
特约编辑：	王　静
特约营销：	吴　思　刘　珣　李　帅
装帧设计：	80 零·小贾
出版发行：	湖南文艺出版社
	（长沙市雨花区东二环一段 508 号　邮编：410014）
网　　址：	www.hnwy.net
印　　刷：	天津盛辉印刷有限公司
经　　销：	新华书店
代理发行：	中南博集天卷文化传媒有限公司
开　　本：	710mm×1000mm　1/16
字　　数：	237 千字
印　　张：	16.5
版　　次：	2019 年 7 月第 1 版
印　　次：	2025 年 9 月第 14 次印刷
书　　号：	ISBN 978-7-5404-9265-6
定　　价：	39.50 元

若有质量问题，请致电质量监督电话：021-62503032
销售电话：17800291165